아리스가와 아리스의

밀실 대도감

아리스가와 아리스 지음 | **이소다 가즈이치** 그림 | **김효진** 옮김

AK TRIVIA SPECIAL

일러두기 _____

- 수록 작품은 서양·일본 편 모두 발표 연도순으로 배열했다.
- 본서의 원서는 1999년 일본 현대서림에서 발매된 이래, 2003년 신초 문고판, 2019년 소겐 추리 문고판으로 발매되었으며, 본서는 최신간인 소겐 추리 문고판을 바탕으로 하였다.
- 현대서림판, 신초 문고판 머리말은 본문 앞에, 소겐 추리 문고판 머리말은 본문 뒤에 배치하였다.

CONTENTS

서양 미스터리

An Illustrated Guide To Locked Rooms 1892~1998

일본 미스터리

An Illustrated Guide To Locked Rooms 1892~1998

머리말

에드거 앨런 포가 「모르그가의 살인 사건(The Murders in the Rue Morgue)」을 발표한 것은 1841년이다. 이 단편 소설은 파리의 한 아파트에서 일어난 엽기적인 사건을 그리고 있다. 어느 날, 아파트 4층의 한 집에서 들려온 날카로운 비명과 어느 나라 말인지 모를 고함 소리에 놀란 주민들이 문을 비집고 들어가자 목이 졸린 소녀가 굴뚝에 거꾸로 처박혀 있고 그녀의 어머니는 면도칼에 베여 뒤뜰에 떨어져 죽어 있었다. 차마 눈 뜨고 볼 수 없는 참상. 하지만 그 참혹한 광경보다 더 무서운 일이 있었다. 그렇다. 지금, 이 책을 손에 든 사람이라면 이미 알고 있는 바대로 현장의 문과 창문은 모두 안에서 잠겨 있었으며 굴뚝으로는 사람이 드나들 수 없는 밀실이었다.

19세기 초, 파리의 한 아파트 최상층에서 로즈 델라쿠르라는 젊은 여성이 가슴을 칼로 찔려 살해된 사건이 있었다고 한다. 포는 미궁에 빠진 그 사건에서 아이디어를 얻었다고 한다. 또 존 월시는 『명탐정 포(Poe the Detective)』라는 평론서 서문에서 포가 독자의 흥미를 끌 만한 실제 사건을 소재로 소설을 쓴 것에 대해 지적하며 「모르그가의 살인 사건」의 '범인'에 대해서도 영국의 신문에 실린

한 절도 사건을 소재로 삼은 것이 아닌지 추측했다. 아무 관련도 없는 두 사건을 하나로 엮어 「모르그가의 살인 사건」을 썼다면, 나로서는 완전한 무에서 유를 창조한 것보다 훨씬 신비로운 능력으로 느껴지지 않을 수 없다.

모르그가의 기괴한 사건에 대한 신문 기사를 읽은 몰락한 귀족 오귀스트 뒤팽은 지인(화자)에게 분석이 무엇인지를 보여주기 위해 그 불가사의한 수수께끼를 추리로 풀어낸다. 한 치 앞도 보이지 않는 어둠 속에서 뜻밖의 진상이 밝혀질 때의 충격과 흥분 그리고 이어지는 감동. 이것이야말로 본격 미스터리라는 특수한 문예 장르가 탄생한 순간으로 여겨진다. 그리고 밀실은 명탐정과 함께 그 자리에 있었다.

그 후, 160년 가까운 세월이 흘렀다. 미스터리는 다양한 가능성을 받아들이며 널리 퍼지고 변화하고 있다. 명탐정과 함께 밀실 또한 건재하다. 현대 트릭 소설의 일인자 에드워드 D. 호크는 『밀실 대집합(All but Impossible!)』이라는 단편 선집의 서문에서 밀실은 '길고 고귀한 역사'를 지녔다고 썼다. '밀실에서의 범죄, 불가능한 인간 소실, 수십 명의 목격자 앞에서 벌어지는 마술과도 같은 살인 —이런 것이야말로 본격 추리 소설의 본질이다'라고도 썼다.

이렇게 단호한 문장을 읽으면 어쩐지 거북한 감정이 든다. 그렇게 생각하는 사람이 많아도 상관없지만 꼭 '그렇다'고 단언해도 좋을지는 모르겠다. 나도 밀실 미스터리를 좋아한다. 읽는 것도 좋아하고 실제 작가로서도 밀실 트릭을 소재로 여러 작품을 쓰기도 했다. 어설픈 밀실 미스터리도 대개는 애교로 여기고 즐긴다(즐길 수 있게 되었다). 그래도 '밀실이 없는 미스터리는 상상도 할 수 없다'고 할 만큼 밀실에 집착하지는 않는다. 밀실 미스터리는 충분히 즐겼다. 밀실이 미스터리 장르에서 은퇴를 고한다면 떠나는 열차를 바라보듯 꽃다발을 선사하고 약간의 눈물을 글썽이고는 다음 날이면 다시 힘차게 하루를 시작할 수도 있을 것 같은……생각도 든다.

표현이 모호한 점 사과드린다. 나는 밀실을 무척 좋아하지만 '본격 추리 소설의 본질'이라는 생각에는 솔직히 동의하기 어렵다. 어쩌다 보니 '미스터리 탄생의 현장'에 운 좋게 밀실이 있었던 것이 아닐까. '밀실이란, ×××이다'라는 분명한 문구로 정의할 수 있는 것도 아닌 데다 머리를 싸매고 고민해도 답을 찾기 어렵다. 그러다 보니 밀실 미스터리를 쓰면서도 '밀실이란 대체 무엇일까'라는 생각을 하곤 했다.

그러던 어느 날, 현대서림(現代書林) 편집부의 미나모토 요시노리 씨가 이 책의 기획을 제안했다. '초심자부터 마니아까지 모두가 즐길 수 있는 밀실 안내서로, 읽는 재미와 보는 재미를 동시에 느낄 수 있는 책'이라는 콘셉트였다. 미나모토 씨의 머릿속에 있는 것은 『명작문학 속의 '집'(名作文学に見る'家')』(아사히 문고)이라는 책이었다. 이 책은 '일본과 세계의 걸작 문학 속 무대가 된 집과 상점 등의 이미지를 구체적인 구조도로 그려낸 재미있는 문학 안내서'로 '사랑

과 가족' 그리고 '수수께끼와 로망'의 두 편이 있다. 오바타 요지로 (小幡陽次郎) 씨가 쓰고 요코시마 세이시(橫島誠司) 씨가 그림을 그렸다. 밀실이 무엇인지 고민하던 나는 바로 이 기획에 참여하기로 결정했다. 지금까지의 생각을 조금씩 꺼내볼 수 있는 기회였기 때문이다.

그 밖에도 이 기획에 찬성한 이유가 몇 가지 있다. 우선, 재미있는 책을 만들 자신이 있었다. 이런 책이라면 꼭 읽어보고 싶다는 이미지가 떠올랐기 때문이다. 물론, 진짜 '재미있는 책'이 되었는지 아닌지는 독자들의 엄정한 심판을 기다리는 수밖에 없다.

또 본격 미스터리가 융성하는 요즘 미스터리에 관한 정보는 넘쳐나지만 그에 비해 올드 팬과 새롭게 입문하는 팬을 이어줄 안내서가 적은 것이 아쉬웠기 때문이기도 하다. 나는 줄곧 '미스터리 팬은 나이와 성별을 초월해 소통할 수 있다'고 생각해왔지만 요즘은 조금 다른 듯하다. 올드 팬으로서는 '새로운 팬들은 신간만 읽고 계통에 대해서는 모르기' 때문에 '대화가 되지 않는다'는 것이다. 무리도 아니다. 나보다 윗세대는 지금처럼 본격 미스터리 장르의 신간이 넘치는 시대를 경험하지 못했기 때문에 느긋하게 고전 명작을 섭렵할 수가 있었다. 그런데 요즘은 신작을 읽기에도 버거운 상황이다(다른 측면도 있는 듯하지만 이야기가 길어질 수 있으니 여기서 다루지는 않겠다). 또 앞서 이야기했듯 새로 입문하는 팬들이 고전 작품을 읽으려 해도 무엇을 읽어야 할지 알려주는 지침서가 의외로 많지 않다. 신간 러시에 관해서는 크게 걱정할 일이 없으므로

(나도 그 덕에 생계를 유지하고 있다) 고전 선택에 도움을 줄 수 있는 안내서가 없는 상황을 타개하는 데 공헌하고 싶다고 생각했다.

그리하여 『밀실 대도감』의 기획이 시작되었다. 40편을 목표로, 일본과 외국의 밀실 미스터리 작품을 선택하는 것은 즐거운 작업이었다. 작품 선정 기준은 다음과 같다.

①밀실 트릭의 완성도가 높다.
②밀실 트릭이 역사적 의미를 지녔다.
③밀실 설정이 독특하다.
④작품 자체가 재미있다.
⑤해설하고 싶은 요소가 포함되어 있다.
⑥그림으로 그릴 수 있다.

이 중 세 가지 이상의 조건에 해당되는 작품을 선택했다. 물론 ①은 최우선 사항이다. ⑥에 대해서는 '가능하면' 정도였다. 그림으로 그리기 힘든 작품은 제외하자는 배려는 없었다.

그렇게 선정된 60편이 넘는 작품 중에서 다시 적합한 작품을 골라냈다. 이번에는 다음과 같은 기준을 고려했다.

①책으로 엮었을 때, 밀실의 설정과 트릭의 내용에 다양성이 있을 것.
②다른 사람이 해석한 견해를 따라하는 것은 피할 것.

③발표 연대가 지나치게 편중되지 않을 것.

④쉽게 구할 수 있는 작품을 우선할 것.

목록을 보고 '왜 그 명작이 빠졌지?' 하고 의아해할 사람도 있겠지만, 그런 작품은 대부분 ②의 이유로 빠졌다고 볼 수 있다. ③에 관해서는 '60년대 일본의 작품이 빠졌다', '외국의 최신작이 너무 오래되었다'는 말도 나올 듯하지만 일부러 공백의 기간은 공백인 채로 남겨두었다. 안내서라는 성격상 ④도 중요하지만 간혹 절판된 작품도 집어넣었다. 읽고 싶어도 읽을 수 없는 책을 찾아보는 것도 독서의 즐거움이라는 생각일 뿐 괜한 심술을 부린 것은 아니다……아마도.

두말할 필요도 없겠지만 이 책에 실린 40편 이외에도 수많은 명작과 수작이 있다. 내가 모르거나 미처 읽지 못한 작품들도 많을 것이다.

소개할 작품을 결정했으니 이번에는 그림을 맡아줄 사람을 찾아야 했다. 「대도감」이라는 제목에 걸맞은 멋진 그림을 담고 싶었다. 그와 동시에 미스터리의 매력을 이해하는 사람이기를 바랐다. 한참을 고민했지만 우연히 잡지에서 이소다 가즈이치(磯田和一) 씨의 일러스트를 본 순간 모든 문제가 해결된 듯했다. 맞아, 이소다 씨가 있었지! 전부터 좋아하던 화풍인 데다 『도쿄 '23구' 탐정(東京[23区]でてくちぶ)』(도쿄소겐사)이라는 일러스트 에세이를 출간한 적이 있

을 정도로 미스터리를 좋아한다는 것도 알고 있었다. 문제는 워낙 바쁜 이소다 씨가 이 번거로운 작업을 맡아줄지 여부였다. 그래서 승낙을 받았을 때는 뛸 듯이 기뻤다.

선정한 작품을 다시 읽느라 시간이 걸렸기 때문에 실제 원고를 쓰기 시작한 것은 이소다 씨와 함께 사전 회의를 마친 수개 월 후였다. 이런 책을 쓰는 것은 처음이었기 때문에 어려움은 예상하고 있었다. 역시 쉽지 않았지만 편집부를 통해 받아본 이소다 씨의 훌륭한 일러스트에 뒤지지 않으려는 생각이 나를 지지해주었다. 이 또한 좀처럼 경험하기 힘든 공동 저작의 기쁨이었다.

아직 읽지 못한 독자들을 위해 글과 일러스트 모두 스포일러는 최대한 자제했다. '누가 죽는지 알게 되는 것도 싫다'는 사람이 있는가 하면 '결말을 확실히 암시해주었으면 하는' 사람도 있을 것이다. 나로서는 최선을 다했다는 말로 양해를 구한다.

또한 본문 중에서 모든 경칭은 생략했다.

이소다 씨에게는 무척 까다롭고 번거로운 작업이었을 것이다. 이소다 씨의 소회는 맺음말을 통해 들을 수 있을 것이다. 진심으로 감사드린다. 그리고 무리한 부탁을 드린 점 죄송하게 생각한다.

이 책의 기획자인 동시에 번잡한 작업을 맡아 꾸준히 저자를 독려하고 결승점까지 이끌어준 현대서림의 미나모토 요시노리 씨에게 깊은 감사를 드린다. 덕분에 스스로도 생각지 못했던 저서가 탄생했다.

그리고 이 책을 손에 든 독자 여러분에게도 깊이 감사한다.

'이 책, 재미있겠는걸. 당장 서점으로 달려가야지' 하는 작품을 더 많이 발견하기를.

1999년 10월 30일

아리스가와 아리스

신초 문고판 머리말

'머리말'에서도 밝혔듯이 이 책에서 소개한 작품들의 트릭을 밝히는 것은 최대한 피했다. 단행본이 나왔을 때 '차라리 전부 밝히면 좋았을 텐데'라는 감상을 직간접적으로 들었다. 물론 '밝히지 않아 안심했다'는 목소리도 있었다. 다양한 의견이 나오는 것이 당연하고 그런 찬반양론도 예상했지만 '밝히면 좋았을 텐데' 파(派) 대부분이 미스터리 마니아라고 부를 법한 사람들이었던 것이 나로서는 상당히 의외였다. 새로 입문한 팬일수록 빨리 '답을 알려주길' 바랄 것이라고 생각했기 때문이다.

'책의 말미에 답을 써두면 읽고 싶은 사람만 읽었을 것'이라는 의견도 있었다. 그래도 그건 곤란하다. 답이 쓰여 있으면 눈이 가는 것이 인지상정이다. 또 그때는 기세 좋게 '에이, 그냥 보면 되지'라며 읽지만 나중에 후회할 수도 있다. 그렇기 때문에 괜히 독자를 유혹하는 것만은 피하고자 했다.

물론, 독자의 양해를 얻어 트릭의 전모를 밝히고 자세한 분석과 비평을 곁들인 책이 있어도 좋지만 나는 이 책을 연구서로 쓴 것이 아니다. 책 안내서이자 일종의 에세이이며 밀실 미스터리의 세계로 들어서는 초대장이 되었으면 하는 마음으로 써내려갔다. 또 아직 읽지 않은 작품에 흥미를 느끼고 '당신이 트릭을 밝히지 않아서 참다못해 책을 사 읽었다'는 말이 들려오기를 내심 기대하고 쓴 것이니 아무쪼록 독자들의 이해를 바란다.

저자 소개나 수록 작품에 관한 정보는 시간이 흐를수록 구식이 될 수밖에 없다(사실 이전에도 부끄러운 실수를 여러 번 저지른 적이 있다). 이번 문고판 출간을 앞두고 최대한 수정·갱신했지만 이 또한 2002년 12월 기준의 정보이다. 독자 여러분의 양해를 부탁드린다.

2002년 11월 29일
아리스가와 아리스

AN ILLUSTRATED GUIDE TO LOCKED ROOMS
by
Alice Arisugawa
Kazuichi Isoda
1999

그는 자기 안에서 확대의 욕구,
자기 능력을 온전히 발휘하고, 한계를 뛰어넘고 싶은 열망
그리고 벽 너머에서 누군가 자신을 부르는 것처럼 어떤 향수를 느꼈다.

마르셀 에메 『벽으로 드나드는 남자』 중에서

서양 미스터리

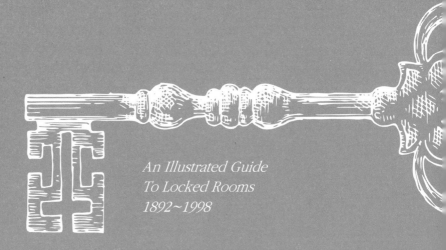

An Illustrated Guide
To Locked Rooms
1892~1998

빅 보우 미스터리
(The Big Bow Mystery, 1892)

이스라엘 장윌(Israel Zangwill)

'밀실 트릭'을 처음 생각해낸 사람은 누구일까?

이 책에 소개된 유일한 19세기 작품. 에드거 앨런 포의 「모르그 가의 살인 사건(The Murders in the Rue Morgue)」(1841)이 아닌 장윌의 『빅 보우 미스터리』가 가장 먼저 소개된 것을 의아하게 여기는 독자가 있을지 모르니 먼저, 그 이유를 설명하기로 하자.

첫 번째는 이 책 기획의 바탕이 된 『명작 문학 속의 '집'—수수께끼와 로망 편(名作文学に見る「家」—謎とロマン編)』에 이미 「모르그가의 살인 사건」이 일러스트와 함께 소개되었기 때문이다. 이소다 씨의 뛰어난 실력으로도 결국 비슷한 일러스트밖에 나올 수 없을 것이다. 재미 면에서도 떨어질 것이 분명하기 때문에 생략했다. 같은 사정으로 코난 도일의 명작 「얼룩무늬 끈(The Speckled Band)」도 제외했다. 셜록 홈스의 작품이 선택되지 않은 것은 그런 이유에서이다.

또 「모르그가의 살인 사건」이 세계 최초의 밀실 미스터리라는 것은 정설이기는 하지만 작품을 읽어본 사람이라면 누구나 알 수 있듯 밀실이 등장하기는 해도 좁은 의미의 트릭(작품 속 범인의 의사에 의한 간계)은 부재하다. 사실상 밀실 자체가 '알고 보면 밀실이 아니었기' 때문이다. 포는 '밀실 살인'을 처음 생각해냈지만 '밀실 트릭'을 생각해낸 것은 아니었다. 그것이 「모르그가의 살인 사건」을 제외한 두 번째 이유이다.

그렇다면 '밀실 트릭'을 처음 생각해낸 사람은 누구일까? 바로 이스라엘 장윌이다. 『빅 보우 미스터리』의 서문에서 본인이 직접 '아무도 드나든 흔적이 없는 밀실에서의 살인 사건에 대해 쓴 미스터리 작가는 없다'고 썼으니 믿어주기로 하자. 장윌은 저널리스트 출신의 작가 겸 극작가로 시오니즘(Zionism, 유대인들의 민족 국가 건설을 위한 민족주의 운동) 운동가이기도 했다. 런던의 일간지 《스타》의 의뢰로 2주간 기고했던 짧은 장편 하나로 그의 이름은 미스터리 역사에 길이 남게 되었다.

그의 기념비적인 명작은 '12월 초의 잊을 수 없는 그날 아침, 눈을 떴을 때 런던은 차가운 회색 안개에 휩싸여 있었다'라는 문장으로 시작된다.

보우 지구 글로버가 11번지에 있는 하숙집 여주인 드래브덤프 부인은 하숙인 콘스탄트의 '평소보다 45분 일찍 깨워 달라'는 부탁을 떠올리고 2층으로 올라간다. 콘스탄트는 노동 운동 지도자였다. 그런데 드래브덤프 부인이 아무리 침실 문을 두드리며 불러도 콘스탄트는 대답이 없었다. 덜컥 겁이 난 부인은 근처에 사는 전직 형사이자 지금은 아마추어 탐정인 그로드만에게 도움을 요청한다. 콘스탄트의 방에는 자물쇠는 물론 빗장까지 걸려 있었다. '문을 부수고라도 들어가 달라'는 부인의 말에 온 힘을 다해 문을 박차고 들어간 그로드만은 '세상에!' 하고 저도 모르게 외쳤다. 부인은 비명을 질렀다. 너무나 끔찍한 광경이었다.'

검시 심문에서 부인은 이렇게 증언했다. '그로드만이 방문을 부수고 들어갔을 때 불쌍한 콘스탄트 씨는 침대에 누운 채 완전히 숨이 끊어져 있었으며 피투성이가 된 목의 상처가 크게 벌어져 있었다. 정신을 차린 그로드만 씨가 일그러진 그의 얼굴에 손수건을 덮어주었기 때문에 겨우 진정할 수 있었다. 그 후 두 사람은 침대 주변과 바닥을 둘러보았지만 흉기를 발견하지 못했다.' 그리고 '자신이 그로드만에게 방에 있는 창문 두 곳이 완전히 잠겨 있다는 것을 알려 주었다.' 한편, 그로드만은 부인의 이야기에 덧붙여 '자신이 처음 발견했을 때 시체에는 아직 온기가 남아 있었다' 그리고 '굴뚝은 너무 좁아서 사람이 드나들 수 없다'고 증언했다. 게다가 부검의가 '콘스탄트의 오른손에는 피가 묻지 않았다. 스스로 자신의 목을 베었다고는 생각할 수 없다'고 단언하자 '점점 깊어지는 보우 사건의 수수께끼'라는 제목이 석간신문 일면을 장식하게 되었다.

보우 지구에는 런던 각지에서 몰려든 구경꾼들이 인도를 가로막고 살인 현장을 올려다보는 등의 소란이 벌어지고 과자나 음료를 판매하는 행상까지 등장하기에 이르렀다. 급기야 '빅 보우의 괴사건, 해결되다'는 제목의 다양한 투서가 신문지상을 떠들썩하게 했다. 현직 형사 윔프는 밀실의 비밀을 풀고 한 인물을 체포하지만 뜻밖의 진상을 밝혀낸 것은 그로드만이었다.

살해 현장에서 들려온 기괴한 고함 소리나 피해자의 신체가 절단되고 굴뚝에 거꾸로 처박혀 있던 「모르그가의 살인 사건」과 같은 엽기성은 없다. 작자의 의도대로 당시 세태를 익살스럽게 풍자한 인간 희극이다. 하지만 그런 것은 아무래도 좋다.

지금 다시 읽어도 본격 미스터리로서 놀랄 만큼 충실한 작품이다. 밀실 트릭에 대한 잇따른 가설이 등장하는 것부터 획기적이다. 창문 유리를 떼어낸 후 손을 넣어 빗장을 걸었다거나 사체를 발견했을 때 범인이 문 뒤에 숨어 있었던 것은 아닌지 혹은 문 밖에서 자석을 이용해 빗장을 움직인 것은 아닌지 등. 세계 최초의 밀실 트릭 소설에서 작자는 이미 높은 경지를 보여준다. 수포로 돌아간 윔프 형사의 추리도 여전히 많은 작가들이 사용하는 트릭이다.

또한 서문에서 훌륭한 미스터리의 필수 조건으로 '독자들 누구나 미스터리를 해결할 수 있어야 한다'고 제시한 것도 선구적인 자세이다. 그것은 '범인을 암시하는 복선을 빈틈없이 배치하는' 수준에 그치지 않는다. 장월은 본격 미스터리 작가에게 있어 금과옥조인 '지문에는 거짓을 쓰지 않는다'는 규칙을 제창하고(그런 표현은 하지 않지만) 실천했다. 작품을 다 읽고 문제의 장면을 다시 살펴보면 능숙하게 거짓을 회피하고 있다는 사실에 감탄한다. 이 점은 『빅 보우 미스터리』의 트릭을 이미 알고 있는' 사람도 확인해보기 바란다.

　서문도 웃음이 나올 만큼 재미있다. 신문 연재 중 '드래브덤프 부인이 범인'이라고 추리한 독자의 편지를 받았다고 한다. '삽화로 판단할 때 부인의 키는 210센티미터 가까이 되기 때문에 지붕으로 올라가 긴 팔을 굴뚝으로 집어넣어 피해자를 해쳤다'는 것이다. 작자는 '삽화가가 인물을 어떻게 이해했든 나와는 상관없다. 내가 마지막으로 본 부인의 키는 180센티미터를 넘지 않을 정도'였다고 말하고 《스타》지의 정보 순환은 놀라울 정도'라며 넉살 좋게 받아쳤다.

저자 소개 --

이스라엘 장윌 Israel Zangwill (1864~1926)

   영국 런던에서 러시아 출신 유대인 이민자 부모의 둘째 아들로 태어났다. 수필, 평론, 희곡 등 다양한 장르에서 활약했으며 시오니즘 운동가로도 유명하다. 작가 데뷔작은 『게토의 아이들(Children of the Ghetto)』. 미스터리는 이 책에 소개한 『빅 보우 미스터리』 한 편뿐이지만 밀실 미스터리 분야에 심리 트릭을 도입한 '밀실 미스터리의 아버지'로서 부동의 위치를 점하고 있다.

●콘스탄토의 방(하숙짐 2층)

물이 채워진
욕조

빗장

이 침대 위에서
위를 보고 누운 채
죽어 있었다.

마담 블라방키의
신지학 서적

금화가
가득 든 지갑

24

●살인 현장의 구조도

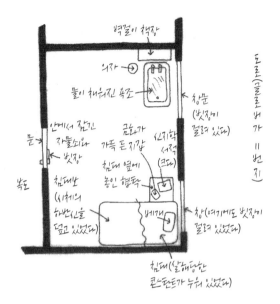

벽걸이 책장

의자→

물이 채워진 욕조

창문 (빗장이 걸려 있다)

돌로 (돌로 벽가 II번지)

금화가 가득 든 지갑

신지학 서적 (크다)

침대 옆에 놓인 헝겊독

문

안에서 잠근 자물쇠와 빗장

복도

침대방 (시체의 하반신을 덮고 있었다)

베개

창 (여기에도 빗장이 걸려 있었다)

침대(살해당한 콘스탄드가 누워 있었다)

※모두의 방인지는 분명치 않다. 방 크기나 구조도 확실치 않다.

작화 POINT　　에드거 앨런 포의 「모르그가의 살인 사건」과 셜록 홈스의 작품이 제외된 이유에 대해서는 아리스가와 씨가 설명했지만 포와 도일을 좋아하는 나로서는 아리스가와 씨의 배려가 고마운 한편 섭섭하기도 했다. 『빅 보우 미스터리』는 처음 읽었지만 책장을 덮었을 때는 완전히 빠져버렸다. 그리고 일러스트 작업을 위해 다시 읽는 것은 나중으로 미루기로 했다. 처음 읽게 된 작품이었지만 '전부터 알았던 작품'인 것처럼 한 곳이라도 더 많이, 자세하게 그리기 위해 조금이라도 시간을 두고 싶었다.

13호 독방의 문제
(The Problem of Cell 13, 1905)

잭 푸트렐(Jacques Heath Futrelle)

'사고기계'의 감방 탈출

　잭 푸트렐은 특이한 명탐정 오거스터스 S. F. X. 반 도젠 교수를 탄생시킨 작가로 유명하다. 도젠 교수는 철학 박사(Ph. D), 법학 박사(LL. D), 영국 왕립학회 회원(F. R. S), 의학 박사(M. D), 치의학 박사(M. D. S)의 직함을 가지고 있다. 이름과 학위만으로 거의 모든 알파벳을 사용하는 남자라는 소개 방식도 파격적이지만 별명은 더 대단하다. '사고기계(思考機械).' 이 별명은 체스 규칙을 처음 들은 교수가 체스 세계 챔피언을 열다섯 수 만에 이기자 놀란 상대가 '당신은 사람이 아니오. 사고기계요!'라고 외쳤다는 일화에서 유래했다고 한다(아무리 소설이라도 너무한 것 아닌가!).

　이 슈퍼맨과 같은 도젠 박사의 풍모도 굉장하다. '창백한 얼굴', '송곳처럼 날카로운 시선', '놀랄 만큼 넓은 이마', '빗질도 하지 않은 덥수룩한 금발.' 요약하면 '그로테스크하다는 표현이 적절할 정도의 기인'이다. 교수의 신장에 대해서는 작품에 따라 '올려다보아야 할 정도의 장신'이라거나 '안쓰러울 정도로 왜소하고, 어린아이처럼 비쩍 마른, 키가 작고, 마른 남자'(이 정도면 우주인 그레이 아닌가!)라는 등 제각각이지만 하나같이 용모는 좋지 않다.

하지만 뛰어난 지능과 넘치는 자신감으로 '불가능은 없다', '사고 능력은 모든 것을 지배할 수 있다'고 단언한다. '2 더하기 2는 언제나 4'는 그가 입버릇처럼 즐겨 쓰는 말이다. 다소 풍자적이긴 하지만 당당한 명탐정의 한 전형이다.

그런 사고기계의(그리고 푸트렐의) 데뷔작 「13호 독방의 문제」는 단편 미스터리를 이야기할 때 빼놓을 수 없는 고전 명작으로 미스터리의 재미를 만끽할 수 있는 작품이다. 사고기계의 탐정 스토리는 단편 미스터리 시리즈로 많은 인기를 누렸으며 이 한 작품만으로 전설의 명탐정으로서의 지위를 획득했다고도 할 수 있다.

사건의 발단은 친구 랜섬 박사 등과의 토론이었다. 이 세상에 불가능은 없다고 호언장담하는 사고기계에 반발한 랜섬 박사는 정말 그렇다면 교도소 감방에서 탈출할 수 있느냐며 도발했다. 불가능하다는 뜻으로 한 말이었지만 사고기계는 당연히 이 도전을 받아들인다. '나를 사형수와 완전히 같은 상태로 구금해보게. 반드시 탈출해 보일 테니', '진리를 가르쳐주기 위해 더 시시한 짓을 한 적도 있다'라며. 랜섬은 지금 당장 시작하자고 제안한다. 그들의 승부가 다른 친구들에게 새어나가기 전에 시작해 외부 인물이 사고기계에 협력하는 길을 차단한 것이다.

출제자 측에서 고른 장소는 미네소타주 세인트루이스의 치삼 교도소. 교도소장의 허가와 협력을 얻은 후 실험이 시작되었다. 사고기계가 감방에 가져갈 수 있는 것은 구두, 양말, 바지, 셔츠 그리고 사고기계가 요청한 치약, 5달러짜리 지폐 한 장, 10달러짜리 지폐 2장이다. 또 한 가지, 매일 자신의 구두를 닦아달라는 요청을 허락받은 뒤 독방인 13호 감방에 갇혔다. 일주일 안에 이곳을 탈출해 소장실에 나타나면 사고기계의 승리이다.

수감된 사고기계는 감방의 창으로 교도소 내부를 관찰하고 감방에 들어오기까지의 경로를 떠올려 13호 독방에서 밖으로 나가기까지 몇 개의 관문을 통과해야 하는지를 계산했다. 먼저, 이중으로 된 문. 다음으로 건물 현관의 철문. 그 철문을 지나 13호 독방으로 통하는 복도에 있는 나무 문. 또다시 철문 두 개를 지나야 마침내 독방에 도착한다. 감방 문에도 자물쇠가 달려 있기 때문에 총 7개의 관문이 있는 것이다.

애초에 벽돌로 된 감방에서 탈출한다는 것만도 불가능한 일이다. 감방 안에 있는 것이라고는 해체할 수 없을 만큼 튼튼한 철제 침대뿐. 다른 것은 아무것도 없었다. 창에는 녹 하나 슬지 않은 새 철책이 끼워져 있고 자물쇠는 이중으로 되어 있다. 자물쇠를 부수고 나간다 해도 복도에는 교도관이 버티고 있다. 과연 사고기계는 이런 가혹한 상황에서 게다가 빈손으로 불가능을 가능으로 바꿀 수 있을까? 이용할 수 있는 것이라고는 감방 구석에 뚫려 있는 1달러 은화 크기의 구멍뿐…….

내용은 이게 전부이다. 틀림없는 밀실 미스터리이지만, 참혹한 살인도 없고 악당이 목숨을 걸고 탈옥을 꾀하는 것도 아니다. 탐정의 뛰어난 두뇌를 시험하는, 어딘가 동화 같은 면도 있는 이야기이다. 하지만 이 책에 소개된 40개의 밀실 중 견고하기로는 1, 2위를 다툴 것이다. 교도소 안에 있는, 7중의 밀실이기 때문이다.

사고기계가 아무리 뛰어난 천재라고 해도 금세 탈출에 성공하는 것은 아니다. 그는 이런저런 시행착오를 거듭한다. 소장을 비롯한 사람들은 계속된 실패를 비웃었지만 잇달아 이해할 수 없는 일들이 일어난다. 사고기계는 편지를 써 외부와 연락하려다 실패하지만 필기구가 없는 그가 어떻게 편지를 쓴 것일까? 13호 독방 바로 위층에 수감된 죄수가 들은 괴이한 목소리의 정체는 무엇일까? 사고기계가 실패를 거듭하면서도 여유를 잃지 않는 이유는 무엇일까? 그는 분명 성공할 것이다, 그의 계획은 착착 진행되고 있을 것이다, 대체 무슨 일을 꾸미고 있는 것일까, 이런 생각을 하며 읽어나가다 보면 한낱 게임에 불과한 실험을 소재로 했음에도 스릴이 넘친다.

일본에는 3편의 사고기계 시리즈가 출간되었다. 가장 유명한 것은 역시 「13호 독방의 문제」이지만 그 밖에도 기발한 작품이 많다. 오래된 저택에 출몰하는 유령의 정체를 밝히는 「불을 뿜는 유령(The Flaming Phantom)」이나 도망칠 곳 없는 외길에서 자동차가 사라져버리는 「유령 차(The Phantom Motor)」 등도 완성도 높은 밀실 미스터리이다.

인기 작가였던 푸트렐은 전성기인 37세에 세상을 떠난다. 아내를 구명보트에 태운 후 타이타닉호와 함께 북해에 가라앉고 말았다. 사고기계 시리즈의 미발표작 여러 편도 영원히 사라졌다. 바다 속에 가라앉은 그의 단편 작품들이 궁금한 팬들도 있을 것이다. 와카타케 나나미(若竹七海)는 그 미발표 원고의 행방을 좇는 내용의 소설 『넵튠의 만찬(海神の晩餐)』을 썼다. 그리고 나는 영화〈타이타닉〉을 보며 갑판에서 갈팡질팡하는 사람들 사이에서 푸트렐의 환영을 좇는다.

저자 소개

잭 푸트렐 Jacques Heath Futrelle (1875~1912)

    미국 조지아주에서 태어났다. '사고기계'라는 별명으로 불리는 반 도젠 박사가 주인공인 단편 시리즈로 유명세를 떨쳤으나 타이타닉호 침몰 사고로 극적인 최후를 맞는다. 일본에는 그의 대표작을 엮은 『사고기계의 사건 수첩(思考機械の事件簿) Ⅰ~Ⅲ』총 세 권이 출간되었다.

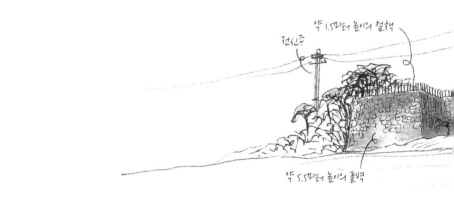

약 1.5미터 높이의 철책

전신주

약 5.5미터 높이의 돌벽

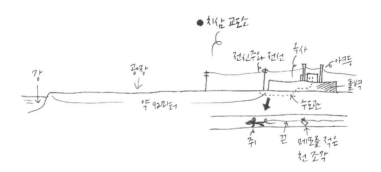

●치샴 교도소

전신주와 전선

욕사

아크등

강

광장

↓

약 92미터

돌벽

수도관

쥐

끈

메모를 적은
천 조각

작화 POINT　좋은 번역 덕분인지 다시 읽어도 흥미진진한 작품이었다.
추리소설의 문체 그 자체로, 대화는 물론 트릭도 재미있었던 이 작품은 '쉽게
그린 작품 베스트 5'에 든다.

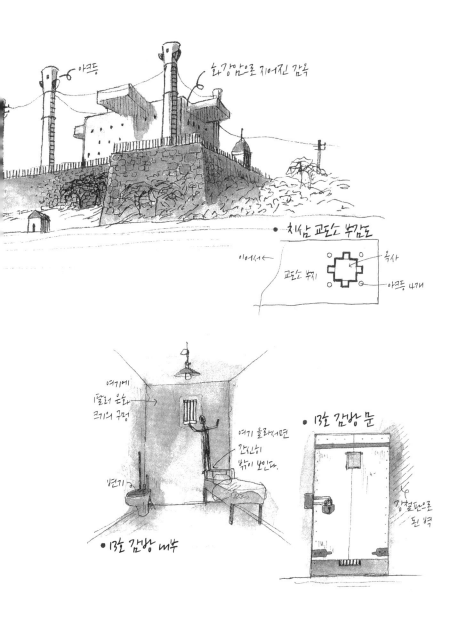

아크등

화강암으로 지어진 감옥

• 치삼 교도소 부감도

이어서←

교도소 부지

묵사

아크등 4개

여기에
1달러 은화
크기의 구멍

여기 올라서면
간신히
밖이 보인다.

변기

• 13호 감방 문

• 13호 감방 내부

강철판으로
된 벽

노란 방의 비밀
(Le Mystère de la Chambre Jaune, 1908)

가스통 르루(Gaston Leroux)

세계에서 가장 유명한 살인 현장

저널리스트이자 작가였던 가스통 르루는 세계 각지를 돌아다니며 취재한 르포 기사나 대중 소설을 연재하는 등 오직 신문지상에서 활약했다. 『노란 방의 비밀』과 『오페라의 유령』은 고전 명작의 반열에 올랐다. 그 밖에 지금도 어렵지 않게 구할 수 있는 『노란 방의 비밀』의 속편 『검은 옷을 입은 부인의 향기(Le parfum de la dame en noir)』와 괴기 단편집 『가스통 르루의 공포야화(Histoires épouvantables)』는 고풍스러운 분위기가 돋보이는 작품이다. 미스터리 작가로서의 르루는 『노란 방의 비밀』을 논하는 것만으로 충분하다.

20세기 초를 장식한 이 작품은 유럽 및 영미권은 물론 일본에서도 매우 높은 평가를 받았다. '밀실 트릭을 가장 능수능란하게 해결했을 뿐 아니라 작품 전체로서도 근대 추리소설의 전형이라고 해도 과언이 아닐 만큼 훌륭한 황금기의 3대 걸작'이라고 칭송한

에도가와 란포를 필두로 고가 사부로(甲賀三朗), 오시타 우다루(大下宇陀児) 등도 입을 모아 절찬했다. 한편, 일본의 탐정소설 연구가 이노우에 요시오(井上良夫)는 트릭의 독창성과 탐정 소설적 분위기를 높이 평가하면서도 '각각의 조각을 잇는 수법과 전체적인 기교 면에서 상당히 빈약한 부분이 있다. 치밀하지 못한 플롯 등 짜임새 면에서도 부족함이 느껴진다'고 지적했다.

솔직히 나는 『노란 방의 비밀』의 좋은 독자는 아니다. 초등학교 시절 아동용으로 읽었을 때나 대학 시절 문고판으로 다시 읽었을 때에도 크게 재미있다고 느끼지 못했다. 하지만 『밀실 대도감』에 당연히 들어가야 할 작품이라고 생각한 것은 역사적 의의를 인정할 만하다고 보았기 때문이다. 내가 재미를 느끼지 못한 이유도 이런 대(大)시대의 작품을 별로 좋아하지 않는 개인적인 취향 때문이기에 객관적으로 다루고자 노력했다.

소설의 서두는 신문 기사를 인용하며 일찌감치 사건의 개요를 설명한다. 현장은 고명한 원자물리학자 스탕제르송 박사의 저택. 사건은 글랑디에 성 혹은 너도밤나무 저택이라고도 불리는 그 저택의 '노란 방'에서 일어났다. '노란 방은 실험실 옆에 있다. 그리고 실험실과 '노란 방'은 성에서 3백 미터 가량 떨어진 정원 안쪽에 있다.' 어느 날 밤, 이곳에서 스탕제르송 박사의 딸 마틸드가 괴한의 습격을 받았다.

뻐꾸기시계가 12시 반을 알렸을 때 '노란 방'에서 마틸드의 비명이 들렸다. '살인마! 살인마! 살려줘요!' 그리고 들려온 총성과 '탁자며 가구가 바닥에 쓰러지는 요란한 소리.' 박사와 늙은 하인이 달려갔을 때 문은 안에서 자물쇠와 빗장으로 굳게 잠겨 있었다. 다른 하인들도 달려와 네 사람이 간신히 문을 부수고 들어갔다. 마틸드는 관자놀이를 구타당해 피투성이가 된 채 쓰러져 있고 방 안은 심한 몸싸움을 벌인 듯 엉망진창이었다. 방안에는 범인의 그림자조차 없었다. 발견된 것은 벽과 문에 남아 있는 남자의 것으로 보이는 피투성이 손자국, 천장에 남은 탄흔, 피 묻은 손수건, 낡은 베레모, 바닥에 찍힌 커다란 구두 발자국, 침대 옆에 떨어져 있는 양의 뼈, 그리고 총알이 발사된 늙은 하인의 권총이었다. 간신히 목숨을 구한 마틸드는 '전날 밤 수상한 사람을 보고 늙은 하인의 권총을 가져와 바닥에 두었다. 한밤중에 눈을 뜨자 방안에 있던 한 남자가 그녀를 덮쳤다. 총을 쐈지만 양 뼈로 머리를 얻어맞고 정신을 잃었다'고 이야기했다.

범인이 어떻게 방으로 들어왔는지 도저히 이해할 수 없었다. 노란 벽지, 노란 카펫으로 장식된 방의 출입문은 안에서 잠겨 있었고 모든 창에는 철책이 끼워져 있거나 안에서 빗장이 걸린 쇠살문이 달려 있었다. 비밀의 문 따위는 어디에도 없었다. 파리 시내를 흥분의 도가니로 몰아넣은 이 수수께끼에 18세의 신문기자 룰르타뷰와 파리 경시청의 명탐정 라르상이 경쟁적으로 도전한다.

『노란 방의 비밀』의 중반부에는 더욱 불가능한 상황이 펼쳐진다. T자 모양의 복도에서 룰르타뷰, 라르상, 늙은 하인이 세 방향에서 각각 수상한 자를 발견하고 뒤를 쫓았는데 상대가 홀연히 사라져버린 것이다. 그들이 한 곳에서 마주치는 순간 '뒤로 자빠질 만큼 심하게 부딪혔다.' 이것이 미스터리 역사에 남을 'T자 복도의 증발'이다. 룰르타뷰조차 '복도는 밝았고 바닥이나 벽에 사람이 숨을 수 있는 비밀 공간 따위는 전혀 없었다', '꽃병이 있었다면 우리는 그 안까지 들여다보았을 것이다!'라며 어리둥절할 수밖에 없었다. 그리고 종반에도 이와 비슷한 (동공이곡同工異曲의)범인 증발이 한밤의 정원에서 일어난다.

틀림없는 밀실 미스터리이다. 무엇보다 작자는 첫머리에서 그런 자신감을 당당히 서술했다. '사실 또는 공상의 영역에 있어 예컨대 「모르그가의 살인 사건」의 저자 에드거 앨런 포와 코난 도일 등의 창작물들조차 그 불가사의한 점에서는 '노란 방의 불가사의'에 견줄 만한 것은 없을 것이다.'

멜로드라마의 요소가 짙고 클라이맥스에는 주인공이 재판을 중단시키고 사건 전체의 실마리를 밝히는 등 그야말로 통속적인 대중 소설이다. 거기에 코난 도일 풍의 본격 미스터리적 요소를 가미한 작풍으로, 미스터리로서는 다소 부족한 점도 눈에 띈다. 가장 두드러지는 것은 독자가 함께 추리할 수 있는 자료가 제시되어 있지 않다는 것이다. 이 점은 이노우에 요시오가 활동하던 시대부터 감점 요인이 되어왔다. 하지만 나는 그 점에 대해서는 크게 거슬리지 않는다. 공정성이 중요하다거나 복선이 필요하다며 '작자에게만 공정한' 작품이 대부분이기 때문이다. 밀실 미스터리는 '트릭을 밝혀낼 수 있는 복선을 까는' 것이 곤란한 경우가 많다. 일러스트를 보면 알겠지만 르루는 '노란 방'에 다양한 것을 늘어놓고 진상을 암시하고자 했다. 그 노력만큼은 높이 사고 싶다.

정작 중요한 트릭은 어떨까? 발표 당시에는 무척 참신했을 것이다. 모든 트릭이 심리적 맹점을 찌른다. 르루가 씨를 뿌린 이런 종류의 트릭에서 탄생한 많은 트릭들이 있는 만큼 이 작품이 미스터리의 전당에 오를 자격은 충분하다고 본다. 이 작품을 읽은 내가 (11세의 미스터리 초심자) '억지 변명 같다'고 느낀 사실은 사라지지 않지만 '노란 방'이 세계에서 가장 유명한 살인 현장이자 가장 유명한 밀실 중 하나인 것만은 분명하다.

저자 소개

가스통 르루 Gaston Leroux (1868~1927)

　프랑스 파리에서 태어났다. 법정 기자, 르포라이터로 활약했으나 문학적 야심도 왕성했다. 코난 도일, 디킨스의 영향을 받아 미스터리 소설계의 고전 명작으로 자리 잡은 『노란 방의 비밀』을 발표, 세계적인 명성을 얻었다. 그 밖의 작품으로 『검은 옷을 입은 부인의 향기』, 『오페라의 유령』 등이 있다.

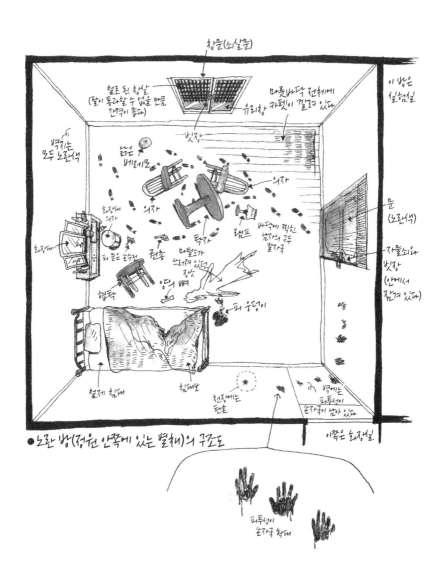

●노란 방(정원 안쪽에 있는 별채)의 구조도

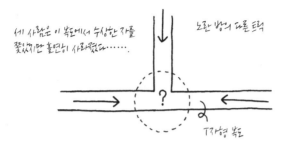

세 사람은 이 복도에서 수상한 자를
쫓았지만 홀연히 사라졌다······

노란 방의 다른 트릭

?

T자형 복도

작화 POINT 그리기는 힘들었지만 다시 읽는 것은 즐거웠다. 자세한 밀실 묘사 덕분에 교정(?)이 쉽지 않았다. 이만하면 됐겠지 하면 권총을 그려 넣는 것을 깜빡 하고 이번에야말로 빠짐없이 그렸겠지 하고 다시 보면 철로 된 창살을 빠뜨리는 등 좀처럼 끝내기 힘들었지만 워낙 좋아하는 작품이라 즐겁게 작업할 수 있었다.

급행열차 안의 수수께끼
(Mystery of the Sleeping Car Express, 1920)

F.W. 크로프츠(Freeman Wills Crofts)

달리는 열차 안에서 범인은 어떻게 사라졌을까?

크로프츠의 대표작 『통(The Cask)』은 영국과 프랑스 사이를 표류하는 사체가 담긴 통의 궤적을 집요하게 쫓는 현실감 넘치는 알리바이 트릭 소재로, 첫머리의 시체 발견 장면 등은 명장면이지만 무딘 속도감에 두 손 든 독자도 있는 듯하다. 작품의 속도를 따라가다 보면 나름 자연스럽게 그 독특한 소설 세계에 빠져들게 되지만 말이다. 그 밖에도 『폰슨 사건(The Ponson Case)』, 『그로테 공원의 살인(The Groote Park Murders)』, 『영국해협의 수수께끼(Mystery in the English Channel)』, 『프렌치 경감의 바쁜 휴가(Tragedy in the Hollow)』 등 알리바이 트릭을 소재로 다룬 작품이 많아 알리바이 붕괴의 작가라는 이미지가 굳어졌지만 범인의 시점으로 사건을 풀어가는 『크로이든발 12시 30분(The 12.30 From Croydon)』이나 순수한 범인 색출 소설 『스타벨의 비극(The Starvel Hollow Tragedy)』과 같은 걸작도 있고 스파이 소설이나 사회파 미스터리 등 폭넓은 작풍을 지닌 작가이다.

철도 기술자에서 작가로 변신한 독특한 경력 때문인지 그의 작품에는 철도가 자주 등장한다. 『죽음의 철도(Death on the Way)』나 『열차의 죽음(Death of a Train)』은 제목만 봐도 철도가 중요한 모티브라는 것을 알 수 있다. 대표작 중 하나인『매길 경의 마지막 여행(Sir John Magill's Last Journey)』은 철도와 여행 그리고 알리바이 트릭이라는 그의 장기를 혼합한 수작으로, 후에 일본의 철도 미스터리에도 영향을 미쳤다.

그런 크로프츠가 밀실 트릭에 정면으로 도전한 작품이『두 개의 밀실(Sudden Death)』(1932)이다. 제목 그대로 두 개의 밀실 살인이 등장하며 각각 기계적 트릭과 심리적 트릭을 사용했다는 점이 눈에 띈다. 다만, 둘 다 획기적인 아이디어라고 평하기에는 부족함이 느껴졌다. 아무래도 알리바이 트릭만큼 열정을 불사르지는 않았던 것 같다. 1932년은 애거서 크리스티, 엘러리 퀸, 존 딕슨 카라는 세 거장이 활발히 활동하던 본격 미스터리의 황금기였기 때문에 크로프츠도 도전하고 싶은 욕구가 일었는지도 모른다. 그런데도 크로프츠를 선택한 이유는 그의 단편「급행열차 안의 수수께끼」때문이다.

사건은 유스턴 역을 출발한 북부행 열차 일등 객차에서 발생한다. 자정을 넘긴 시각, 고원의 황량한 소택 지대에 접어들었을 무렵 열차가 멈춰 섰다. 이상하게 여긴 차장이 밖을 내다보니 일등 객차의 창으로 손을 흔들고 있는 사람들의 그림자가 보였다. 달려가 보니 블라인드가 올라간 한 객실(열차의 차량은 모두 개인실로 되어 있다) 안에서 여자가 충격에 빠져 있었다. 실내에는 총을 맞아 숨진 남녀의 시체가 쓰러져 있었다. 급하게 문을 열어보았지만 무슨 이유에서인지 문은 열리지 않았다. 차장은 선로로 뛰어내려 반대편 문(바깥쪽에도 문이 있어 승차가 가능하다)을 열고 여자를 구했다. 무슨 일이 벌어진 것일까?

그녀의 증언에 따르면, 살해당한 남녀(부부)와는 유스턴 역에서 함께 열차를 탔다고 한다. 얼마 후 세 사람 모두 잠이 들었고 그녀는 총성에 놀라 눈을 떴다. 그때 살짝 열린 복도 쪽 문에서 두 번째 탄환이 날아들었다. 동승한 부부가 쓰러졌다. 공포에 휩싸인 그녀는 도움을 요청했지만 문은 열리지 않았다. 그렇게 시체와 함께 객실에 갇히고 말았다는 것이다. 조사 결과, 문이 열리지 않게 복도 쪽에서 나무쐐기가 박혀 있었다. 안에서는 쐐기를 박을 수 없고, 실내에 흉기도 없었기 때문에 그녀가 범인일 리 없다. 시체가 막고 있어 바깥쪽 문도 열 수 없었기 때문에 흉기를 열차 밖으로 던지는 것도 불가능했다.

열차를 세우고 차장에게 손을 흔든 것은 끝 칸에 있던 네 명의 남성 승객이었다. 방해 받지 않기 위해서였을까, 범인은 그들의 객실 문에도 나무쐐기를 박아 열리지 않게 해놓았다. 따라서 갇혀 있던 그들도 범인은 아니다. 일등 객차에는 그 밖에도 여러 명의 승객이 있었지만 모두 범행과는 관련이 없었다.

그렇다면 범인은 열차의 다른 차량으로 도주했을까? 그것도 불가능하다. 일등 객차 앞뒤로 아무도 지나가지 않았다고 단언하는 증인이 있었다. 달리는 열차 안에서 범인은 어떻게 사라졌을까?

열차 객실에서 일어난 밀실 살인을 한 편쯤 넣고 싶었기 때문에 이 작품을 선택했다. 무척 난해한 사건이다. 경찰은 '역시 같은 객실에 있던 여자가 범인이다. 미리 복도 문에 나무쐐기를 박아놓고 바로 앞 역에서 하차해 바깥쪽 문을 통해 객실로 돌아왔을 것이다'라고 의심했지만 역을 출발한 후에는 네 명의 남성 승객 중 한 사람이 복도에 나와 있었기 때문에 그 가설도 깨졌다. 그 밖에도 온갖 추측이 난무하며 책장을 넘길수록 궁금증은 깊어진다.

복잡하게 얽힌 상황을 파악하며 읽어나가야 하는 것이 다소 답답할 수 있지만 그것도 크로프츠의 매력이다. 1930년대 영국의 침대 열차의 모습이나 색다른 차량 구조를 알 수 있는 것도 흥미롭다. 차량 바깥쪽에 있는 문은 물론 승강 계단(플랫폼이 낮기 때문에 열차에 오르내리기 위한 계단이 필요)이 있기 때문에 그곳에 숨었을 수 있다는 추리까지 등장했다. 어느 책장을 펼쳐도 차장·선로·삼등객차·승객·열차표·긴급 정차·개표원·기관차·역·경보·중도 하차·신호등·흡연실·승무원·수하물차 등 철도에 관한 용어가 가득하다. 철도를 무대로 펼쳐지는 이야기이니 당연하겠지만 글로써 전해지는 분위기가 무척 근사하게 느껴졌다.

트릭은 독자의 맹점을 교묘히 찌른다. 탐정의 추리로 진상이 밝혀지는 것이 아니라 범인의 자백으로 끝을 맺는 것도 나쁘지 않다. 다만, 진상이 드러나기 전에 진상에 가까운 추리가 제시되는 것에는 의문이 든다. '그걸 이용한 게 아닐까?', '아니야, 그건 불가능해', '하지만 역시 그걸 이용한 거야' 하는 식으로 전개한다면 '그것'에 대해서는 결말까지 언급하지 않는 것이 내가 선호하는 방식이다.

외국에는 예부터 개인실을 갖춘 열차가 많아『오리엔트 특급 살인(Murder on the Orient Express)』과 같이 개인실에서 일어난 살인을 그린 소설이 많지만 단순한 철도 밀실 미스터리는 의외로 적다. 오스틴 프리먼의 「파란 스팽글(The Blue Sequin)」 등도 밀실로 설정했지만 실은 밀실이 아니다. 개인실을 갖춘 열차에 익숙지 않아서인지 일본 미스터리에서도 철도를 무대로 한 작품은 찾아보기 힘들다. 수십 개의 초에 둘러싸여 누워 있던 피에로의 시체가 열차 화장실에서 사라지는 시마다 소지(島田荘司)의 『기발한 발상, 하늘을 움직이다(奇想, 天を動かす)』정도가 떠오를 뿐이다.

저자 소개 -

F.W. 크로프츠 Freeman Wills Crofts (1879~1957)

 아일랜드 더블린에서 태어났다. 북아일랜드의 철도 기술자로
근무하다 병에 걸려 요양하던 중 쓰게 된 처녀작 『통』(1920)으로 작
가 데뷔했다. 비현실적인 천재형 탐정이 아닌 '발로 뛰는 탐정' 프
렌치 경감을 탄생시켰다. 일본에서 꾸준한 인기를 누리고 있다.
대표작은 본문 참조.

목재 천장

거울

객실 문의 자물쇠

1909년 당시
영국 철도의
객실 내부

바닥도 목재

작화 POINT 　아리스가와 씨가 이 책에 소개한 작품 중 가장 애먹은 작품이다. 사건의 무대인 당시 급행열차(객실식 차량)의 자료를 힘들게 구해 작화를 완성했는데 편집부에서 '아무래도 차량의 모습이 다른 것 같다'는 이의 제기가 있었던 것이다. 편집부에서 보여준 영국 철도 관련 서적에는 위와 같이 객실식 차량 양쪽에 문이 달려 있었다. 탈락된 차량 내부의 스케치는 바깥쪽은 창이 달려 있고 복도 쪽에만 문이 하나 달려 있는 구조였다. 하지만 내가 찾은 1909년 당시 영국 철도 자료에서는 분명 이런 모습이었다.

　이 작화야말로 급행열차의 수수께끼이다.

객실 구조도

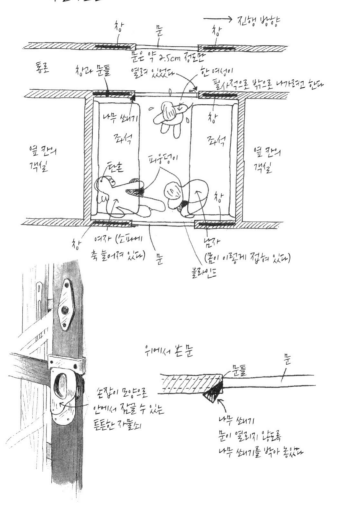

시계종이 여덟 번 울릴 때
(Les huit coups de l'horloge, 1923)

모리스 르블랑(Maurice Leblanc)

명탐정으로 활약하는 '괴도' 뤼팽

모리스 르블랑은 괴도(怪盜) 아르센 뤼팽을 창조했다. 뤼팽은 셜록 홈스와 나란히 미스터리계의 슈퍼스타이다. 『기암성(l'aiguille creuse)』, 『813』, 『수정 마개(Le Bouchon de cristal)』, 『호랑이 이빨(Les Dents du tigre)』 등의 통쾌한 모험담은 독자들의 가슴을 뛰게 한다……고 말하지만 실은 어린 시절 내가 푹 빠져 있던 것은 오로지 셜록 홈스였을 뿐 뤼팽을 동경하거나 친밀감을 느끼진 못했다. 당시에는 신문 소설에서나 볼 법한 모험 활극 같은 분위기나 통속적인 느낌이 마음에 들지 않았기 때문이다. 내가 좋아하는 셜록 홈스가 어수룩한 상대로 그려져 있는 것도 화가 나고 은신처인 기암성에서 나올 때는 유치해서 고개를 내젓기도 했다.

하지만 단편 중에는 '이건 굉장한데' 하고 깜짝 놀란 작품도 많았다. 그런 단편들은 대부분 『괴도 신사 아르센 뤼팽(Arsène Lupin, Gentleman-Cambrioleur)』, 『아르센 뤼팽의 고백(Les Confidences d'Arsène Lupin)』,『시계종이 여덟 번 울릴 때』에 수록되어 있다. 이 세 권은 본격 미스터리의 색채가 짙고 트릭도 풍성하게 등장한다. 특히, 인상 깊었던 것은『괴도 신사 아르센 뤼팽』에 실린「여왕의 목걸이(Le Collier de la Reine)」이다. 이 작품은 아마 내가 평생 가장 놀라고 감동한 밀실 미스터리일 것이다(당시 내 나이는 열 살 혹은 열한 살이었다). 백작 저택의 자물쇠와 빗장이 걸린 작은 방에서 기구한 운명의 목걸이가 도난당한다. 사건은 미궁에 빠진 채 오랜 세월이 흘렀다. 살롱에서 그 사건이 화제에 오르자 한 신사가 뜻밖의 전말을 밝힌다. 사건이 해결되는 부분에서는 심장 박동이 빨라졌다.

그와 대조적인 것이 비교적 최근 어린이용 도서로 읽은『두 개의 미소를 지닌 여인(La femme aux deux sourires)』이다. 정원에서 노래를 부르던 여인이 사람들이 보는 앞에서 갑자기 쓰러진다. 가까이 다가간 사람도 없는데 대체 누가, 어떻게……라는 수수께끼인데 결말을 읽으면 허탈감이 밀려온다. 내 평생 가장 실망한 밀실 미스터리라는 의미에서 기억에 남아 있다(결말이 마음에 든 독자에게는 양해를 구한다).

「여왕의 목걸이」는 다시 읽어도 재미있는 작품이지만 여기서는 연작 단편집의 명저『시계종이 여덟 번 울릴 때』에 대해 소개하고자 한다. 오르탕스 다니엘이라는 여인과 함께 여덟 가지 사건에 도전하는 뤼팽(작중에는 레닌 공작이라고 칭한다)은 괴도 신사가 아닌 오직 명탐정으로 활약한다.「타워 위에서」,「물병의 비밀」,「테레즈와 제르멘」,「눈 속의 발자국」등 대부분 굉장히 기발한 작품이다. 열

거한 작품 중 마지막 두 편이 밀실 미스터리이다. 하지만 금고처럼 굳게 잠긴 방에서 살인 사건이 일어나는 등의 내용은 아니다. 두 편 모두 범인의 흔적이 남지 않은 상황을 그린 작품으로 「테레즈와 제르멘」은 가을의 해변, 「눈 속의 발자국」은 겨울의 설원을 무대로 한 세심한 연출이 돋보인다. 하나같이 초보적인 트릭이기는 하지만 「테레즈와 제르멘」의 트릭을 고안한 것은 르블랑의 훈장이라고도 할 수 있다.

「테레즈와 제르멘」의 무대는 풍광이 아름다운 피서지 에트르타. 10월 2일, 전에 없이 따뜻한 가을 아침이었다. 뤼팽과 오르탕스가 이곳을 찾은 이유는 휴가를 보내기 위해서가 아니었다. 파리의 한 신문에서 기이한 정보를 입수했기 때문이었다. 사건이 일어날지 모른다는 뤼팽의 예감은 불행히도 적중하고 말았다. 그곳에 머물던 손님 중 하나인 자크 뎅브르발이 살해된 것이다.

뤼팽을 비롯한 여러 사람이 그 이상한 장면을 목격한다. 더위를 호소하던 자크는 아내에게 열쇠를 건네받아 해변에 있는 방갈로로 들어갔다. 잠시 후 사람들이 자크를 불렀지만 방갈로 안에서는 아무 대답도 없었다. 뤼팽은 '문 양쪽에 달려 있는 블라인드를 검사했다. 그중 하나의 윗부분이 부서져 있는 것을 확인한 그는 지붕 꼭대기까지 올라가 안을 들여다보았다.' 그리고 '나이프를 꺼내 자물쇠를 따고 문을 열었다.' 그러자 자크는 '한 손에는 신문을 들고 다른 한 손은 웃옷을 움켜쥔 채 쓰러져 있었다.' 등을 찔린 것이었다. 하지만 방 안에 흉기는 없었다. 게다가 상처는 자살이 불가능한 부위였다.

요컨대 이런 것이다.

'자물쇠로 굳게 잠긴 방 안에 있던 한 남자가 불과 수 분 사이에 스무 명 남짓한 사람들이 지켜보는 앞에서 살해당했다.' '그 방에 들어간 사람도, 그 방에서 나간 사람도 없었다.'

일단, 방갈로 자체가 밀실이었다. 그리고 밀실 주변에는 스무 명 남짓한 사람들이 방갈로를 지켜보았다. 즉, 문제의 방갈로는 자물 쇠와 사람들의 시선에 의해 이중의 밀실이 되었다. 이런 다중 밀실을 고집하는 작가도 있어서 삼중, 사중으로 점점 더 복잡한 밀실을 설정하기도 한다. 물론, 르블랑은 그럴 생각까지는 없었을 것이다.

요즘은 그리 특별할 것 없는 평범한 트릭이 되고 말았다. 밀실 미스터리를 즐겨 읽는 독자라면 아직 이 작품을 읽지 않았더라도 '혹시 그거 아냐?' 하고 짐작할 수도 있다. 비슷한 트릭을 사용한 작품도 많은데 스포일러가 될 수 있으니 제목은 거론하지 않겠다. 소설 기술에 따라, 무리 없이 설득력을 얻을 수 있는 트릭이다.

이런 유형의 트릭의 장점은 현장이 밀실이어야 할 필연성을 갖추었다는 것이다. 밀실 미스터리는 간혹 범인이 현장을 밀실로 만들어서 얻는 이점이 전혀 없는 경우가 있다. 논리적이어야 할 본격 미스터리에는 큰 결점이다. '참신한 트릭이 떠올랐다. 조금 억지스럽더라도 이걸로 독자들을 깜짝 놀라게 하고 싶다'는 경솔한 생각이 실패를 부르는 것이다. 밀실 트릭을 미스터리의 전형처럼 남발하다 보면 자칫 필연성을 잊고 만다.

　범인이 현장을 밀실로 만든 이유에 대한 졸렬한 예로 '범인이 미쳤으니까', '밀실 마니아였기 때문에' 같은 것이 있다. 뭐, 그 정도까지는 이해할 수 있다. 더 이상한 것은 '현장을 밀실로 만들면 잡히지 않는다. 경찰에 체포될 것 같으면 자신이 밀실을 드나들었다는 증거를 대라며 항변할 수 있으니까'라는 억지 논리이다. 이런 주장이 통할 리 없다. 또 머리가 그렇게 좋으면 범행이 발각되지 않게 하면 될 일이다.

「테레즈와 제르멘」은 밀실의 필연성을 충분히 갖추었다. 또 같은 책에 실린 「눈 속의 발자국」에서도 르블랑은 범인이 발자국 트릭을 사용한 이유를 빈틈없이 설명한다.

저자 소개

모리스 르블랑 Maurice Leblanc (1864~1941)

　프랑스 루앙에서 태어났다. 초기에는 심리소설을 썼으나 크게
두각을 나타내지 못했다. 1907년『괴도 신사 아르센 뤼팽』을 발표
한 이래 변장의 명수이자 신출귀몰한 능력을 보여주는 괴도 아르
센 뤼팽을 탄생시킨 작가로 큰 인기를 누렸다. 대표작으로는『기
암성』, 『813』, 『아르센 뤼팽 대 셜록 홈스(Arsène Lupin contre Herlock
Sholmès)』, 『바르네트 탐정 사무소(L'Agence Barnett et Cie)』, 『서른 개
의 관(L'Île aux trente cercueils)』 등이 있다.

● 방갈로 구조도

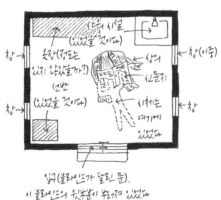

샤워 시설
(있었을 것이다)

옷장(정도는
있지 않았을까?)
선반
(있었을 것이다)

창

창(이중)

상의

신문지

시계는
여기에
있었다

창

입구(블라인드가 달린 문).
이 블라인드의 윗부분이 뒤틀려 있었다

해변에는 방갈로가 몇 채 있다.
그림 안쪽에 있는 방갈로에서
자크 데브르발이 살해당했다.

　해변의 작은 방갈로가 살인 현장이다. 무엇을 중심으로 그리지 무척 고민했다. 구조도를 크게 그리거나 작은 방갈로를 스케치하듯 그리는 것도 재미없을 것 같아 결국 이 작품의 무대인 해변의 이미지를 상상해 그려 넣기로 했다. 솔직히 아리스가와 씨는 마음에 들지 않았을 것 같다. 실제 이 그림을 편집장인 미나모토 씨에게 건네면서 그렇게 이야기했더니 '글쎄요'라며 긍정도 부정도 하지 않았던 것이 이 그림의 부족한 완성도를 증명하는 것이겠지. 그래도⋯⋯.

개의 계시
(The Oracle of the Dog, 1926)

G. K. 체스터턴(Gilbert Keith Chesterton)

강렬한 시각 이미지와 뛰어난 청각 이미지

초등학교 시절 어린이용 도서로 체스터턴의 작품을 처음 읽었을 때 느낀, 말로 표현할 수 없는 이상한 흥분을 아직도 기억하고 있다. 그때는『브라운 신부』가 셜록 홈스에 비견되는 명작 시리즈라는 예비지식도 없었고 에도가와 란포가 '형이상적'이라거나 '에드가 앨런 포 이래 현대에 이르기까지 어떤 작가도 시도하지 않았던 경지', '물리적 트릭 위에 심리적 트릭이 있고 그걸로 끝인가 하면 (중략) 더 높은 단계의 '사상(思想)'의 트릭, '철학 내지는 신학'의 트릭을 지향한다'고 평했다는 사실도 알지 못했다. 뭐, 그런 말을 들었어도 의미는 몰랐을 테지만. 그럼에도 '이건 내가 지금까지 읽은 미스터리와는 다르다'는 것을 느꼈다.

체스터턴의 소설에는 '역설'이 가득하다. 명탐정 브라운 신부, 가브리엘 게일, 폰드 씨가 수수께끼를 밝혀낼 때 독자는 늘 가벼운 현기증을 느낀다. '너무 커서 오히려 보이지 않았다' 같은 것은 그

나마 이해가 쉽지만 '모든 게 다르기 때문에 결국 같은 것이었다'거나 '똑같기 때문에 다른 것이었다' 혹은 '키가 너무 커서 눈에 띄지 않았다'고 하면 어느새 정신이 아득해진다. 하지만 관점을 바꾸는 순간, 그 역설 너머의 진실이 드러나고 우리의 눈앞에는 새로운 세계가 열린다. 그것은 인간이 사물을 인지하는 능력의 한계를 보여주는 것과 동시에 인간의 무한한 상상력을 엿볼 수 있는 즐거운 체험이기도 하다.

물론, 체스터턴의 작품을 깜짝 놀랄 만한 트릭의 보고로 감상하는 것도 좋다. 『브라운 신부』 시리즈만 해도 「비밀의 정원」, 「투명 인간」, 「잘못된 모양」, 「신의 철퇴」, 「세 개의 흉기」, 「글라스 씨는 어디에?」, 「통로에 있었던 사람」, 「하늘에서 날아온 화살」, 「날개 달린 단검」, 「날아다니는 물고기의 노래」, 「배우와 알리바이」, 「보드리 경 실종 사건」, 「블루 씨를 쫓아서」 등의 밀실 미스터리 작품이 있다. 이런 밀실의 보고에서 베스트 3을 고른다면 마땅히 「이상한 발걸음 소리」, 「개의 계시」, 「문크레센트의 기적」이 아닐까. 하나같이 미스터리 역사상 찬연히 빛나는 불후의 명작이다. 마찬가지로 널리 알려진 「투명 인간」을 명작으로 꼽거나 취향에 따라 명작에 버금가는 수작으로 꼽는 사람도 있을 것이다. 아쉽게도 한 작품밖에 고를 수 없었기 때문에 여기서는 「개의 계시」만 소개하고자 한다.

무대는 요크서 해안에 있는 드루스 대령의 저택에 딸린 별장. '별장은 정원 끝에 있었으며 정원에는 어떤 종류의 출구나 입구도 없었다. 정원 중간에 놓인 길을 따라 양쪽으로 **빽빽이** 늘어선 제비고깔 나무들 때문에 잠시 옆길로 헛디디면 금세 흔적이 남았다. 그 길과 나무들이 별장 입구까지 곧장 연결되어 있기 때문에 범인이 남의 눈에 띄지 않고 별장에 접근하는 것은 거의 불가능했다.'

어느 날 오후, 대령은 별장에서 변호사를 만난 후 문 앞까지 그를 배웅했다. 변호사가 별장을 나선 것은 사다리 위에서 울타리를 손질하던 비서의 증언으로 확인되었으며 비서가 줄곧 사다리 위에서 정원 일을 하고 있었다는 것은 대령의 딸이 목격했다. 그리고 변호사의 증언에 따르면, 별장에는 대령 혼자만 남아 있었다고 했다. 변호사가 떠나고 약 10분 후, 정원을 내려오던 대령의 딸은 대령이 하얀 린넨 코트 차림에 등에는 칼로 찔린 듯한 상처를 입고 등나무 의자와 함께 바닥에 쓰러져 있는 것을 보았다.

그날 오후, 대령의 조카들은 개를 데리고 해변을 산책했다. 아슬아슬하게 균형을 유지하고 있는 '운명의 바위'라는 특이한 바위 근처에서 돌이나 나무 막대기를 바다로 던진 후 개에게 물어 오게 하며 시간을 보내던 중 바다에서 나온 개가 갑자기 구슬프게 짖었다. 적막한 바닷가를 울리던 개의 애통한 울음이 잦아들었을 때 대령의 시체를 발견한 딸의 날카로운 비명이 들려왔다. 그들은 정원으로 돌아갔다. 개는 변호사를 보자마자 미친 듯이 짖어댔다.

범인은 변호사일까? 글쎄, 과연 그럴까. 이 개가 해변에서 울부짖는 장면은 굉장히 인상적이다. 청각 이미지를 자극하는 이런 장면도 인상 깊지만 이 작품의 특징은 누가 뭐래도 선명하고 강렬한 시각 이미지이다. '파란 꽃들 사이로 별장 앞 어두운 현관까지 곧게 뻗어 있는 길, 그 길을 걸어가는 변호사의 검은 정장과 실크 모자, 나무 울타리 위로 불쑥 튀어나온 비서의 빨간 머리칼'이나 '별상 앞까지 이어진 파란 꽃들 사이로 선명히 떠오른 그의 검은 모자와 수염이 붉은 저녁놀에 물든 '운명의 바위'의 윤곽과 함께 지금이라도 눈에 보이는 듯하다'는 묘사가 기억에 남는다. 체스터턴은 그림 같이 아름답고 환상적인 장면 묘사로 독자를 빠져들게 만들뿐 아니라 본격 미스터리의 풍성한 재미까지 함께 담아냈다.

'개는 멀리 떨어진 장소에서도 주인의 영혼이 육체를 빠져나간 것을 감지할 수 있을까' 하는 수수께끼를 둘러싼 고찰은 이 작품 최대의 포인트이다. 냉정하게 생각하면, 그런 일은 있을 수 없다. 하지만 막상 이 소설과 같은 장면을 마주하면 누구나 조금은 신비한 감각에 휩싸일지 모른다. 개를 무척 좋아하는 브라운 신부는 사건에 대해 듣고 현장에 가지 않고도 수수께끼를 풀어낸다. 신부는 말했다. '그 개를 사람의 영혼을 심판하는 위대한 신이 아니라 단순한 개로 이해했다면 자네도 사건을 정확히 이해할 수 있었을 텐데.' '자네가 너무 영리한 나머지 동물들을 제대로 이해하지 못하는 게 아닌가. 특히 사람들이 거의 동물만큼이나 단순하게 행동할 때는 더더욱 말이지. 동물은 글자 그대로 동물이네.' 그리고 이야기는 신부의 종교관으로 끝을 맺는다.

독서를 그저 심심풀이로 여기는 사람에게는 공연한 참견이지만 굳이 극언하자면, 체스터턴을 읽지 않으면 미스터리 팬으로서 보람이 없지 않을까. '마지막에 모든 게 이해되는 소설은 깊이가 얕다', '인간은 이해할 수 없는 존재'라는 말에는 누구나 고개를 끄덕인다. 하지만 훌륭한 본격 미스터리(체스터턴!)는 마지막에 바위와 같은 결말을 놓고 사변(思辨)을 이끌어낸다.

저자 소개 --

G. K. 체스터턴 Gilbert Keith Chesterton (1874~1936)

　영국 런던에서 태어났다. 에세이 작가, 저널리스트, 시인, 극작가, 역사가, 평론가, 삽화가 등 다채로운 분야에서 활약했다. 1905년 최초의 단편 추리소설 「괴짜 상인 클럽(The Club of Queer Trades)」을 발표했다. 브라운 신부가 주인공인 미스터리 단편집 전 5권(총 48편)과 다수의 작품 모두 트릭의 보고일 뿐 아니라 품격 있는 문명 비평으로 높은 평가를 받고 있다.

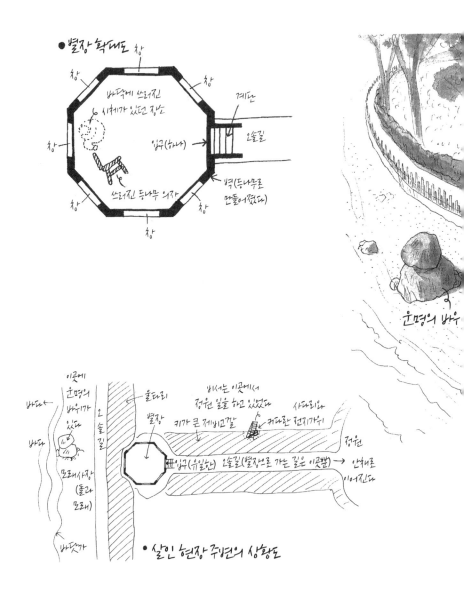

● 별장 확대도

창

창   창

바닥에 쓰러진
시체가 있었던 장소   계단

입구(하나)   오솔길

창   창

쓰러진 등나무 의자   벽(등나무로
                                 만들어졌다)
창

창   창

창

운명의 바위

이곳에
운명의
바위가   울타리
있다
바다   오   별장   비서는 이곳에서   사다리와
        솔   정원 일을 하고 있었다.   커다란 전지가위
바다   길   키가 큰 제비꽃갈   정원

                            입구(유일한) 오솔길(별장으로 가는 길은 이곳뿐)→   안채로
모래사장   이어진다
(돌과
모래)

바닷가

● 살인 현장 주변의 상황도

64

별장

『브라운 신부』 시리즈로 팬이 된 이후 무척 좋아하는 작가이
다. 이번 편도 쉽지 않았지만 워낙 좋아하는 작가이다 보니 작업에 열중할 수
있었다. 다시 읽어도 재미있는 작품이었기 때문에 좋은 그림이 나왔다고 생각
한다…….

밀실의 수행자
(Solved by Inspection, 1931)

로널드 A. 녹스(Ronald A. Knox)

단식 끝의 기아 살인

　동서양을 막론하고 본업과 별개로 추리 소설을 쓰는 작가는 많다. 그중에서도 본업이 성직자이자 신학자인 로널드 A. 녹스는 독특한 경우이다. 직업 작가가 아니었기 때문인지 비평과 풍자가 넘치는 작풍이 특징이다.

　특히 유명한 작품이 『육교 살인 사건(The Viaduct Murder)』. 작중의 탐정 소설 팬들의 입을 빌려 1925년 일찌감치 추리 소설이 완성되었음을 자화자찬하는 동시에 엉뚱한 결말로 독자의 허를 찌르기도 한다.

　하지만 『육교 살인 사건』보다 더욱 화제가 된 것은 그가 제시한 '녹스의 십계'(1929)가 아닐까. 녹스의 십계는 양식 있는 추리 소설 작가가 피해야 할 열 가지 '금기'와도 같은 규칙이다. 녹스는, '이만큼 고도로 전문화된 예술 형식이라면 마땅히 전문적인 규칙이 필요하다. 소설가 중에서도 탐정 소설가만큼은 이 자유로운 세상에서조차 규칙 위반은 용서되지 않는다', '탐정 소설이란, 작가와 독자라는 두 선수 간의 게임이기 때문이다'라는 신념을 바탕으로 십계를 만들었다고 하는데 진의는 분명치 않다.

거기에는 '초자연적인 수단을 동원해서는 안 된다'는 등의 상식적인 내용도 있는 한편 '범인은 이야기 초반에 언급된 인물이어야한다'거나 '탐정의 파트너는 독자보다 지능이 약간 낮아야 한다'는 등 굳이 고집할 이유가 없는 금기도 포함되어 있다. '십계' 자체가위트가 아니었을까. 다수의 작품들이 이 '십계'를 깨면서 명작의반열에 올랐다.

열 가지 금기 중 세 번째가 밀실에 관련된 내용이다. '범행 현장에 비밀의 방이나 비밀 통로를 2개 이상 만들면 안 된다'는 규칙이다. 2개 이상은 안 된다니 무슨 말인지 의문이 들지만 요컨대 빠져나갈 수 있는 구멍이나 숨겨진 방과 같은 진부한 설정은 피하라는말이 아닐까.

'과거 내 소설에서 비밀 통로를 이용했을 때는(이런, 내가 사용하다니) 그 집이 박해 시대의 가톨릭교회 건물이었다는 것을 미리 밝혀두었다'고 덧붙인 내용에는 웃음이 새어 나왔다.

「밀실의 수행자」는 그런 녹스가 쓴 걸작 단편으로, 지명도는 푸트렐의 「13호 독방의 문제」에 뒤지지 않을 것이다. 오랜 미스터리팬으로서 모르고 넘어갈 수 없을 만큼 유명한 트릭이 등장한다.

대형 보험회사에 고용된 탐정 마일즈 브랜든은 백만장자 저비슨의 죽음에 대한 조사를 의뢰받는다. 그는 동양의 신비 사상에 심취해 있었다. 심령학 실험에 몰두하거나 정체를 알 수 없는 인도인들과 함께 지내기도 했다. 그런 저비슨이 죽었다. 열흘 가까이 음식에는 손도 대지 않다 결국 굶어 죽은 듯했다. 하지만 자살인지 타살인지 혹은 사고사인지 사인이 분명치 않았기 때문에 탐정이 등장하게 된다.

저비슨이 수행을 위해 단식을 하던 곳은 과거 체조장과 타구장으로 사용하던 방(체육관과 같은 장소가 아닐까)이었다. 직사각형의 넓은 방은 사원처럼 텅 비어 있고 바닥에는 빛나는 붉은 카펫이 깔려 있다. '천장 중앙에 뚫린 우물 모양의 창으로 빛과 공기가 들어왔다. 창은 유리로 되어 있고 철제 창틀 사이에서는 바람이 불어왔다.' 방 한쪽 구석에는 도구함이 놓여 있고 '입구 반대편 벽에는 채소 등이 가득 담긴 찬장이 있었다.' 방 한가운데에는 바퀴가 달린 철제 침대가 놓여 있고 주변에는 담요와 침대보가 어질러져 있었다. 수행자는 이 침대 위에서 굶어 죽은 것이었다.

찬장에는 빵과 우유 등의 음식이 가득 들어 있었지만 저비슨은 단식을 중단하지 않은 듯했다. 시체가 발견되었을 때 방문은 안에서 열쇠(예비 열쇠는 없다)로 잠겨 있었기 때문에 의사들은 자물쇠를 부수고 들어가야 했다. 벽에는 창도 없고, 비밀의 문도 없었다. 12미터 높이에 있는 채광창은 사람의 손이 겨우 들어갈 정도의 간격이었다. 현장은 그야말로 완벽한 밀실이었다.

만약 타살이라면 저비슨의 유산을 상속하는 인도인들을 의심할 수 있지만 범행 시각 그들에게는 알리바이가 있었다. 게다가 현장은 밀실이다.

'백만장자'가 '음식을 앞에 두고' 굶어 죽었다니 이중으로 아이러니한 광경이다. 또한 지극히 본격 미스터리적이기도 하다. 만약 타살이라면 범인(인도인이다, 인도인)은 어떻게 밀폐된 방을 드나들었으며 어떻게 자유 의지를 지닌 인간을 음식 옆에서 굶어 죽게 했을까 하는 수수께끼가 흥미를 자극한다.

'음식에 독을 넣었다고 위협했을까?', '다른 곳에서 굶어 죽은 시체를 옮겨온 것이 아닐까' 하는 가설이 제기되지만 논리적으로 부정 당한다. 이렇게 차근차근 추리를 풀어내는 과정이 명쾌하다.

또 복선도 꼼꼼하게 숨겨져 있기 때문에 브랜든 탐정이 사건의 진상을 꿰뚫는 과정에도 설득력이 있다. 뜻밖의 트릭도 '과연, 그럴 수밖에 없겠네' 하고 납득시키는 것이다. 특히 방안에 있던 흰색 노트의 복선이 훌륭하다.

한편 '녹스의 십계' 중에는 실로 기묘한 금기가 있다. '중국인을 등장시켜선 안 된다'는 조항이다. '중국인은 머리는 좋지만 도덕관념이 희박하다'는 서양의 뿌리 깊은 편견 때문이라고 하는데 지나친 인종적 편견이다. 그런 금기를 쓰면서 이 작품에는 많은 인도인을 등장시켜 수상한 행동을 하게 한다.

이건 농담이지만, 만약 일본의 에도 시대에 추리 소설이 크게 유행해 '십계'가 만들어졌다면 '남만인(南蠻人, 에도 시대 포르투갈 · 스페인 사람을 일컬음-역주)을 등장시켜서는 안 된다'는 조항이 생겼을지도 모른다. 왜냐고? 그야 그들은 '머리는 좋지만~, 도덕관념에 대해

서는~' 게다가 '본격 미스터리의 금기인 사교의 요술을 사용할 수
있기' 때문이다.

저자 소개 -

로널드 A. 녹스 Ronald Arbuthnott Knox (1888~1957)

   영국 레스터셔에서 태어났다. 영국 국교회의 사제였던 아버지를 따라 성직자가 되었다. 유머와 풍자가 넘치는 수준 높은 추리소설을 쓰는 한편 '녹스의 십계'로 미스터리의 공정성에 대한 주장을 펼치며 유명해졌다. 대표작으로는 『육교 살인 사건』, 『밀실의 백만장자(The Three Taps)』, 『스틸 데드(Still Dead)』 등이 있다.

위치는 정확치 않지
만 천장에 4개의
갈고리가 걸려 있
다

채광창

여기에 유일하게
바람이 통하는 공간
(블라인드)이 있다

습기가 가득한 천장

철제 난간

이곳에
도구함이
있다

침대 옆에 떨어져
있는 침대보

수행자가
사용했던 침대

● 수행자가 목숨을 잃은 방
  (실험실 · 제조장으로 쓰이던 방)

●실험실의 문
(유일한 출입구)

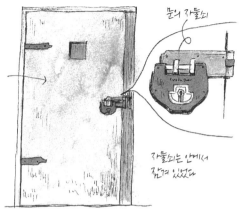
문의 자물쇠

자물쇠는 안에서
잠겨 있었다

● 천장의 일부

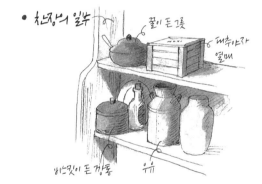
꿀이 든 그릇

대추야자
열매

비스킷이 든 깡통

우유

작화 POINT　　　처음 접한 작품이다. 외국 작품들은 꽤 많이 읽었다고 생각
했는데 아리스가와 씨가 이 책에서 소개한 작품 중 절반은 읽어본 적 없는 작
품이었다. 그런 내가 미스터리 팬을 자처하며 이 일을 맡았다니 새삼 민망하
고 부끄럽다. 그렇게 읽게 된 이 작품은 내 취향이 아니라 크게 몰입하지는 못
했지만 이상하게도 그림은 스스로도 꽤 마음에 든다. 좋아하지 않는 작품에
대해서는 사무적이 되거나 의무감으로 임하기 때문에 더 객관적으로 볼 수 있
는 것일까, 그러고 보니 평소에도 종종 있는 일이다.

엔젤 가의 살인
(Murder Among the Angells, 1932)

로저 스칼렛(Roger Scarlett)

뛰어난 플롯이 탄생시킨 기이한 무대 장치와 밀실 트릭

일본의 추리 소설 평론가 모리 히데토시(森英俊)가 엮은『세계 미스터리 작가 사전(世界ミステリ作家事典)』에서는 로저 스칼렛을 '본국에서는 완전히 잊힌 B급 작가이지만 신기하게도 일본에서는 지명도가 높은 작가의 전형'으로 소개했다.

그런 작가와 작품 뒤에는 대개 에도가와 란포의 존재가 있는데 스칼렛의 경우도 바로 거기에 해당한다. 추리 소설 연구가 이노우에 요시오(井上良夫)의 추천으로『엔젤 가의 살인』을 읽은 란포는 '감탄이 절로 나온다', '전개 방식, 수수께끼를 풀어가는 과정, 서스펜스의 강도 등에서 다른 작품에서는 볼 수 없는 묘미가 있으며 서술 방식 자체가 내 취향에 정확히 맞는다'고 절찬하며 스칼렛을 '전 세계 베스트 10에 꼽을 만한 작가'라고까지 추어올렸다(후에, 조금 지나쳤다고도 썼지만). 또 이노우에 요시오는 '스칼렛의 작품은 하나같이 엘러리 퀸 이상으로 본격 미스터리를 표방하면서도 재미

면에서는 훨씬 뛰어나다'고까지 말했다. 작가나 소설은 누구에게 인정받느냐에 따라 운명이 바뀐다.

본국에서는 거품 작가였던 스칼렛이 남긴 것은 다섯 편의 장편 소설이 전부이다. 일본에는 그중 네 편이 번역되었는데 주로 잡지에 실린 초역본이 많아서인지 문고판으로 완역된『엔젤 가의 살인』이 가장 널리 읽히고 있다. 책은 읽지 않았지만 내용은 알고 있다는 팬들도 많을 것이다. 이 작품에 푹 빠진 란포가『삼각관의 공포(三角館の恐怖)』라는 번안작을 썼기 때문이다. 아마 아니 분명『엔젤 가의 살인』을 읽은 독자보다『삼각관의 공포』를 읽은 독자가 더 많을 것이다. 란포의 번안작은 종종 원작을 능가한다는 평을 듣는다. 훗날『엔젤 가의 살인』이 절판되는 일이 있어도 에도가와 란포의『삼각관의 공포』는 쇄를 거듭해 출간될 것이 분명하다.

『엔젤 가의 살인』은 본격 미스터리의 황금기에 발표된 작품인 만큼 고전적인 스타일이 돋보인다. 쌍둥이 형제가 사는 대저택에서 막대한 유산을 둘러싸고 벌어지는 연쇄 살인극. 독자들은 일단 '이탈리아 궁전의 감방과도 같은 음울하고 기괴한 외관의 잿빛 석조 저택'의 형상을 파악하는 일부터 시작해야 한다. 엔젤 가는 정방형 대지에 L자형으로 지어졌다. 3층으로 지어진 건물은 중앙에서 둘로 나뉘어져 한쪽에는 형 다리우스 다른 한 쪽에는 동생 카를로스가 가족과 함께 살고 있었다. 저택 입구를 들어서면 나오는 홀만 해도 '아파트 한 채 정도는 될 법한' 넓이에 구석에는 양가가 함께 사용하는 승강기가 있었다.

중병에 걸려 살날이 얼마 남지 않은 다리우스의 변호사가 엔젤 가를 방문하면서 이야기는 막을 올린다. 쌍둥이 형제의 아버지는 50년 전 이상한 유언을 남기고 세상을 떠났다. 더 오래 산 쪽에 전 재산을 상속한다는 내용이었다. 먼저 세상을 떠난 쪽의 유족은 유산을 한 푼도 받을 수 없기 때문에 임종을 눈앞에 둔 다리우스는 동생에게 아버지의 유언장을 파기하자고 제안한다. 하지만 내내 사이가 좋지 않던 동생 카를로스가 그런 뻔뻔한 제안을 받아들일 리 없다. 변호사를 통해 형의 제안을 거절하는데…….

엔젤 가를 피로 물들인 참극이 벌어진다. 제2막은 이상하기 짝이 없는 상황에서 시작된다. 변호사가 도착하자 다리우스는 3층에 있는 자기 방에서 직접 휠체어를 타고 승강기에 올랐다. 승강기가 1층 홀에 도착했을 때 그는 단도에 찔려 살해된 후였다. 승강기 안에 범인은 없었다. 3층에서 승강기에 오를 때 그는 분명 살아 있었다(아니면 1층까지 내려오지 못했을 것이다).

3층에 있던 좁은 승강기 안에 범인이 숨어 있었을 리도 없고 만에 하나 범인이 숨어 있었다 해도 중간에 멈춘 적 없는 승강기에서 탈출할 기회는 없었다. 두 집안이 함께 사용했기 때문에 승강기 문도 양쪽에 달려 있었는데, 3층에서 출발할 때나 1층에 도착했을 때 반대편 문은 닫혀 있었다. 혹시 천장으로 들어온 것은 아닌지 살폈지만 먼지만 가득 쌓여 있을 뿐 범인이 드나든 흔적은 없었다.

과연 범인은 어떻게 승강기 안의 다리우스를 살해할 수 있었을까? 사건을 맡은 케인 경감은 피해자의 목에 꽂힌 단도에 손잡이가 달려 있지 않은 것을 눈여겨보았다.

이 책에는 반 다인도 무색할 만큼 여러 장의 저택과 사건 현장의 평면도와 단면도가 함께 실려 있어 현장감을 더한다. 게다가 살아서 승강기를 탄 사람이 살해당한 채 도착하는 밀실이 등장하기 때문에 팬으로서는 더없이 풍성한 작품이다.

이 마술과 같은 트릭이 밝혀질 때 독자들은 '아, 그렇군' 하고 탄성을 내뱉을 것이다. 란포의 『삼각관의 공포』에서도 당연히 같은 트릭이 사용되는데 트릭이 밝혀지는 장면에 삽화가 들어 있기 때문에 더 쉽게 이해할 수 있다.

이상한 무대 장치와 밀실 트릭으로 유명한 『엔젤 가의 살인』의 진정한 매력은 다른 곳에 있다. 최초의 예찬자 이노우에 요시오가 지적한 그 '플롯이 엮어낸 커다란 수수께끼의 매력'이 무엇인지는 직접 읽고 확인하기 바란다(참고로 『삼각관의 공포』의 마지막 장의 제목은 '이상한 동기'이다). 이노우에는 승강기 트릭을 '훌륭한 수수께끼'라고 평하는 한편 '탐정 소설의 기발한 살인 방법 등은 뛰어난 플롯 앞에서는 크게 흥미를 불러일으키지 않는다', '마술과 같은 비현실적인 살인 방법을 유일한 카드로 내놓는 탐정 소설 중에 훌륭한 작품은 드물다'는 탁월한 견해를 밝혔다.

승강기를 이용한 트릭에는 다양한 작례가 있지만 밀실 미스터리는 그리 많지 않다. 카터 딕슨과 존 로드라는 호화 콤비의 공동 작품 『엘리베이터 살인 사건(Fatal Descent)』이 가장 유명하다. 일본 작품 중에서는 니시자와 야스히코(西澤保彦)의 『해체 원인(解体諸因)』이 있다. 맨션 8층에서 승강기를 탄 여자가 1층에 도착했을 때에는 토막 난 시체로 발견된다는 트릭에는 입을 다물지 못했다.

저자 소개 -

로저 스칼렛 Roger Scarlett

  미국의 여류 작가 도로시 블레어(1903~?)와 에블린 페이지(1902
~?)의 공동 필명. 도로시 블레어에 관한 정보는 밝혀진 것이 없다.
에블린 페이지는 브린 모어의 대학원을 졸업 후 저널리스트로 활
약하던 시기에 블레어와 공동으로 약 4년간 다섯 편의 장편 추리
소설을 발표했다. 그 후 추리 소설은 쓰지 않은 것으로 여겨진다.
보기 드문 여성 작가 콤비였으나 두 사람의 관계는 밝혀지지 않았
다. 일본에 번역된 작품으로는『하얀 악마(Back-Bay Murder Mystery)』,
『고양이 손(Cat's Paw)』등이 있다.

● 엔젤 가의 외관
(거대한 돌로 지어진 잿빛 저택)

[작화 POINT]　이 정도 분량의, 마감일이 정해진 작업에는 때때로 타협이
필요하다. 이 작품을 다시 읽으며 고풍스러운 승강기와 나무로 만든 휠체어를
그려야겠다고 생각했지만 좀처럼 참고 자료를 구할 수 없었다. 더는 작업을
미룰 수 없을 때까지 찾아보았지만 결국 찾지 못하고 급하게 저택의 외관을
중심으로 그리게 되었다. 아직도 아쉬움이 남는다.

• 정방형 부지에 L자형으로 지어진 저택

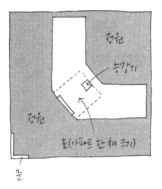

• 엔젤 가의 승강기

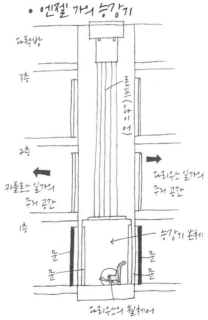

세 개의 관
(The Three Coffins, 1935)

존 딕슨 카(John Dickson Carr)

너무나 유명한 '밀실 강의'

1977년 존 딕슨 카가 세상을 떠났을 때 신문에 실린 그의 부고 기사를 기억한다. 추도사를 쓴 사람은 요코미조 세이시(橫溝正史)였다(아, 눈물!). 당시 스크랩해둔 기사는 잃어버렸지만 '만인에게 인기 있는 작풍은 아니었지만 좋아하는 사람은 한없이 빠질 수밖에 없는 작가였다'는 의미의 말로 끝을 맺고 있어 크게 공감했던 기억이 있다. 그런 작가야말로 최고가 아닌가 하는 생각도 했다.

본격 미스터리의 3대 거장으로 손꼽히는 애거서 크리스티, 엘러리 퀸, 존 딕슨 카 이 세 사람 중 장편 작품의 수가 가장 많은 것은 사실 존 딕슨 카이다. 걸출한 장편 작품을 집필하면서(물론, 단편도 훌륭하다) 경애하는 코난 도일의 평전을 쓰기도 하고 만년까지 《엘러리 퀸 미스터리 매거진(Ellery Queen's Mystery Magazine, EQMM)》에 서평을 연재하는 등 열정적인 활동을 한 그는 일생을 미스터리에 바친 듯했다.

'밀실의 거장', '불가능 범죄의 거장'으로 불리며 질과 양 모든 면에서 그의 공적은 타의 추종을 불허한다. 심지어 존 딕슨 카는 밀실의 대명사이기도 하다. 그는 얼마나 많은 밀실 트릭을 창조했을까? 로버트 에디의 『밀실 살인과 불가능 범죄(Locked Room Murders and Other Impossible Crimes)』에서 카와 그의 다른 필명인 카터 딕슨의 항목을 살펴보면 존 딕슨 카의 이름으로 89편, 카터 딕슨의 이름으로는 36편의 작품이 있다.

그는 온갖 트릭을 펼쳐 보였을 뿐 아니라 오컬트, 슬랩스틱 코미디, 역사극, 멜로드라마 등의 다양한 요소를 작품에 담아낸 희대의 이야기꾼이자 극작가로서 역량을 발휘했다. 카의 작품이 지금도 널리 읽히며 점점 더 높은 평가를 받고 있는 것도 바로 그런 남다른 작가적 스케일 때문이 아닐까. 존 딕슨 카에 대해서는 더글러스 G. 그린의 『존 딕슨 카 '기적을 풀어내는 남자'(John Dickson Carr: The Man Who Explained Miracles)』라는 평전에 자세히 쓰여 있다.

그런 카의 작품 중 하나를 골라 소개하는 것이 굉장히 어려운 일일 것 같지만 실은 전혀 그렇지 않았다. 『세 개의 관』, 이 책을 읽지 않고 밀실 미스터리를 논하는 것은 '스타워즈'를 보지 않고 SF 영화에 대해 이야기하는 것이나 매한가지이다.

발단은 2월 6일. 그리모 교수가 단골 술집에서 '너무 이른 매장(埋葬)'에 관해 이야기하고 있을 때 프레이라는 이름의 마술사가 끼어들어 '무덤에서 살아난 사람은 벽도 통과할 수 있다. 내 남동생이 그렇다. 동생은 당신의 목숨을 원한다'고 말했다. 그리고 '조만

간 동생이 당신을 방문할 것'이라고도. 제1장은 존 딕슨 카다운 '그 그림자 없는 사내의 첫 죽음의 행진은 방금 말한 밤에 일어났다. 그때 런던 거리는 고요하게 눈에 덮여 있었고 예언대로 세 개의 관은 결국 채워진 것이다'라는 뛰어난 연출미를 보여주며 막을 내린다. 사흘 후, 그리모 교수의 불안은 기디온 펠 박사에게도 전해진다. 명탐정 펠 박사는 지인의 안내로 교수를 찾아갔지만 한발 늦었다. 그들이 도착하기 바로 전, 가면을 쓴 손님이 교수의 서재로 들어간 후 방 안에서 총성이 들렸다는 것이다. 열쇠로 문을 열었을 때 교수는 총에 맞아 빈사 상태였다. 방 안에 범인의 모습은 없다. 문은 비서가 지키고 있었고 창으로 탈출했다고 보기에는 눈 위에 아무런 흔적이 없었다. 이웃집은 멀리 떨어져 있었고 지붕으로 올라간 흔적도 없다. 그리모 교수 옆에는 그가 '몸을 보호하기 위해' 샀다는 세 개의 묘석이 그려진 그림이 무참히 찢겨져 바닥에 떨어져 있었다.

사건은 점점 더 기이한 방향으로 흘러간다. 병원에 실려 간 교수는 '나를 공격한 것은 내 동생이다'라는 말을 남기고 숨을 거둔다. 조사해보니 그에게는 동생이 둘 있는 것으로 밝혀졌다. 그중 하나가 프레이였다. 그런데 그도 같은 날 밤 카리오스트로가의 골목길에서 총에 맞아 살해당했다. 현장 주변의 눈 위에는 범인의 발자국 하나 남지 않았다. 목격자에 따르면, 총성과 함께 '두 번째 총알은 너에게다'라는 목소리를 들었다고 했다. 현장에는 권총이 떨어져 있었다. 틀림없이 그리모와 프레이를 살해한 흉기였다.

전편에 불가능 범죄에 대한 미스터리가 가득 담긴 작품이다. 책 제목이기도 한 세 개의 관은 그리모를 비롯한 세 형제가 과거 형무소에서 죽은 척 관에 들어가 탈옥한 일을 가리킨다. 그리모는 두 동생을 배신하고 자기 혼자만 관에서 빠져나왔던 것이다. 그로 인해 이런 기괴한 사건이 일어난 것이 아닐까 하는 연출은 카의 진면목이 발휘되는 순간이다.

트릭이 너무 복잡해서 간혹 거부 반응을 보이는 독자도 있을 수 있다(그 점이 만인을 대상으로 한 '스타워즈'와 다르다). 솔직히 나도 '너무 복잡하다'는 생각이 들었다. 그가 이 작품을 쓰면서 상정한 독자는 '밀실 미스터리를 읽어보고 싶다'는 초심자가 아니라 '대부분의 밀실 트릭은 깰 수 있다'고 자부하는 밀실 미스터리 팬이었던 것이 분명하다. 그런 만큼 세세한 부분까지 공들여 쓴 훌륭한 밀실 추리 소설이다. 사소한 묘사 하나까지 복선이었다는 것이 밝혀지며 뜻밖의 방향으로 풀리는 결말이 인상적이다. 그야말로 심혈을 기울인 이 작품은 존 딕슨 카만이 이를 수 있는 밀실 미스터리의 하나의 도달점이 아닐까.

이 작품이 밀실 미스터리 장르를 이야기할 때 빠지지 않고 등장하는 이유는 제17장의 너무나 유명한 '밀실 강의' 때문이다. 여기서 카는 펠 박사에게 '우리는 추리 소설 속에 있는 인물'이라고 폭로(?)한 뒤 그의 입을 빌려 밀실의 수수께끼를 '범행 당시 범인이 밀실 안에 없었던 경우'와 '있었던 경우'로 나누고 각각을 더 자세히 분류해 설명한다. '대부분의 사람들이 밀실을 좋아한다'며 단정할 때는 웃음이 나온다. 이런 밀실 연구는 다른 작가에게도 영향을 미쳤으며 클레이턴 로슨, 에도가와 란포, 아마기 하지메(天城—) 등은 카의 분류의 허점을 지적하거나 독자적인 분류를 선보이기도 했다.

이 밀실 강의 중 펠 박사가 '살인범의 이색적인 행위야말로 우리가 살인범에 대해 불평할 경우 가장 마지막으로 돌려야 하는 일이오. 모든 건 그것이 가능했는지 아닌지에 달린 것 아니오?'라고 논한 것에 대해 쓰즈키 미치오(都筑道夫)는 그의 명평론집 『노란 방은 어떻게 개조되었을까?(黄色い部屋はいかに改装されたか?)』(1975)에서 '이런 표현은 카의 약점을 고스란히 드러내는 듯하다'며 '물구나무를 선 채, 범행을 저지르는 이야기에서는 어떻게? 뿐만이 아니라 왜 물구나무를 섰는지까지가 수수께끼인 것이다'라며 이의를 제기했다. 맞는 말이다. 하지만 나는 존 딕슨 카 나름의 대범함이 싫지만은 않다. 때로는 그런 호방함이 명쾌하고 인상적인 트릭을 탄생시키기도 하니까.

저자 소개 --

존 딕슨 카 John Dickson Carr (1906~1977)

미국 펜실베이니아주에서 태어났다. 미국이 낳은 최고의 미스터리 작가로 불리며 독특한 취향과 불가능 범죄를 다룬 밀실 미스터리를 즐겨 썼다. 작품으로는 처녀작 『밤에 걷다(It Walks By Night)』외에도 『마녀의 은신처(Hag's Nook)』, 『아라비안나이트 살인(The Arabian Nights Murder)』, 『초록 캡슐의 수수께끼(The Problem of the Green Capsule)』, 『구부러진 경첩(The Crooked Hinge)』, 『속삭이는 남자(He Who Whispers)』, 『황제의 코담뱃갑(The Emperor's Snuff-Box)』, 『화형 법정(The Burning Court)』 등이 있다. 카터 딕슨이라는 필명으로도 활약했다.

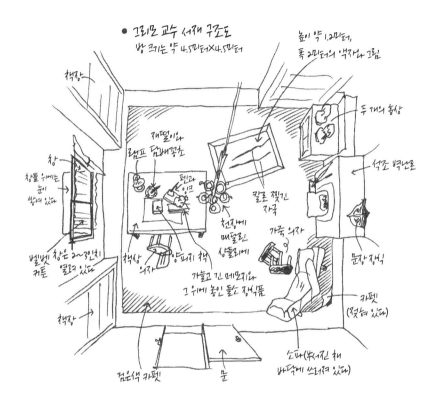

작화 POINT   좋아하는 작가, 좋아하는 작품, 자세한 밀실 묘사. 드물게 이 삼박자를 고루 갖춘 작품이기 때문에 코멘트도 짧다. 내가 꼽은 '쉽게 그린 작품 베스트 5' 중에서도 상위에 들어갈 만큼 순조롭게 그린 작품이다.

야트막한 설산

뒤틀린 나뭇가지

저렁켜 가는 세 개의 묘

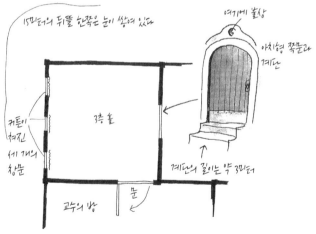

15피트의 뒤뜰 한쪽은 눈이 쌓여 있다

여기에 불상

아치형 쪽문과 계단

커튼이 쳐진 세 개의 창문

3층 홀

교수의 방

계단의 길이는 약 3피트

모자에서 튀어나온 죽음
(Death from a Top Hat, 1938)

클레이턴 로슨(Clayton Rawson)

미스디렉션으로 이용된 밀실 트릭

밀실 트릭이란, 종이 위의 마술이다. 그렇다면 진짜 마술사가 밀실 미스터리를 쓰면 어떤 작품이 탄생할까? 실제 그런 예가 있다. 밀실 미스터리의 훌륭한 장·단편을 남긴 클레이턴 로슨의 본업은 마술사였다. 마술에 관한 깊은 조예와 기술을 미스터리에 옮겨와 기발한 작품을 잇달아 발표했다. 흡사 '작은 딕슨 카'라고 해도 과언이 아닐 정도(물론, 장편은 4편뿐이라 작가적 스케일에는 압도적인 차이가 있지만). 실제 친분이 있었던 로슨과 카는 '안에서 지켜보는 사람이 있는 밀실'이라는 수수께끼에 도전하는 작품을 경쟁적으로 쓰기도 하고(카는 『파충류관의 살인He Wouldn't Kill Patience』, 로슨은 단편 「다른 세계로부터From Another World」를 썼다. 둘 다 꼭 체크해보자) 서로 풀지 못한 수수께끼를 교환한 것은 유명한 일화이다.

로슨이 창조한 탐정 그레이트 멀리니는 프로 마술사로, 뉴욕 타임 스퀘어의 거리 구석에서 '마술 상점, 기적을 팝니다, A. 멀리니

상회'라는 간판을 내건 마술 전문점을 운영한다. 그가 나서면 마술로밖에 설명할 길이 없던 사건도 금세 해결된다. 명탐정 멀리니는 개비건 경감으로부터 수사 협조를 요청받아 사건에 뛰어든다. 두 사람은 멀리니가 경찰학교에서 사기도박에 관한 강연과 실연을 하면서 알게 되었다.

로슨은 미스디렉션(Misdirection)이라고 불리는 마술 기법을 미스터리에 도입했다. 과연 미스디렉션이란 무엇일까? 가장 알기 쉬운 예를 들면 '오른쪽에서 트릭을 펼칠 땐 관객의 주위를 왼손에 집중시켜라'는 것이다. 단순히 왼손을 아무렇게나 움직이면 되는 것이 아니다. 왼손의 움직임에 필연성이나 일종의 작은 드라마가 있어서 관객들로 하여금 얼마나 자연스러운 행위로 보이게 하느냐가 중요하다. 로슨은 애거서 크리스티에 버금가는 미스디렉션의 명수로 알려져 있다. 더 구체적으로 알고 싶다면 『모자에서 튀어나온 죽음』을 읽어보기를 바란다. 이 작품은 로슨의 데뷔작이기도 하다.

신비 철학자 사바트 박사가 누군가에 의해 교살 당한다. 현장은 맨해튼의 한 아파트. 현장을 목격한 것은 사바트 박사를 방문한 심령학자, 마술사, 영매 그리고 작품의 화자인 '나'이다. 박사의 방에 있는 두 개의 문은 모두 자물쇠와 빗장이 걸려 있었을 뿐 아니라 열쇠구멍이 안에서 무언가로 막혀 있었다. 이상하게 여긴 그들은 문을 부수고 들어가려 했지만 침대 겸용 소파가 문을 가로막고 있어 금방 열리지 않았다. 소파를 밀치고 겨우 들어가 보니——.

'방에는 연기가 자욱했다. 네 개의 길쭉한 등불이 눈에 들어왔다. 그것은 연기 속에서 일렁이는 촛불이었다.' 거기에 사바트 박사의 시체가 있었다. '그는 위를 향해 누워 있었다. 바닥에는 그려진 커다란 오각성(五角星)과 그 위에 다섯 개의 꼭짓점 방향으로 머리, 양손, 양다리를 뻗고 있는 모습은 흡사 날개를 펼친 독수리의 표장(標章)과 같았다. 각 꼭짓점 끝에는 초가 하나씩 세워져 있고 이 기이한 오각성 주변에는 이상한 문자가 쓰여 있었다.' 그것은 '마술의 왕이여——이스마엘……아도나이……이파 사가트여 오라'는 주문이었다. 사가트는 모든 문을 열 수 있는 마령이다. 촛불에 의지해 욕실, 주방, 침실 심지어 옷장 안까지 샅샅이 살폈지만 범인은 어디에도 없었다. 모든 창문은 안에서 잠겨 있었는데도.

그 후로도 택시 안에서 사람이 사라지거나 주변에 눈이 쌓인 집에서 한 인물이 살해되는데 범인의 발자국이 없는 등 제2의 밀실 살인이 일어난다. 마술사, 영매, 복화술사 그리고 후디니를 닮은 탈출 전문 마술사까지 등장해 수상한 행동을 하거나 지식을 뽐내는 등 전편에 마술이 가득하다. 살인 현장의 검시관까지 트럼프를 사라지게 하는 마술을 보여줄 정도이다(이봐, 이봐).

13장에서 존 딕슨 카의 '밀실 강의'를 보충 설명하는 부분도 흥미롭고 21장에서는 '미스디렉션의 재미있는 예'를 소개한다. 오른쪽 그림을 살펴보자. 이 원의 지름은 몇 인치일까? 그림을 잘 보고 생각해보자. 수학에 자신 없는 사람이라도 풀 수 있을 것이다. 그래도 잘 모르겠다면……당신은 미스디렉션의 덫에 걸린 것이 분

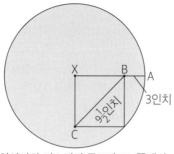

하야카와 미스터리 문고판 281쪽에서

명하다. 해답은 이번 편의 끝부분에 써두겠다.

　과연 이 소설의 밀실 트릭은 얼마나 대단할까? 사실 읽어보면 별 것 아니다! 그런데 왜 이 책을 소개하느냐고 질책하는 목소리가 들려올 것 같지만, 별 것 아닌데도 굉장하다. 진상을 밝힐 수 없기 때문에 수박 겉핥기식이 될 것을 알면서도 쓴다. 이 작품에서는 밀실 트릭 자체가 '작자가 독자에게 건 미스디렉션'이다. 밀실 수수께끼를 풀기 위해 고민하거나 그것이 풀렸다고 기뻐하고만 있으면 독자는 진상을 꿰뚫지 못한다. 실로 교묘한 미스터리이다. 작가가 밀실 미스터리를 쓰는 주된 동기는 '멋진 트릭을 떠올렸기 때문'이다. '밀실이 만들어진 배경을 그리고 드라마를 만드는' 것은 나중이다. 하지만 로슨의 의도는 '밀실 트릭을 이용해 독자의 눈을 진상으로부터 멀어지게' 만드는 것이었다. 이 소설이 온통 마술로 가득한 것은 작가가 마술사이기 때문만은 아니다.

　덧붙이자면, 로슨의 밀실 트릭 중에서는 경찰이 감시 중인 전화박스에서 용의자가 사라지는 단편 「천외소실(Off the Face of the Earth)」이 걸작으로 손꼽힌다.

    (답은 19인치. 힌트처럼 보이는 AB=3인치가 함정이다. 그것을 무시하면 반지름 $=9\frac{1}{2}$인치이기 때문에 지름은 그 두 배가 된다.)

저자 소개 --

클레이턴 로슨 Clayton Rawson (1906~1971)

미국 오하이오주에서 태어났다. 출판사 편집장을 거쳐 작가가 되었다. 아마추어 마술사로서 자신과 같은 마술사 탐정 그레이트 멀리니 시리즈를 탄생시켰다. 마술과 초자연 현상을 미스터리와 융합한 환상적이고 흥미진진한 작품으로 널리 유명해졌다. 장편 소설은 위 작품 외에 『천장의 발자국(The Footprints on the Ceiling)』, 『목 없는 여인(The Headless Lady)』, 『관 없는 시체(No Coffin for the Corpse)』가 있다.

●사바트 박사의 방(눈 주변)

실내에는
연기가 자욱했다

눈을 뜨고
들어가자
촛불이
일렁이고 있었다

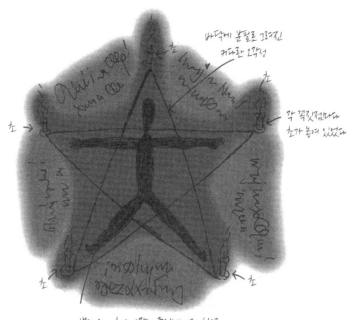

바닥에 분필로 그려진
커다란 오각성

각 꼭짓점마다
초가 놓여 있었다

박사의 시체는 오각성 중앙에 이런 식으로
(오각성 안에 갇혀있듯이) 놓여 있었다

작화 POINT　　　제목이 마음에 들었다. 제목에 이끌려 책을 샀던 기억이 있
다. 책을 다시 읽기 전부터 간단히 그릴 수 있을 거라고 생각했는데 막상 그리
려고 보니 생각처럼 쉽지 않았다. 그래도 시체 밑에 그려진 오각성과 일렁이
는 촛불 덕분에 다른 작품보다 조금 독특하고 재미있는 그림이 될 것 같다는
생각에 한숨 놓았다.

티베트에서 온 남자
(The Man From Tibet, 1938)

클라이드 B. 클래슨(Clyde B. Clason)

동양적 취향의 페단티즘

발표 연도순으로 실은 외국 작품 20편 중 11번째 작품이지만 내가 읽은 순으로는 최신 소설에 해당한다. 빠트린 것이 아니라 1997년이 되어서야 비로소 일본어 역서가 나왔기 때문이다. 작금의 본격 미스터리 융성에 발맞춰 숨은 명작(혹은 희귀작)들이 잇따라 번역되고 있다. 오랫동안 절판되었던 책의 복간도 줄을 잇는다. 이런 출판 상황은 팬으로서는 실로 고맙고 환영할 만한 일이다.

클래슨의 『티베트에서 온 남자』의 경우, 오랫동안 번역서를 기다려온 작품은 아니었다. 나는 그의 이름조차 알지 못했다. 하지만 그것도 무리는 아니다. 영미권에서도 최근에 비로소 재평가되기 시작했다고 한다. 일본뿐 아니라 영미권에서도 황금기의 본격 추리 소설에 대한 관심이 높아지고 있다는 것 또한 반가운 일이다. 그렇게 재평가 받고 있는 작품의 경우, 불가능 범죄 그중에서도 밀실 미스터리에 대한 흥미가 높아지고 있는 듯하다.

현시점에서 내가 읽은 클래슨의 작품은 일본에 소개된 유일한 역서 『티베트에서 온 남자』뿐이다. 클래슨은 이 작품에도 등장하는 역사학자 웨스트버러 교수를 탐정 역으로 기용한 10편의 장편소설을 썼으며 그중 8편이 불가능 범죄를 소재로 한 작품이라고 한다.

　이야기는 어딘가 수상한 동양인 레프너가 시카고에 사는 티베트 미술 수집가인 부호 애덤 메리웨더를 찾아오는 장면으로 시작된다. 그는 외국인의 출입이 금지된 티베트에서 라마승으로부터 입수했다는 비전(祕典)의 원본을 가져와 1만 달러에 사지 않겠냐고 제안한다. 티베트인 비서가 비전을 진품이라고 단언하자 애덤은 레프너가 정당한 소유자인지 의심하면서도 비전을 구입한다. 그 거래가 비극의 서막이었다. 레프너는 수표를 손에 넣은 날 밤, 호텔에서 누군가에 의해 목이 졸려 살해당한다.

　이 사건을 맡은 마크 경감은 친구인 웨스트버러 교수에게 도움을 청한다. 그의 목을 조르는 데 쓰인 스카프에는 산스크리트어로 라마교의 기도문이 쓰여 있었다. 그날 밤, 호텔에 투숙한 수상한 인물도 신경 쓰였지만 더욱 교수의 주의를 끈 것은 시카고에 온 라마승에 관한 신문기사였다. 그 라마승은 도둑맞은 비전을 되찾기 위해 티베트에서 온 것이었다. 라마승은 레프너가 비전을 판 상대라고 짐작하고 애덤을 찾아가지만 부호는 비전을 돌려줄 생각이 없었다. 그리고 라마승을 찾고 있던 교수와 경감도 애덤의 저택을 방문한다. 기괴한 사건은 교수가 부호의 저택에 묵던 날 밤, 티베트 미술실에서 일어났다.

티베트 미술실은 정원 한가운데 있었다. 미술실 2층에서는 다채로운 색상의 격자형 들보 사이로 내부를 들여다볼 수 있었다. 미술실 내부는 도형과 같은 형태로 전시물에 대해서는 다음과 같이 설명했다. '중앙의 유리 진열장 안에는 악기류가 있었다. 유리 진열장 서쪽에는 분노존(忿怒尊)의 가면이 놓여 있고 동쪽에는 부적함, 터키석 귀걸이, 터키석과 산호로 만든 목걸이, 염주, 염불통, 티베트 스카프 두 장, 거푸집 등이 진열되어 있었다.' 그리고 죽 늘어선 신상에 대해서도 현학적으로 해설한다.

천둥 번개가 내리치는 소리에 섞여 '히!' 하는 외침과 '철컹철컹하는 금속음과 함께 무거운 물건이 바닥에 쓰러지는 소리'가 들렸다. 공포에 휩싸여 미술실을 내려다본 교수는 노란색 제단 끝에 한 남자가 쓰러져 있는 것을 발견한다. 집안에 있던 사람들이 미술실로 달려갔지만 두 개의 문은 모두 굳게 잠겨 있었다. 견고한 문을 부수고 들어가려면 상당한 시간이 걸릴 것이라고 판단해 2층 난간에서 줄을 늘어뜨려 내려가기로 했다. 그때 교수는 들보를 따라 걷거나 아래로 뛰어내리는 것은 가능하지만 들보에 쌓인 먼지 위에 아무런 흔적이 없는 것을 확인했다.

공포의 사신, 칠흑빛 야마상 바로 앞에 쓰러져 있던 사람은 애덤이었다. 그는 라마교 의식에서 신비한 번개를 상징하는 금강저를 오른손에 쥐고 절명해 있었다. 바닥에는 의식용 거울이 떨어져 있었다. 제단의 성배에서 흘러넘친 물이 웅덩이를 만들고 물에 흠뻑

젖은 천에는 압정이 박혀 있었다. 사인은 동맥류 파열. 현장은 밀실이었으며 자연사라는 판정도 나왔지만 교수는 뭔가 석연치 않았다. '히!'라는 외침은 밀교에서 행하는 비밀 의식의 주문인 듯했다. 애덤은 비전에 쓰인 의식을 행하다 죽음을 맞은 것이다. 마치 사심(邪心)을 품은 자가 티베트 신들로부터 천벌을 받은 것처럼.

이 책 첫머리에 실린 '편집자 노트'에서 '눈이 번쩍 뜨일 정도의 극채색 소재'라고 말한 대로 동양적 취향의 페단티즘으로 가득한 '독특하고 흥미 깊은 미스터리 소설'이다. 티베트 밀교나 미술에 문외한인 나는 추측할 수밖에 없지만 참고 문헌을 보면 (가와구치 에카이河口慧海의 명저 『티베트 여행기』도 포함되어 있다)작자가 상당한 지식을 바탕으로 썼다는 것을 알 수 있다. 이런 이국적인 정서가 당시 미국의 독자들에게 깊은 인상을 주었을 것이다. 동양을 얼마나 멀고 신비로운 땅이라고 여겼는지는 등장인물의 대화를 통해서도 미루어 짐작할 수 있다. 그런 미지의 세계에서 온 방문자(혹은 가져온 사물)가 재앙을 부른다면 그것은 일상의 수준을 벗어난 사건일 것이라는 기대와 불안에 부응한 것이 이 작품의 밀실이다. 통속적인 수법 같지만 제대로 이용하면 꽤 효과적이다. 에드가 앨런 포가 쓴 미스터리의 원점도 일상과 유리된 기이한 사건의 범인이 실은 미지의 세계에서 온 방문자(사물?)였다는 이야기가 아니었던가.

또 이 작품을 선택한 것은 미술실이라는 밀실에 끌렸기 때문이기도 하다. 서늘한 미술관이나 박물관에서 발생한 살인 사건이라는 설정에 약한 나는 이집트 박물관에서 벌어진 살인 사건을 그린

반 다인의 『딱정벌레 살인 사건(The Scarab Murder Case)』도 무척 좋아한다. 이제는 관상용으로 변해버린 사물들 사이에서 일어나는 살인. 그런 사물들이 내려다보는 가운데 서서히 생물에서 광물의 영역으로 이행해가는 시체. 그런 이미지를 엿볼 수 있는 작품을 더 많이 읽고 싶다.

이 작품의 트릭에 대해 『밀실 살인과 불가능 범죄(Lockes Room Murders and Other Impossible Crimes)』에서는 '결말이 매우 독창적이며 밀실에서의 살인 트릭은 현실적이다'라고 평했다. 이 소설과 만났을 때 빛을 발하는 좋은 트릭이라는 것은 분명하지만 음, 그런 일이 정말 가능할까?

저자 소개 --

클라이드 B. 클래슨 Clyde B. Clason (1903~1987)

　미국 덴버에서 태어났다. 시카고에서 광고·출판업에 종사하다
작가로 데뷔했다. 1930년대 후반 더블데이 출판사에서 역사학자
웨스트버러 교수를 주인공으로 그린 일련의 탐정 소설을 출간했
다. 불가능 범죄, 대담한 트릭과 함께 동양 미술 등의 현학적인 내
용이 어우러진 1930년대 미국의 본격 추리 소설의 성과로 재평가
받고 있다.

● 티베트 미술실이 있는 대저택

뒤편에는
미지근 논수가
펼쳐져 있다

← 북쪽

이쪽은 세리던가

작화 POINT '힘들게 그린 작품 베스트 5' 중에서도 최고로 꼽고 싶은 작품이다. 그만큼 문장만으로는 저택의 양식이나 그 안에 있는 '티베트 미술실'의 위치와 모습이 떠오르지 않아 완성하기까지 꽤 오랜 시간이 걸렸다. 마감일을 한참 넘기게 한 원흉이다. 이 책에는 작자 혹은 출판사 측의 호의로 일러스트와 구조도가 실려 있었는데 그것을 보고 그리자니 내 역할이 무의미해지는 듯하고 참고삼아 보다 보면 '이건 아니잖아?' 싶은 부분이 눈에 거슬려 내가 내용을 잘못 이해했나 싶은 생각까지 들다 보니 결국 작업은 더욱 더뎌질 수밖에 없었다.

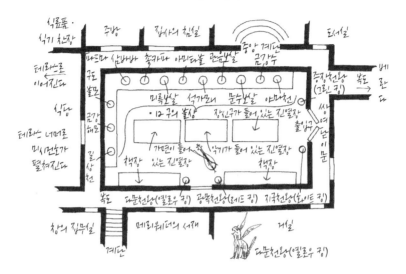

● 티베트 미술실 구조도

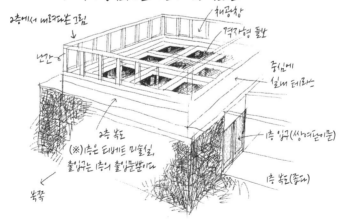

● 대저택의 중심부(실내 테라스) 참고도

고블린 숲의 집
(The House in Goblin Wood, 1947)

카터 딕슨(Carter Dickson)

'밀실의 거장'의 걸작 단편 소설

이 책에 소개할 작품을 선택할 때는 다양성을 고려해 한 작가당, 한 편의 작품을 원칙으로 했지만 그 원칙을 깰 수밖에 없었던 특별한 작가가 한 사람 있다. 바로 '밀실의 거장' 존 딕슨 카이다. 평생 밀실 트릭을 고안하는 데 열정을 불사르며 수십 가지 트릭을 자신의 장·단편 소설에 담아낸 카. 그의 작품만으로 『카의 밀실 대도감』을 만드는 것도 충분히 가능했을 것이다.

그런 의미에서 그의 다른 필명인 카터 딕슨의 작품 중 한 편을 고르기로 했다. 카터 딕슨의 작품에도 많은 명작이 있다. 탐정 역을 맡은 것은 통칭 H. M, 헨리 메리벨 경. 귀족 출신의 헨리 메리벨 경은 카의 작품에 등장하는 명탐정 기디온 펠 박사처럼 배불뚝이에 완고한 성격의 노신사이다. 카와 카터 딕슨 팬이 들으면 발끈할지도 모르지만, 솔직히 나는 이름을 밝히지 않으면 두 명탐정을 구별하기 어렵다(머리가 벗겨진 쪽이 메리벨이기 때문에 거기에 대한 묘사가 나오면 알 수 있다). 카, 딕슨은 독설가에 거만하지만 애교가 있어 미워할 수 없는 캐릭터를 상당히 좋아했던 듯하다. 작풍도 둘 다 밀실을 중심으로 벌어지는 불가능 범죄 소설이 대다수이기 때문에 카의 작품이든 카터 딕슨의 작품이든 내게는 의미가 없다. 참고로, 헨리 메리벨 경의 모델은 브라운 신부를 창조한 G. K. 체스터턴이라고 한다.

「고블린 숲의 집」은 작자 자신이 「파리에서 온 신사(The Gentleman from Paris)」와 함께 자신의 단편 중 최고의 걸작이라고 꼽았다. 이 작품이 《엘러리 퀸 미스터리 매거진》에 실렸을 때 프레데릭 더네이 편집장(엘러리 퀸의 콤비 작가 중 한 명)은 '탐정 소설의 이론과 실천에 관한 거의 완벽한 본보기'라고 평했다. 카의 자화자찬과 엘러리 퀸의 절찬에 아리스가와 아리스의 찬사를 덧붙이는 것이 우습지만 진짜 걸작이다. 밀실 미스터리의 걸작에 그치지 않고 본격 미스터리의 교본으로 읽어도 좋을 작품이다.

이야기는 헨리 메리벨 경이 젊은 커플(빌과 이브)로부터 피크닉 초대를 받으면서부터 시작된다. 이브에게는 비키라는 조카가 있었다. 비키는 12세 무렵 잠겨 있는 방에서 사라졌다 일주일 후 같은 방 안에서 잠든 채 발견된 기이한 일이 있었다. 사라진 동안 어디에서 무엇을 했는지 물어도 '모른다'는 대답뿐이었다. 그 조카를 포함한 네 사람이 함께 20년 전 사건이 있었던 별장에 가게 된 것이다.

초대에 응한 헨리 메이벨을 비롯한 네 사람은 음식을 가득 담은 피크닉 바구니를 들고 고블린 숲으로 갔다. 악동 같은 매력을 발산하는 비키는 숲으로 가던 중 자신이 '비물질의 세계로 침투할 수 있는 능력'을 가지고 있다고 이야기한다.

이윽고 숲 근처에 있는 오래된 방갈로식 별장에 도착한 그들은 테라스에서 식사를 즐겼다. 그 후, 빌과 비키는 단 둘이 별장 안으로 사라진다. 이브가 별장 안으로 들어갔을 때 방문은 모두 잠긴 상태였다. 조카에게 연인을 뺏길까 봐 불안해하던 이브는 헨리 메리벨 경에게 자신의 심경을 호소하지만, 빌은 숲에서 돌아온다. 비키가 보이지 않는 것을 이상하게 여긴 세 사람은 별장 안을 찾아보지만…….

그녀는 사라졌다. 뒷문은 물론 창문까지 전부 안에서 잠긴 별장에서 자취를 감춘 것이었다. 마치 비물질의 세계로 침투해버린 것처럼. 그때 소름끼치는 일이 일어났다. 어둠 속에서 희미하게 비키의 소리가 들려온 것이다. 아아, 무섭다!

간단하면서도 강렬한 미스터리이다. 20년간 풀리지 않았던 미스터리와 섬뜩한 이름이 붙은 숲속의 집이라는 무대가 이야기를 더욱 풍성하게 만든다. 희대의 대중 소설가로서의 진면목이 여실히 드러나는 뛰어난 설정이다. 특별히 과장된 표현은 사용하지 않지만 사라진 비키를 찾는 동안 조금씩 날이 저물다 이내 칠흑과 같은 어둠에 휩싸이기까지의 묘사 등은 정말 훌륭하다.

물론, 매력적인 미스터리와 분위기가 전부는 아니다. 교묘한 트릭은 말할 것도 없고 처음부터 진상을 암시하는 복선이 촘촘히 깔려 있었다는 것을 알았을 때, 독자는 깊은 한숨을 내쉴 것이다. 등장인물의 말과 행동에서 드러나는 성격, 각 인물의 움직임, 헨리 메리벨이 노골적으로 드러낸 증거물, 평범한 정경 묘사 속에 숨은 의미 등등 추리 소설의 다양한 기술을 구사했다.

이 작품의 트릭은 교묘할 뿐 아니라 그로테스크한 일면을 지니고 있다는 점에도 주목해야 할 것이다. 결말에 이르러 사건의 전말을 밝히는 헨리 메리벨은 유령처럼 시퍼렇게 질린 얼굴로 손까지 덜덜 떨었다. 명탐정을 경악하게 한 진상이 무엇이었는지는 책을 읽고 확인해보기 바란다.

비키는 영영 사라진 것이냐고? 글쎄, 그것도 여기서 밝히면 독서의 재미를 떨어뜨릴 수 있으니 밝히지 않겠다.

이 작품과 같이 밀실에서 사람(혹은 물건)이 사라지는 설정을 소실(消失) 트릭이라고 부르기도 한다. 모든 밀실 트릭은 밀실에서 범인이 사라지기 때문에 소실 트릭으로 볼 수 있지만 일반적으로 소실 트릭은 밀실 미스터리의 한 장르로 분류된다. 그런 소실 트릭이야말로 가장 매력적인 미스터리라고 주장한 작가가 있다. 바로 추리 소설계의 양대 산맥 존 딕슨 카와 엘러리 퀸이다.

카터 딕슨은 점성술사의 예언대로 백작 영애가 사라지는 『청동 램프의 저주(The Curse of the Bronze Lamp)』에서 퀸을 향해 다음과 같은 헌사를 바쳤다.

'친애하는 엘러리, 나는 두 가지 이유로 이 책을 당신에게 바친다. (중략) 두 번째는 이 책에서 다루고 있는 기적의 문제가 지닌 특수성은—밀실이 아님에도—아마 탐정 소설의 가장 매력적인 설정이라는 점에서 우리의 의견이 일치했기 때문이다.'

납골당에서 시체가 사라지는 『화형법정(The Burning Court)』, 수영장에 뛰어든 남자가 물에 녹아버린 것처럼 사라지는 『묘지를 빌려드립니다(A Graveyard to Let)』, 젊은 여성이 가로수 터널 안에서 사라지는 「뛰는 자와 나는 자(Strictly Diplomatic)」 등 카, 딕슨은 이곳저곳에서 요란하게 사라지는 신기를 펼쳐 보였다.

저자 소개 --

카터 딕슨 Carter Dickson (1906~1977)

　존 딕슨 카(82쪽 참조)의 다른 필명. 헨리 메리벨 경이 주인공인 탐정 시리즈(22편)를 포함해 26편의 작품을 발표했다. 대표작으로는 『유다의 창(The Judas Window)』, 『흑사장 살인 사건(The Plague Court Murders)』, 『묘지를 빌려드립니다(A Graveyard to Let)』, 『하얀 수도원의 살인(The White Priory Murders)』, 『유니콘 살인(The Unicorn Murders)』, 『귀부인으로 죽다(She Died a Lady)』 등이 있다.

슬레이트 지붕

힝키, 헨리 메리빌 경, 밀라 이브
네 사람은
이 테라스에서 함께 식사를 했다

친구의 소개로 읽은 후, 나도 다른 친구에게 소개하기도 하
고 한동안 모임 자리에서 자주 이야기했을 만큼 좋아하는 작품이다. 보통 다
른 사람에게 권할 때는 책을 빌려주지만 이 책만은 꼭 사서 보라고 말할 정도
였다. 지금도 담뱃진 때문에 누렇게 변한 책표지 그대로 내 방 책장에 꽂혀 있
다. 그만큼 좋아하는 작품이지만 이번 작업이 아니었다면 평생 다시 읽을 일
은 없었을 것이다. 이번 기회에 다시 읽을 수 있어 감사할 따름이다.

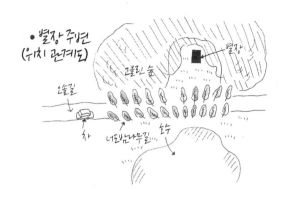

• 별장 주위권
(위치 관계도)

고블린 숲

오솔길

차
너도밤나무길
호수

찢어진 방수포 조각이 떨어져 있었다
(한쪽 편이 들쭉날쭉하게 찢긴 네모난 조각)

찢어진 방수포

창
※이 창에 장치가……

창(창은 모두 안쪽에서
잠겨 있었다)

네 사람이
식사를 했던
장소

아무렇게나
잘린 잔디

안에서
열쇠와
자물쇠로
잠겨
있었다

방(어릴 때
비키가 쓰던 방)

방(거실)

난로

집어넣
의자 두 개

유리창이
달린 뒷문

주방

벽(징두리판벽)

복도(나무쪽 세공)

작은 방

작은 방

현관
문

똑조

테라스

창 욕실
(문은 열려 있었다)

창

창

현관 공간
비키를 비롯한 네 사람이
테라스에서 식사를 할 때 썼던
탁자와 의자 그리고
커다란 바구니 3개가 놓여 있다

• 별장(숲속의 집) 구조도

북이탈리아 이야기
(The Fine Italian Hand, 1948)

토머스 플래너건(Thomas Flanagan)

다른 세계의 잔혹한 옛날이야기

토머스 플래너건이 남긴 작품은 매우 적다. 《엘러리 퀸 미스터리 매거진(EQMM)》에 실린 단편 7편뿐이다. 그 작품들은 일본에서 독자적으로 엮은 『아데스타에 부는 차가운 바람(The Cold Wind of Adesta)』이라는 얇은 단편집에 모두 실려 있다. 작자의 경력 등은 전혀 알려져 있지 않다. 독자들에게 주어진 것은 오직 7편의 단편 소설뿐이다.

작자의 이름이며 책 제목도 들어본 적 없다면, 당장 이 플래너건의 단 한 권의 저서(전집이라고 해도 좋지 않을까)를 찾아 읽어보기를 권한다. 이 책은 하야카와 포켓 미스터리 발간 45주년을 기념해 실시된 '복간 희망도서 조사'에서 막강한 후보들을 물리치고 1위를 차지하며 1998년 10월 복간되었다. 오랫동안 절판 상태였기 때문에 고서점에서 터무니없는 프리미엄이 붙었던 것을 기억하고 있다. 하지만 중판 부수가 너무 적었던 탓인지 복간 직후부터 '매진

사태'를 빚었다. 그런 사정이 있었던 만큼 지금 서점으로 달려가도 서가에는 없을지도……

플래너건의 작품은 뛰어난 아이디어를 솜씨 좋게 엮어낸 좋은 단편의 수준을 뛰어넘는다. 내가 연상하는 것은 해학과 역설 그리고 트릭으로 가득한 체스터턴의 소설이지만 브라운 신부 시리즈의 음화(陰畵)와 같은 분위기도 느껴진다. 아마 7편 중 4편의 작품에서 탐정 역을 맡은 테넌트 소령의 조형과 그를 둘러싼 세계 때문일 것이다. 직함에서도 알 수 있듯 테넌트는 직업 군인이다. 그가 사는 곳은 지중해에 면한 가공의 나라. '공화국'을 표방하지만 혁명에 의해 정권을 탈취한 '장군'이라고 불리는 냉혈한 독재자가 공포 정치를 행하고 있다. 권모술수가 판을 치고 암살도 일상다반사이다. 정세는 불안하고 국민은 가난해 밀수 등의 부정도 끊이지 않는다. 브라운 신부가 꿈꾸는 신국(神國)과는 거리가 먼 세계였다.

「아데스타에 부는 차가운 바람」의 테넌트 소령은 국경선 너머에서 어떤 방법으로 총기를 들여오는지 밝혀내라는 명령을 받는다. 몇몇 가능성이 사라진 끝에 테넌트는 마지막으로 남은 맹점을 간파한다. 「사자의 갈기(The Lion's Mane)」, 「양심의 문제(The Point of Honor)」는 극적인 반전이 돋보이는 걸작. 「국가의 관습(The Customs of The Country)」의 밀수 트릭에도 뛰어난 반전이 등장한다.

밀실 미스터리를 소개하는 책인 만큼 「북이탈리아 이야기」(단편집 『아데스타에 부는 차가운 바람』에는 「분에 넘치는 재물」이라는 제목으로 수록되어 있다)에 대한 이야기로 넘어가자.

테넌트 소령이 나오는 작품은 아니지만 이야기의 무대는 역시 다른 세계이다. 때는 15세기 말. 장소는 이탈리아 북부의 몬타뇨성. 이탈리아 침공 기회를 엿보던 프랑스를 회유하기 위해 로마의 보르지아 가문이 프랑스 왕에게 헌상하려던 에메랄드가 지하의 보물고에서 사라지는 사건이 일어난다. 성주인 몬타뇨 백작과 보르지아 가에서 온 사신은 당혹감을 감추지 못했다. 헌상품을 가지러 온 특사의 면전에서 에메랄드를 도둑맞았다는 이야기를 할 수는 없었다. 당장 범인을 잡아야 하지만 사건의 양상은 심상치 않았다.

프랑스 왕의 특사를 맞이하는 파티를 베푼 후, 백작은 그에게 헌상품을 보여주기 위해 지하에 있는 보물고로 내려갔다. '몬타뇨성이 지어진 언덕 깊숙한 곳에 있는 보물고는 천장이 낮고 창문 하나 없었다.' 보물고를 지키던 두 경비병 중 한 명은 목이 베이고 다른 한 명도 부상을 입고 쓰러져 있었다. 에메랄드는 사라졌다. 사람들은 모두 파티에 참석하고 있었기 때문에 보물고를 출입한 사람은 없었다. 창이 없는 보물고에는 문이 하나 더 있었다. '돌로 된 벽에, 돌로 만든 문이 눈에 띄지 않게 달려 있었다.' 그 문을 열자 '밖은 망막한 공간이었다. 하늘과 태양. 그리고 아래에는 300미터의 절벽이 있었다.'

그것을 본 대공의 사신은 그대로 주저앉고 말았다. 대체 어떻게 된 일일까? 하지만 백작은 '도둑은 에메랄드를 300미터 길이의 밧줄에 묶어 산기슭까지 늘어뜨렸을 것이다. 부상당한 경비 노프리오가 공범일지 모른다'고 냉철하게 추리한다. 노프리오는 놓아였다. 백작은 그림을 그려가며 그를 심문하는데…….

중세의 북이탈리아를 무대로 한 미스터리라고 하면 움베르토 에코의 『장미의 이름』(1980)이 떠오르지만 그 작품의 시대는 2백 년이나 거슬러 올라간다. 이 작품은 역사 미스터리의 형식을 취하고 있지만 플래너건은 '지금, 이곳이 아닌, 어딘가'에서 벌어지는 미스터리를 그리고 싶었던 것이 아닐까. 그곳은 테넌트 소령이 사는 '공화국'과 같은 공포가 지배하는 세계이다. 그런 세계에서 권력자의 지시로 곤란한 임무를 떠안은 주인공들은 스스로의 양심과 타협하며 논리적으로 행동하고자 한다. 이 또한 하나의 역설이다. 공포가 지배하는 세계란 이치에 닿는 행동이 금지된 세계이기 때문이다. 그럼에도 이 작품이나 「아데스타에 부는 차가운 바람」에서 작중의 인물들은 논리라는 말을 끊임없이 입에 담는다. '논리는 언제나 도움이 된다', '논리는 늘 옳다', '그것은 이치에 닿지 않는다', '논리적으로 말하면'과 같이 공포 속에서도 논리의 끈을 놓지 않는다. 그것이 양심의 좁은 능선을 거슬러 오르는 길이라며 플래너건은 다른 세상의 옛날이야기를 하듯 말한다. 과연 「양심의 문제」에서 테넌트는 말했다. '심심풀이 삼아 옛날이야기를 들려주겠다'고. 「북이탈리아 이야기」는 잔혹한 이야기이다. 그 냉정함의 의미는 마지막 한 줄로 이해된다. 마지막에 놀라고 싶다면 한 가지에 주의하자. 이 작품을 「분에 넘치는 재물」 버전으로 읽는다면, 첫머리의 역주(당시 이탈리아의 정치 상황을 정리했다)는 소설을 다 읽은 후에 읽기를 바란다. 「북이탈리아 이야기」 버전에서는 같은 역주가 책 말미에 나오기 때문에 문제가 되지 않는다. 참고로 이 작품에 나오는 '사자의 용맹과 늑대의 교활함과 같은 위대함이 있다'는 대목은 어디서 들어본 것 같지 않은가.

플래너건의 데뷔작인 이 소설은 찌는 듯한 한여름 밤에 고작 2시간 걸려 완성했다고 한다. 또한 작자는 이 소설을 완성한 후에도 이것이 밀실 미스터리라는 사실을 깨닫지 못했다고 한다.

저자 소개

토머스 플래너건 Thomas Flanagan (1923~)

　출생 연도 이외의 경력은 알려지지 않았다. 단편의 귀재이지만 7편의 작품을 발표하는 데 그쳤다. 여기서 소개한 「북이탈리아 이야기」로 《엘러리 퀸 미스터리 매거진》의 1948년도 제4회 연차 콘테스트에서 처녀작상을 수상했다. 직업 군인이자 경찰관인 테넌트 소령을 주인공으로 한 단편 소설 「아데스타에 부는 차가운 바람」으로 제7회 《엘러리 퀸 미스터리 매거진》 콘테스트에서 1위를 차지했다.

●몬타뇨성
이 성안에 있는 보물고에서 프랑스 왕에게
헌상할 '에메랄드'가 사라졌다

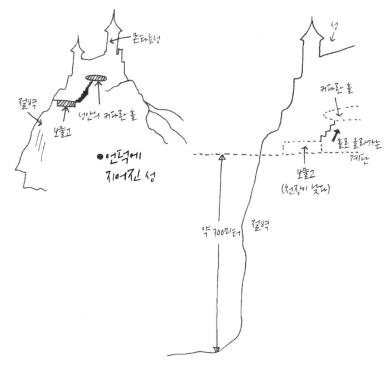

몬타뇨성

절벽

보물고

성안의 커다란 홀

●언덕에
지어진 성

성

커다란 홀

홀로 올라가는
계단

보물고
(천장이 낮다)

약 300미터   절벽

작화 POINT 처음 읽은 작품이다. 일이라고는 해도 처음 읽는 작품은 어쩐지 불안하다. 우선 재미없을 경우에 대비한 각오가 필요하다. 보통 독서라는 것은 서점에서 처음 손에 든 책이나 지인의 추천으로 알게 된 경우에도 읽기 전에는 스스로의 의지로 책장을 펼치는 것이기 때문에 재미가 없으면 중간에 그만두는 것도 자유지만 일 때문에 읽어야 하는 책의 경우에는 취향과 상관없이 끝까지 읽어야만 한다. '제발 끝까지 읽을 수 있도록. 부디 재미있는 책이기를' 하고 기도하며 책장을 펼치는 것이다. 이 작품은 끝까지 재미있게 읽었을 뿐 아니라 작업 의욕이 샘솟았던 작품이다.

51번째 밀실
(The 51st Sealed Room, 1951)

로버트 아서(Robert Arthur)

'호쾌계 베스트 5'의 대담한 트릭

이번 작품을 쓰면서 로버트 아서의 저서를 몇 권 읽어 보았
다……고 하면 고개를 갸웃하는 사람이 있을지 모른다. 잡지와 선
집에 실린 몇몇 단편 외에 다른 저서가 있었나 하고. 있다. 다만,
전부 어린이용 도서이다. 수수께끼 같은 암호를 늘어놓거나 도난
품을 숨긴 장소에 대한 트릭을 주제로 이야기를 엮어가는 등 다양
한 기법을 구사했다. 여기서 소개하는 「51번째 밀실」을 어린이용
도서로 다시 쓴 작품은 1998년 3월 일본판 《미스터리 매거진》에
서 읽을 수 있다.

로버트 아서는 「유리 다리(The Grass Bridge)」와 「51번째 밀실」이라
는 두 밀실 미스터리의 작자로 알려져 있다. 내가 읽은 것은 이 두
작품 외에는 단편 몇 편이 고작이지만 그 외에도 뛰어난 본격 추리
소설이 몇 편 있는 듯하다.

「유리 다리」는 이런 이야기이다. 2월 3일 오후, 젊은 여인이 '한

시간이 지나도 내가 나오지 않으면 살해당한 것이니 경찰을 불러 달라'고 말하고 한물간 탐정 작가의 집으로 들어간 이후 밖으로 나오지 않았다. 신고를 받은 경찰이 집으로 들어갔지만 집안에는 작가만 있었다. 그는 '여자는 공갈범이다. 돈을 줬더니 돌아갔다'고 말하지만 집 주변에 쌓인 눈 위에는 여자가 들어간 발자국만 남아 있었다. 작가는 '내가 유리 다리를 건너 시체를 옮긴 것일 수도 있다'며 능청을 떨었다. 하지만 정말 그런 투명 다리가 있어도 심장이 좋지 않아 집을 나오는 일이 없는 그에게는 무리였다. 어느덧 6월, 작가의 집에서 4분의 1마일이나 떨어진 골짜기에서 동사한 여자의 시체가 발견되었다. 작가가 범인이라면 어떻게 시체를 그렇게 멀리 떨어진 곳까지 옮겼을까? 시체가 있던 장소와 가까운 절벽 경사면에서 나무에 걸린 침대보가 발견되었다는 것이 힌트이다.

솔직히 나는 이 미스터리가 밝혀졌을 때 실망했다. 분위기는 나쁘지 않았지만……. 치기만만한 트릭이 재미있을 때도 있지만 실망스러울 때도 있다. 그 경계가 어디쯤일지 생각해봤지만 잘 모르겠다. 이런 대담한 트릭을 죽 늘어놓고 ①감탄이 나올 만큼 재미있었다 ②어이없어서 웃었다 ③시시해서 실망했다, 와 같이 분류하는 게임을 해보면 어떨까. ①과 ③으로 의견이 갈리는 일은 혼하다. 무엇을 ②로 판정하는지에 따라 그 사람의 본격 미스터리에 대한 기호나 취미가 드러날 것이다.

내 경우에 「유리 다리」는 ③, 「51번째 밀실」은 ①이다. 참고로,

내가 이 책에서 고른 40가지의 트릭은 모두 ①이다.

「51번째 밀실」의 첫머리에서 한물간 탐정 작가(이번에도?!) 매닉스는 미국 탐정작가 클럽의 파티장에서 선배 작가인 웨거너가 득의양양한 얼굴로 이야기하는 것을 듣는다. 그는 '밀실을 탈출하는 완벽히 새로운 방법'이며 '건축 기법을 이용한 것은 맞지만 완전한 '밀실'이라고 부르기에 부족함이 없으며 그 점은 누구도 이의를 달지 않을 것이다'라고 말했다. 그것은 그가 창안한 51번째 밀실 트릭이라고 말했다. 매닉스는 부러움을 느꼈다.

하지만 수주일 후, 웨거너는 자신의 집에서 누군가에 의해 살해당했다. 끔찍하게 목이 절단된 상태로 발견된 현장은 밀실이었다고 한다. 범인은 피해자의 최신 트릭을 직접 실행에 옮긴 것일까? 그 미스터리를 밝혀 책으로 쓰면 베스트셀러가 될 것이라고 믿은 매닉스는 현장으로 향한다. 그곳은 숲속 오솔길 너머에 있는 작은 석조 저택이었다. 지붕은 평평하고 처마는 낮게 뻗어 있었다. 지독한 집 주인은 '살인 현장 견학! 모든 게 발견 당시 그대로'라며 입장료를 받고 저택 내부를 공개하고 있었다.

안으로 들어가자, 책상에는 목이 없는 밀랍 인형이 타자기 앞에 앉아 있고 밀랍으로 만든 머리는 책장의 맥주잔 위에 놓여 있었다. 목이 없는 인형은 쓰러지지 않게 끈으로 고정하고 손은 타자기에 묶여 있었다. 타이프용지에는 '내 마지막 비밀'이라고 타이핑되어 있었다. 살인 흉기인 오래된 톱은 벽난로 위에 걸려 있었다. 또 벽난로에는 대량의 종이를 태운 재를 헤집어놓은 흔적이 남아 있었다. 과연 현장은 신문에 보도된 대로 밀실 상황이었다.

'저택의 문 두 곳은 1인치 너비의 판자 여러 개를 빈틈없이 붙여 못으로 박아놓았다. 창문 세 곳도 똑같이 판자로 막아 놓은 상태'로 '기술진은 그 건물이 모든 면에서 문제가 없음을 입증했다. 튼튼한 벽, 견고한 지붕, 굴뚝의 넓이는 수 인치에 불과했다.'

패러디 경향이 강한 작품으로 처음 파티장 장면에서는 존 딕슨 카나 렉스 스타우트 혹은 조르주 심농 등의 이름이 줄줄이 등장한다. 추리 소설계의 이면에 대한 이야기를 담아낸 것이 아닐까. 매닉스가 웨거너를 부러워하는 장면도 걸작인데, 어떻게든 상대의 아이디어를 알아내 '아, 그거라면 수년 전에 이미 쓰인 트릭'이라고 말하고 싶어 안달한다. 또 '웨거너를 죽인 것은 그의 플롯을 훔치려던 동업자가 아닐까'라는 생각에 '설마' 하는 마음으로 부정하지만 '훌륭한 플롯은 은행 예금이나 마찬가지'라며 생각을 바꾸기도 하고 '트릭을 훔치는 것이 목적이라면 굳이 직접 실행할 이유가 있었을까'라며 혼란스러워하는 모습도 재미있다. 또 범인이 현장을 밀실로 만든 독창적인 이유를 알고 나면 저도 모르게 웃음이 터질지도 모른다.

트릭은 매우 거창하다. '호쾌계(系)'라고 부를 법하다. 이 책에서는 『그리고 죽음의 종이 울렸다』, 「거미」, 「등대귀」, 『인랑성의 공포』와 나란히 '호쾌계 베스트 5'로 꼽는다. 사실 나는 이 소설을 읽기 전부터 트릭에 대해 알고 있었다. 처음 들었을 때는 너무 황당해서 '재미있긴 한데 어떻게 가능해?' 하고 크게 흥미를 느꼈다. 읽어보니 그런대로 납득할 수 있었다.

아스카 다카시(飛鳥高)의 「두 알의 진주(二粒の真珠)」, 와시오 사부로(鷲尾三郎)의 「풍마(風魔)」, 아카가와 지로(赤川次郎)의 『삼색 털 고양이 홈즈의 추리(三毛猫ホームズの推理)』(시마다 소지島田荘司의 『기울어진 저택의 범죄斜め屋敷の犯罪』는 조금 다르지만) 등의 트릭이 이 작품과 비슷한 취향을 가지고 있다. 무슨 이유에서인지 일본 작품이 많다. 또 「51번째 밀실」을 모방한 아리스가와 아리스의 『46번째 밀실(46番目の密室)』은 제목 이외에 밀실 미스터리가 장기인 작가가 살해당한다는 점이 비슷할 뿐이다.

저자 소개 -

로버트 아서 Robert Arthur (1909~1969)

　필리핀에서 태어났다. 펄프 매거진에 여러 편의 단편 작품을 기고했다. 위트 있는 단편 미스터리가 장기로「수상한 발자국(The Adventure of the Single Footprint)」으로《엘러리 퀸 미스터리 매거진》콘테스트에서 셜로키언 특별상을 수상했다. 만년에는《히치콕 미스터리 매거진》의 고문 겸 단골 작가로 활약했다.

간판에는 '살인 현장 견학!
모든 게 발견 당시 그대로'라고 쓰여 있다

● 웨거너가
살았던 석조 저택

머리는
맥주깡 위에!!

타자기

커다란
맥주깡

책상에 앉은
뚝 없는 시체 인형의
양손은 타자기에
고정되어 있다

이쪽 벽난로에는
대량의 종이를
태운 흔적이 있다 →

작화 POINT 그리기 수월하고 재미도 있었지만 불만도 많았던 작품이다.
하지만 소설에 대한 불만이기 때문에 여기서 언급하지는 않겠다. 내 역할은
어디까지나 삽화가이며 이 칼럼도 전적으로 그림을 그리면서 느꼈던 감상이
나 뒷이야기를 적고자 마련된 공간이기 때문이다.

킹은 죽었다
(The King Is Dead, 1952)

엘러리 퀸(Ellery Queen)

퍼즐파 퀸의 밀실 살인

'미국 탐정 소설의 원점'이라고도 불리는 엘러리 퀸은 사촌지간인 맨프레드 리와 프레데릭 대니 두 사람의 공동 필명이다. 추리 소설의 황금기 더 나아가 본격 미스터리를 대표하는 거장이다. 독자와의 철저한 페어플레이 정신과 논리적인 작풍이 돋보인다. 명탐정 엘러리 퀸이 주인공인『네덜란드 구두의 비밀(The Dutch Shoe Mystery)』,『그리스 관 미스터리(The Greek Coffin Mystery)』등의 국명(國名) 시리즈에는 본격적으로 사건을 해결하기 직전 '독자에 대한 도전'이 실려 있다. 중기작『재앙의 거리(Calamity Town)』부터 작풍이 달라지고 학문·신학적인 주제를 다루면서 탐정이라는 존재의 근거에 고민하면서도 꾸준히 요기 품은 칼처럼 날카로운 추리를 선보였다. 작자가 낳은 또 한 명의 명탐정 드루리 레인 4부작도 명작의 반열에 올랐다. 서지학에도 정통한 편집자로도 활약했다. 그가 만든《엘러리 퀸 미스터리 매거진》은 세계 최고의 미스터리 전문

지이다.

그렇다면 퀸과 밀실은 어떤 관계가 있을까? 『밀실 살인과 불가능 범죄(Locked Room Murders and Other Impossible Crimes)』에는 그의 작품 중 밀실 트릭이 등장하는 것은 장편에서 4편, 중단편 16편으로 알려졌으나 밀실로 보기에는 다소 애매한 사례가 몇 편 섞여 있어 순수한 밀실 미스터리는 그리 많지 않다. 장편 4편도 '음, 듣고 보니 밀실인 것 같기도 한' 작품이 2편(『미국 총 미스터리The American Gun Mystery』와 『일본 어치 미스터리The Door Between』). 그런 이유로 여기서는 남은 2편 중 어엿한 밀실 미스터리 『킹은 죽었다』를 소개하고자 한다. 다른 한 작품은……일단 덮어두기로 하자. '말하지 않아도 안다'는 사람이 많겠지만 굳이 언급하지 않겠다. 그 작품을 밀실 미스터리라고 하면, 범인이 드러나기 때문이다. 본격 미스터리에는 이런 사례가 종종 있다. 애거서 크리스티의 그 작품처럼.

이야기의 막이 올라가고, 엘러리와 그의 아버지 리처드 퀸 경감은 자택에 들이닥친 괴한에 의해 납치되다시피 정체를 알 수 없는 섬으로 가게 된다. 그곳은 전 세계에 무기를 팔아 막대한 부를 쌓은 케인 벤디고 통칭 킹이라고 불리는 남자의 섬이었다. 그 섬은 군수 공장이며 연구소까지 갖춘 그야말로 가상의 왕국이었다. 절대 권력자 킹은 사설 해군과 공군까지 두고 있었다. 퀸 부자가 이 섬에 오게 된 것은 킹에게 '당신은 살해당할 것이다――'라며 날짜까지 지정한 협박장을 보낸 인물을 찾아내기 위해서였다.

날짜는 물론 시간까지 지정한 협박장 덕분에 범인이 밝혀졌다.

협박장을 보낸 사람은 케인의 동생, 술꾼 유다였다. 그는 형이 유례없는 대량 학살을 부추기고 있는 것을 용서할 수 없었던 것이다. 살인 예고 시각은 킹이 아내와 함께 기밀실에 있을 시간이었다. 킹은 경고를 무시하고 아내와 함께 기밀실로 들어가고 유다는 서재에서 퀸 부자의 감시를 받고 있었다. 사건은 일어나지 않을 것이었다. 게다가 기밀실은 '벽, 바닥, 천장 모두 60센티미터 두께의 단단한 철근 콘크리트로 창문 하나 없는 곳이다.' '단 하나의 입구는 문이다. 하나뿐인 문은 금고와 같은 강철로 만들어졌다. 사실상 방 전체가 금고나 다를 바 없는 곳'이었다. 송풍구를 통해 독가스 따위를 퍼트리지 못하게 보초를 배치하는 등 경비도 삼엄했다. 엘러리는 킹이 아내와 기밀실에 들어가기 직전까지 방안을 샅샅이 살피고 수상한 것이 없는지 확인했다.

예고된 시각, 자정 12시가 가까워졌다. 유다는 기밀실 맞은편에 있는 서재에서 권총을 꺼내들었다. 탄환이 들어 있지 않은 것은 이미 확인했다. 엘러리는 어처구니없는 짓이라고 생각하면서도 막연한 호기심에 사로잡혔다. 그는 대체 빈 권총으로 무엇을 하려는 걸까? 12시 정각, 유다는 방아쇠를 당기고 눈물 섞인 목소리로 말했다. '죽였다'고. 엘러리는 유다가 제 정신이 아니라고 확신하며 기밀실로 갔다. 문 앞에서 지키던 무장한 경비들도 아무런 변화를 느끼지 못했다. 하지만 기밀실 문을 열고 들어갔을 때, 킹의 부인은 바닥에 쓰러져 있고 킹은 의자에 앉은 채 축 늘어져 있었다. 왼쪽 가슴에 총탄을 맞고. 탄도 테스트에 따르면, 그의 가슴에서 나온 탄환은 유다의 권총에서 발사된 것이었다.

설마 그런 일이 가능할까, 조마조마한 마음으로 읽어나갔는데 정말 일어나고 말았다. 윌리엄 아이리시에 견줄 만한 박진감 넘치는 전개이다. 게다가 현장은 밀실이었다. 엘러리는 기밀실 내부에 어떤 비밀 장치나 총기가 없으며 문이나 벽에 구멍도 없고 열쇠구멍을 통해 총을 쏘는 것도 불가능하다는 것을 확인했다. 킹의 부인은 충격으로 기절했을 뿐이었다. 그녀는 12시 정각 남편의 가슴에 구멍이 뚫려 쓰러졌을 때 총성도 듣지 못하고 연기도 보지 못했다고 말했다. 의문은 점점 깊어진다. 퀸이 만든 트릭 중에서도 한층 난해한 수수께끼가 아닐까.

무척 재미있는 소설이니 꼭 읽어보기를 바란다. 기상천외한 밀실 트릭과 엘러리 퀸다운 논리적인 추리도 만끽할 수 있다. 다만, 누구 못지않게 엘러리 퀸에 심취한 내가 하는 말이다. 역시 퀸은 밀실 미스터리가 서툴다.

아무래도 그의 자질과 맞지 않는 듯하다. 그것은 범인이 밀실 살인을 계획한 이유에 대해 엘러리가 '기소를 피할 수 있기 때문에'라고 말하게 하는 센스를 통해서도 엿보인다. 퀸이 창안한 몇몇 밀실은 대개 엇비슷한 데다(어떻게 비슷한지 쓸 수 없는 것이 안타깝다) 발상의 비약과 확대가 부족하다. 피해왔던 밀실 미스터리를 『킹은 죽었다』에서 가져온 것은 전성기를 지난 이후에도 끊임없이 본격 미스터리에 도전해온 그(그들)다운 모색이 아닐까.

미스터리는 마술이나 퍼즐과는 다르지만 비슷한 측면도 있다.

밀실의 제왕 존 딕슨 카는 확실히 마술을 지향하지만 퀸은 퍼즐파이다. 그런 지향성은 『킹은 죽었다』에서도 분명히 드러난다. 어떤 목록을 보여주고 '자, 무언가 깨달은 것이 있는가?'라고 독자에게 묻는 장면이 진상을 밝히는 가장 큰 복선이다. 마술사는 철저한 연출에 골몰하고 퍼즐을 내는 사람은 세련된 해법(힌트)과 의외의 해답을 추구한다. 마술은 어떤 마술인지 알고도 그 의외성에 두 번 놀라기도 하지만 해법의 세련미 따위는 고려하지 않는다. 그렇기 때문에 해법의 구도자 엘러리 퀸에게는 맞지 않으며, 여기서 밝히지 않은 또 한 편의 밀실 미스터리에서는 범인을 찾는 데 실패한 것이다.

저자 소개 --

엘러리 퀸 Ellery Queen

　미국 뉴욕에서 태어난 추리 소설가 프레데릭 대니(1905~1982)와 맨프레드 리(1905~1971)의 공동 필명. 처녀작 『로마 모자 미스터리(The Roman Hat Mystery)』를 비롯한 '국명 시리즈' 등으로 고전 추리 소설의 황금기를 꽃피웠다. 대표작으로는 『그리스 관 미스터리(The Greek Coffin Mystery)』, 『이집트 십자가 미스터리(The Edyptian Cross Mystery)』, 『X의 비극(The Tragedy of X)』, 『Y의 비극(The Tragedy of Y)』, 『재앙의 거리(Calamity Town)』, 『꼬리 많은 고양이(Cat of Many Tails)』 등 다수가 있다. 《엘러리 퀸 미스터리 매거진》 등의 편집자로서도 큰 족적을 남겼다.

- 기밀실 내부(부감도)

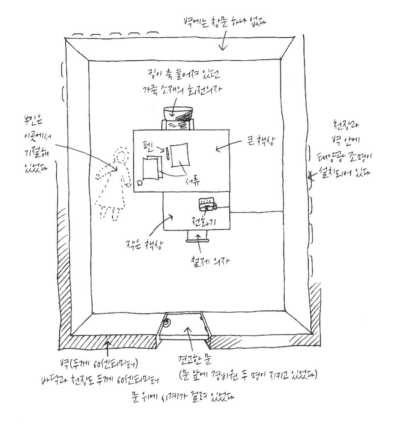

벽에는 창문 하나 없다

킹이 축 늘어져 있던
가죽 소재의 회전의자

부인은
이곳에서
기절해
있었다

천장과
벽 안에
태양광 조명이
설치되어 있다

펜

큰 책상

서류

전화기

작은 책상

철제 의자

벽(두께 60인치미터)
바닥수과 천장도 두께 60인치미터

견고한 문
(문 앞에 경비원 두 명이 지키고 있었다)

문 위에 시계가 걸려 있었다

작화 POINT　　'쉽게 그린 작품 베스트 5' 중 하나. 읽고, 생각하고, 그리는
것 모두 무척 재미있었다. 완성된 그림도 단순하지만 꽤 마음에 든다.
　여러 힘든 작품 가운데 이런 고마운 작품을 만나면 괜히 어깨의 긴장도 풀
리고 조바심도 날아가는 듯하다.

미국 본토

케인 번디고 소유의 왕국이나 다름없는 섬

● 군수 공장, 연구소뿐 아니라 사설 공군과 해군까지 갖추고 있었다

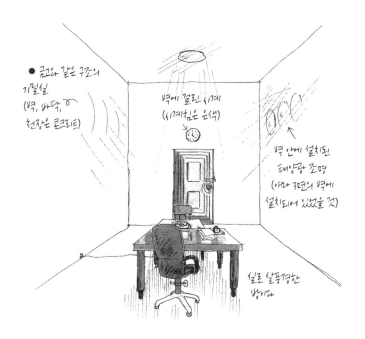

● 금고와 같은 구조의
기밀실
(벽, 바닥,
천장은 콘크리트)

벽에 걸린 시계
(시계침은 은색)

벽 안에 설치된
태양광 조명
(아마 3면의 벽에
설치되어 있었을 것)

실로 살풍경한
방이다

벌거벗은 태양
(The Naked Sun, 1957)

아이작 아시모프(Isaac Asimov)

SF와 본격 미스터리의 재미를 결합

SF와 미스터리 양쪽에 공헌한 작가의 으뜸은 누가 뭐래도 아이작 아시모프가 아닐까. 「은하제국」 시리즈 등의 걸작과 과학 에세이로 유명한 이 SF계의 거장은 본격 미스터리에도 관심을 보이며 「흑거미 클럽(The Black Widowers)」이라는 재미있는 시리즈를 남겼다. 그런 그가 SF와 추리 소설의 재미를 합체하려는 생각을 한 건 어쩌면 당연한 일이다. 그렇게 「흑거미 클럽」보다 훨씬 이른 시기에 SF미스터리의 고전 『강철 도시(The Caves of Steel)』(1954)가 탄생했다.

무대는 먼 미래의 뉴욕 시티. 인류는 은하계로 진출해 많은 국가를 형성하고, 지구는 우주인들에게 멸시당하는 변방으로 추락했다. 환경오염과 인구 폭발로 사람들은 돔 도시 안에서 생활하고 있다. 주인공 베일리 형사(미래 사회와는 거리가 먼 고지식한 형사)는 어느 날 곤란한 임무를 맡게 된다. 우주 시에서 우주인이 살해당한 사건이 중대한 외교 문제로 번지기 전에 범인을 검거하라는 지시였다. 베일리는 우주인들이 파견한 R. 다닐 올리버라는 인간과 똑같이 생긴 로봇과 마지못해 파트너가 되어 수사를 시작한다. 불가사의한 사건이었다. 뉴욕 시티와 우주 시를 잇는 통로를 지나간 사람이 없었던 것이다. 두 도시에는 그 통로 이외에도 무수히 많은 출구가 있지만 범인이 다른 출구를 이용했을 리 없었다. 지구인은 돔 도시 밖을 걸어 다닐 수 없었다. 도시 밖을 걸어 다닐 수 있는 것은 로봇뿐이었다. 하지만 로봇은 살인을 할 수 없다. 과연 누가, 어떻게 범행을 저질렀을까?

'넓은 의미의 밀실'로 분류할 수 있는 불가능 범죄 미스터리이다. 'SF라면 작자 마음대로 설정이나 도구를 만들어내면 그만 아닌가?' 하고 생각할지 모르지만 아시모프는 비겁한 방법은 쓰지 않는다. 분명한 규칙을 정해놓았으니 그 점은 안심하기 바란다. 사건의 진상은 물론이거니와 수사 과정에서 베일리가 내놓는 여러 가설도 본격 미스터리의 성격을 띠고 있다는 점에서 더욱 기쁘다. 이렇게 SF나 판타지 세계를 미스터리에 이식한 작품으로는 과학이 아닌 마술이 진보한 평행 우주가 무대인『마술사가 너무 많다 (Too many Magicians)』등의 랜달 개릿(Randall Garrett)이 유명하다. 일본에도 죽은 자가 되살아나는 기이한 상황 속에서 연속 살인이 일어나는 야마구치 마사야(山口雅也)의『살아 있는 시체의 죽음(生ける屍の死)』이라는 걸작이 있다. 또 니시자와 야스히코(西澤保彦)는 시공의 왜곡이나 초능력이라는 대담한 설정이 돋보이는 작품을 잇

달아 발표하고 있다. '그런 건 SF잖아'라고 하는 사람이 있다면 '그렇다면 셜록 홈스는 못 읽는다. 전화도 없는 비현실적인 세계의 이야기이니까'라고 반론하고 싶다.

『벌거벗은 태양』은 3년의 간격을 두고 나온『강철 도시』의 속편. 이전 사건의 수사 경험을 인정받은 베일리는 파트너 다닐과 고도의 로봇 문명을 가진 행성 솔라리아에서 발생한 살인 사건의 수사를 맡는다. 리케인이라는 학자가 실험실에서 살해당한 사건으로, 그의 아내는 '비명을 듣고 달려왔더니 머리를 얻어맞은 남편이 피투성이가 된 채 쓰러져 있었다. 방에는 아무도 없었고 범인이 도망치는 소리도 듣지 못했다'고 증언했다. 하지만 '아무도'라는 표현에 오해가 있었다. 지구인이 '이 탁자 외에는 아무도 없었다'고 말하지 않는 것처럼 실은 기능이 망가진 로봇 한 대가 시체와 함께 있었던 것이다. 기능과 직무를 알 수 없는 로봇이. 언어 기능까지 망가진 그 로봇은 '넌 나를 죽일 작정이냐'라는 말만 반복한다. 그 로봇의 범행이라면 사건은 해결되지만 로봇은 절대 인간을 죽일 수 없다. 한편, 살아 있는 인간이라면 피해자가 옆에 가까이 오게 했을 리 없다. 베일리는 또 다시 밀실 살인의 수수께끼에 직면했다.

이번에도 흥미로운 규칙을 도입했다. 솔라리아 문명의 모습이다. 솔라리아 행성은 인구가 매우 적고 사람들은 각자의 영지를 관리하며 살아간다. 사회의 유지 관리부터 가사에 이르기까지 모든 노동은 수많은 로봇이 대신하고 '방 하나를 한 가지 목적으로만 사용하는 것이 전통이다. 이곳은 도서실이다. 그 밖에 음악실, 체육관, 주방, 제빵실, 식당, 공작기계실, 로봇 수리와 테스트를 위한 각각의 방, 침실 둘——'과 같이 주거 공간이 매우 넓다. 집안에서 마주치는 것도 힘들 정도이다. 부부조차도! 그런 이유로 베일리의 심문도 전부 영상을 통해 이루어진다. 이런 SF적 설정은 낡고 진부하기는커녕 휴대 전화나 인터넷에 몰입하는 현대인의 말로를 예언하는 듯하다. 물론, 그런 그들의 생활상은 미스터리 해결의 중요한 복선이 된다.

밀실 미스터리의 다양한 변주를 보여주는 좋은 예로 꼭 소개하고 싶은 책이었다. 이소다 씨도 SF의 일러스트로 기분 전환이 될 것이라 생각했는데……다시 읽어보니 범행 현장의 묘사가 빈약해 이미지가 쉽게 떠오르지 않았다. 고생이 많습니다, 이소다 씨.

로봇이 사람을 죽이지 못하는 것은 '로봇 3원칙'이 프로그램되어 있기 때문이다.

> 제1조 로봇은 어떤 이유에서건 인간에게 해를 입힐 수 없다.
> 제2조 1의 원칙에 위배되지 않는 한도에서 로봇은 인간의 명
>   령에 절대 복종한다.
> 제3조 1의 원칙과 2의 원칙에 위배되지 않는 한도에서 로봇
>   은 자신의 안전을 지켜야 한다.

이것은 아시모프가 작품화한 원칙이지만, 그의 작품 세계 속에

서는 절대적이다. 작자는 이 원칙을 절묘하게 활용한다. 연작 SF 단편집 『아이 로봇(I, Robot)』에는 이상 행동을 보이는 다양한 로봇이 등장하는데 그 수수께끼가 로봇 3원칙에 의해 해명되기 때문에 미스터리 소설로 읽어도 재미있다. 고작 세 가지 원칙으로 행동을 제한할 수 있다니, 로봇도 가련한 존재이다. 하지만 인간도 큰 차이는 없다. 우리가 품은 격한 욕망도 본질적으로는 한없이 '기계적'인 메커니즘으로 탄생한 것이 많다. 그리고 복수의 원칙이 서로 충돌하는 경우 이해하기 힘든 행동을 한다. 비인간적이라는 피상적이고 진부한 비판을 받기 쉬운 본격 미스터리는 때때로 그런 인간의 기계적인 일면을 조명함으로써 독자를 깜짝 놀라게 하는 것이 아닐까.

베일리와 다닐은 『여명의 로봇(The Robots of Dawn)』을 비롯한 몇몇 단편에서도 활약했다. 베일리가 세상을 떠난 후에도 다닐은 『로봇과 제국(Robots and Empire)』(모든 솔라리아인이 행성에서 사라진다)에 등장한다.

저자 소개 -

아이작 아시모프 Isaac Asimov (1920~1992)

　러시아 페트로비치에서 태어나 3세 때 미국으로 이주, 귀화했다. 콜롬비아 대학교 박사 과정을 마치고 여러 편의 과학 해설서를 저술하는 등 SF계 최대의 저작을 남겼다. 휴고 상 5회, 네뷸러 상을 2회 수상했다. SF와 미스터리 두 분야에 크게 공헌했다. SF적 요소가 들어 있지 않은 미스터리 장편으로 『상아탑 살인(The Death Dealers)』, 『ABA 살인(Murder at the ABA)』이 있다.

베릴로 행사가 로봇과 함께 타고 온 비행물체
(말하자면 눈썰매이다)

• 솔라리아 행성

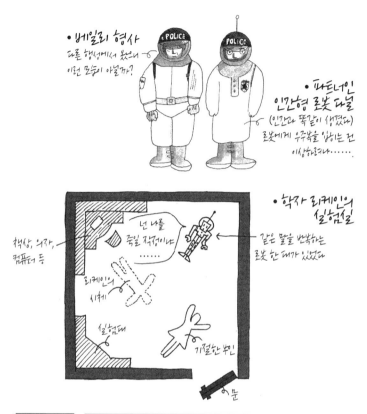

• 베일리 형사
다른 행성에서 왔으니
이런 모습이 아닐까?

• 파트너인
인간형 로봇 다닐
(인간과 똑같이 생겼다)
로봇에게 수갑을 입히는 건
이상하려나……

• 학자 리케인의
실험실

책상, 의자,
컴퓨터 등

넌 나를
죽일 작정이냐
……

같은 말을 반복하는
로봇 한 대가 있었다

리케인의
시체

실험대

기절한 부인

문

작화 POINT　　미스터리 팬이지만 SF나 호러는 좋아하지 않기 때문에 아무리 밀실 미스터리라고 해도 이 작품을 읽는 데 상당한 저항이 있었다. 아리스가와 씨에게 말해 다른 작품으로 바꿔줄 수 없는지 편집부에 하소연도 해보았다. 아리스가와 씨가 이 작품을 넣고 싶어 하는 이유를 듣고 납득한 후에도 도저히 구체화할 수 없을 것 같아 마지막까지 작업을 미루고 미뤘던 작품이다. 그렇게 오랜 시간이 걸려서일까, 어느새 애착이 생겼는지 마지막에는 꽤 즐거운 마음으로 그릴 수 있었다.

지미니 크리켓 사건
(The Gemminy Crickets Case, 1968)

크리스티아나 브랜드(Christianna Brand)

스릴 넘치는 수수께끼 풀이

크리스티아나 브랜드가 남긴 장편 미스터리는 고작 14편뿐이다. 본격 미스터리로 한정하면, 10편이 채 되지 않는다. 하지만 그 안에는 흠잡을 데 없는 걸작과 마니아들의 갈채를 받는 수작이 포함되어 있다. 같은 수준의 장편 작품을 3, 40편쯤 썼다면 아마 제4의 거장이라 불리었을 것⋯⋯이라는 것은 물론, 브랜드의 팬인 내 생각이다.

브랜드가 쓴 본격 미스터리는 농밀한 재미와 엄격한 논리 전개가 두드러진다. 범인을 색출하는 과정에서 펼쳐지는 추리는 수포로 끝나는 경우까지 포함해 매우 논리적이다. 모든 용의자들이 의심받는 이야기는 많이 있지만 각자를 범인으로 의심할 만한 논리적 근거가 있는 설정은 좀처럼 흉내 낼 수 없는 고도의 기술이다.

높은 평가를 받은 작품으로는 제2차 세계대전 당시의 야전병원에서 벌어진 살인 사건을 다룬 『녹색은 위험(Green for Danger)』, 유산 상속을 둘러싼 살인이라는 고전적인 설정의 『자택에서 급사(Sud-denly at His Residence)』, 무대 위에서 배우가 살해되는 『제제벨의 죽음(Death of Jezebel)』, 런던의 명물을 교묘하게 사용한 『의혹의 안개(London Particular)』, 시리즈 탐정인 커크릴 경감이 지중해의 리조트지에서 살인에 휘말리는 『절묘한 재주(Tour de Force)』 등이 있다. 범인 찾기를 둘러싼 치밀한 설정이 돋보이는 『녹색은 위험』, 곡예를 부리듯 아슬아슬하게 전개되는 추리가 인상적인 『자택에서 급사』와 『제제벨의 죽음』. 특히 『제제벨의 죽음』은 용의자 전원이 '내가 죽였다'고 고백하는 혼란한 상황이 펼쳐진다. 마지막 한 줄로 트릭이 밝혀지는 『의혹의 안개』와 제목 그대로 기상천외한 트릭이 등장하는 『절묘한 재주』의 대담함도 놀랍다.

엄격한 본격파(派) 크리스티아나 브랜드의 작품 중 살인 현장인 외딴 오두막과 안채를 오간 범인의 흔적이 없는 『자택에서 급사』와 관객들 앞에서 벌어진 살인 사건을 그린 『제제벨의 죽음』이 밀실 미스터리에 해당된다. 『제제벨의 죽음』에 등장하는 트릭은 참신한 동시에 압도적이다. 단편작 「희생양(The Scapegoat)」도 반전이 돋보이는 훌륭한 트릭 소설이지만 역시 브랜드의 밀실 미스터리라고 하면 「지미니 크리켓 사건」이 아닐까. 이 작품은 브랜드 개인을 넘어 밀실 미스터리의 걸작이다.

이야기는 한 청년(자일스)과 노인의 대화만으로 이루어진다. 노인의 재촉으로 자일스는 자신의 양부였던 변호사 토머스 지미니가 살해당한 '의문의 밀실 살인'에 대해 이야기를 시작한다. 노인은

'내가 그 수수께끼를 풀게 해달라'고 말한다(이 작품에는 「머더 게임Murder Game」이라는 다른 제목이 있다).

살인 현장은 양부의 사무실이었다. '문은 안에서 잠겨 있었고 창문이 깨져 있었다. 깨진 유리창은 산산 조각나 바닥에 떨어져 있었다. 사무실은 4층에 있었다. 피해자는 목이 졸린 상태로 의자에 묶여 있었고 자상이 발견되었다. 금방 찔린 듯한 상처로 경찰이 들이닥쳤을 때 여전히 상처 부위에서는 피가 흐르고 있었다. 하지만 방 안에는 아무도 없었다.'

경관들이 달려온 것은 도움을 요청하는 지미니의 전화를 받았기 때문이다. 그들이 도착했을 때, 사무실 문 앞에는 양자 중 한 명인 루퍼트가 서 있었다. 지미니가 부르는 소리를 듣고 달려 왔더니 문 밑에서는 연기가 새어나오고 안에서는 아무리 불러도 대답이 없다는 것이다. 결국 문을 부수고 들어간 그들은 앞서 이야기한 것과 같은 불가사의한 상황에 직면한다.

현장에서 경찰에 걸려온 전화도 괴상쩍기는 마찬가지였다. 책상이 불타고 있다, 도와달라는 말 외에도 '온데간데없이 사라졌다', '창문' 그리고 '긴 팔이……'라는 말과 함께 공포에 찬 비명을 질러댔다는 것이다. 도무지 이해할 수 없는 말이었다. 범인이 창문 밖으로 사라졌다는 말처럼 들리지만 '밧줄과 도르래를 사용해 맞은편 건물의 지붕으로 넘어갔으리란 생각은 하지 않아도 된다. 벽면의 돌출부 혹은 페인트공들이 사용하는 기구나 발 받침대 등의 장치까지 모두 고려한 결과, 가능성이 없다고 판단되어 제외되

었다.'

하지만 놀라기엔 아직 이르다. 그로부터 한 시간 후, 2마일쯤 떨어진 곳에서 거리를 순찰하던 순경이 '온데간데없이 사라졌다', '긴 팔이……'라며 경찰서로 전화를 걸어왔다. 순경이 전화를 건 공중전화박스로 달려가자 이번에도 유리창이 깨져 있었다. 그리고 약 90미터쯤 떨어진 오래된 공장 터에서 경찰의 시체가 발견되었다.

이 작품을 아직 읽지 않았다면, 어떤가? 등골이 서늘하지 않은가? 여기까지 듣고도 읽고 싶은 마음이 들지 않는다면 미스터리 팬이 아니다!……라고 말하고 싶을 정도이다. 모리 히데토시(森英俊)는 『세계 미스터리 작가 사전 〈본격파 편〉(世界ミステリ作家事典〈本格派篇〉)』에서 크리스티아나 브랜드의 이 작품을 '고금의 밀실 미스터리 단편 중 세 손가락 안에 드는 걸작'이라고 평했다. 내 생각도 마찬가지이다. 트릭 자체도 훌륭하지만 연출력도 발군이다. 과연 책장에서 긴 팔이 쑥 뻗어 나와 목덜미를 움켜쥐는 듯한 전율이 느껴진다.

그런 기이한 사건을 더욱 극적으로 만드는 것은 자일스와 노인의 대화이다. 모든 이야기는 자일스가 사건에 대해 이야기하면 노인이 추리하고 다시 자일스가 부정하는 식으로 흘러간다. 노인이 스무고개 하듯 자신의 추리가 답에 가까워졌는지 아닌지를 '뜨겁나?', '뜨거워졌나?'라고 물으면 자일스는 '매우 뜨겁다', '얼음장처럼 차갑다'라고 응수한다. 노인이 핵심에 다가갈수록 독자들도 자일스와 함께 점점 뜨거워진다. 스릴 만점인 이 장면은 '미스터리 사상 가장 박진감 넘치는 수수께끼 풀이'의 가장 유력한 후보가 아닐까. 두 남자가 자리에 앉아 이미 지나간 사건에 대해 이야기하는 것만으로 이런 스릴을 만들어낼 수 있다니. 본격 미스터리의 대단한 '저력'에 새삼 놀라게 된다.

이 작품은 미국판(하야카와쇼보에서 출간된 『세계 미스터리 전집 제18권 〈37의 단편37の短編〉』에 「지미니 크리켓 사건」으로 수록)과 영국판(소겐 추리 문고에서 출간된 『초대받지 않은 손님들의 뷔페招かれざる客たちのビュッフェ』에 「지미니 크리켓 사건」으로 수록)의 두 가지 버전이 있다. 작자 본인은 가필·개정을 거친 영국판을 좋아하는 듯하지만 소설가 기타무라 가오루(北村薰)와 같이 이의를 제기하는 독자도 있다. 두 버전 모두 트릭은 같다. 다만, 이야기의 외형에 해당하는 부분을 묘사하는 방식에 차이가 있다. 실은 나도 미국판의 손을 들어주고 싶지만, 그쪽이 더 낫다고 단언할 자신은 없다. 클래식 음악도 처음 듣고 좋아하게 된 연주가 가장 듣기 좋은 법이니까…….

저자 소개 --

크리스티아나 브랜드 Christianna Brand (1907~1988)

말레이시아에서 태어나 인도에서 자랐다. 영국 미스터리 사상 두드러진 활약을 보인 중진으로 1930년대의 황금기를 계승하는 추리 소설 작가. 뛰어난 서술 기교, 예측 불허의 반전과 뜻밖의 결말이 재미있다. 날카로운 추리가 돋보이는 단편 소설의 명수이기도 하다. 대표작은 본문을 참조.

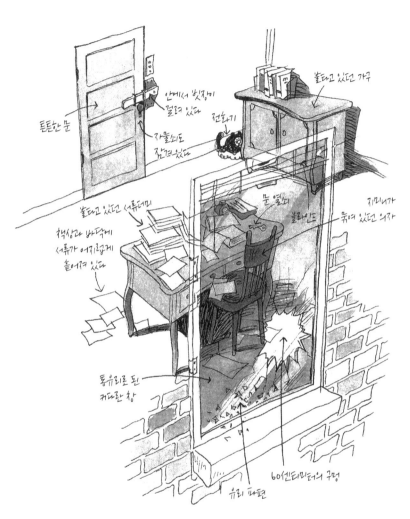

안에서 빗장게 걸러 있다

튼튼한 문

자물쇠도 잠겨 있었다

불타고 있던 가구

전화기

불타고 있던 서류더미

책상과 바닥에 서류가 어지럽게 흩어져 있다

눈 울로

블라인드

지미니가 묶여 있던 의자

통유리로 된 커다란 창

60센티미터의 구멍

유리 파편

● 지미니 크리켓이 살해당한 사무실(건물 4층의 모퉁이 방)

152

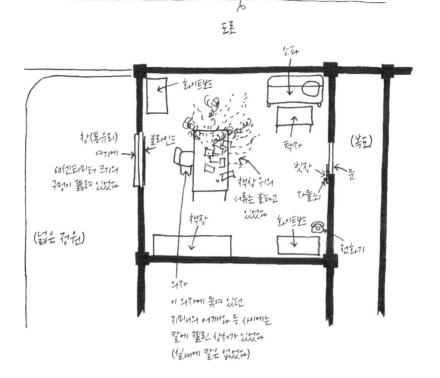

● 지미니 크리켓의 사무실 구조도(4층/지상 약 15미터)

도로

소파

화이트보드

창(통유리)
여기에
60센티미터 크기의
구멍이 뚫려 있었다

블라인드

책상 위의
서류는 불타고
있었다

책장

의자
이 의자에 묶여 있던
지미니의 어깨와 등 사이에는
칼에 찔린 상처가 있었다
(실내에 칼은 없었다)

탁자

(복도)

빗장

문

자물쇠

화이트보드

전화기

(넓은 정원)

작화 POINT | 마음에 드는 작화 중 하나이다. 손으로 쓴 글이 많은 것도 쉽게 그렸다는 증거로(도저히 그릴 방법이 없어 글로 공간을 채워 넣은 작품도 한두 편 있지만) 글이 많은 편은 대개 상황 묘사가 극명하기 때문에 어디에, 무엇이, 어떤 상태로 있는지 등을 자세히 그릴 수 있다.

지미니 크리켓 사건 153

그리고 죽음의 종이 울렸다
(His Burial Too, 1973)

캐서린 에어드(Catherine Aird)

전설이 된 파격적이고 호쾌한 밀실 트릭

    캐서린 에어드는 본국인 영국에서 큰 인기를 누리며 영국 추리 작가협회(CWA, Crime Writers' Association) 회장을 지내기도 한 유명 작가이지만 일본에는 잘 알려지지 않았다. 1980년대 전반 '애거서 크리스티의 후계자'라는 광고와 함께 출간된 장편 소설 3편과 단편 선집 『애거서 크리스티에게 바치는 살인 이야기(A Classic English Crime)』에 수록된 「만찬회 밤에(Cause and Effects)」(독살 트릭을 다룬 불가능 범죄 미스터리)라는 작품을 만날 수 있을 뿐이다. 안타까운 일이다. 정말 재미있는데.

    수도원에서 일어난 수녀 살해 사건을 그린 데뷔작 『성녀의 죽음(The Religious Body)』은 기발한 추리 소설로 '내가 알고 싶은 것. 첫째, 범인은 누구인가 둘째, 범인은 어떻게 범행을 저질렀을까'라는 흥미를 자극하는 대사(다른 소설에서 인용)로 시작된다. 『시체는 침묵하지 않는다(Some Die Eloquent)』에서는 시리즈 탐정인 슬론 경감이 흔적 없는 살인을 계획한 범인을 추적한다. 본격 미스터리의 팬이라면 그냥 넘어갈 수 없을 것 같은데……내 생각과는 달랐던 모양이다.

이해는 된다. 에어드의 작품은 깔끔하고 명쾌한 추리 소설이지만 기교나 서스펜스가 빈약하다. 본격 미스터리의 '자극성'을 즐기는 일부 팬들에게는 다소 호소력이 부족했을 것이다(크리스티처럼 수십 편씩 출간된다면 평판도 달라질 것이라 생각하지만). 하지만 조금 심심할 수 있다는 것을 감안하고 읽으면 무척 재미있는 미스터리이다. 나도 서스펜스 넘치는 강렬한 미스터리를 좋아하지만 자극적인 음식만 먹으면 탈이 나기도 한다.

하지만……그런 캐서린 에어드도 가끔은 대담한 작품을 선보인다. 여기서 소개하는 『그리고 죽음의 종이 울렸다』. 이 작품에는 전설로 남은 파격적이고 호쾌한 밀실 트릭이 등장한다. 시리즈 여섯 번째 작품인 『그리고 죽음의 종이 울렸다』가 일본에 가장 먼저 출간된 것도 납득이 간다. 이야기의 무대는 가공의 도시 캘셔주(州). 소문난 애처가 슬론 경감과 그의 파트너 크로스비 형사가 캘셔주 인근의 지방도시와 전원지대에서 일어난 사건에 도전한다. 주요 등장인물들이 도처에 배치되어 있는 것도 영국의 전원파(派) 추리 소설답다.

어느 여름날 아침. 페넬라 틴달은 아버지 리처드가 늦게까지 일어나지 않는 것을 이상하게 여긴다. 아버지를 깨우러 갔지만 방에는 아무도 없고 침대도 깨끗했다. 리처드는 말없이 외박한 일이 없었다. 페넬라는 불안한 마음에 경찰에 신고하지만 슬론 경감은 퉁명스러운 반응을 보일 뿐이었다. 성인 남자가 하룻밤 집을 비운 것 정도로 유난 떨 것 없다는 것이었다. 하지만 슬론은 얼마 안 가 자신이 잘못 생각했음을 깨닫는다.

인근 교회에서 개장 공사를 하던 작업 인부로부터 사람이 죽었다는 신고가 들어온다. 파이프와 널빤지가 여기저기 널려 있는 교회로 달려 간 슬론 경감에게 종탑 입구 옆에 모여 있던 작업 인부들은 '끔찍한 사고'라고 말했다. 조금 열린 문 사이로 안을 들여다보니 '종탑 바닥은 엄청난 양의 대리석 잔해에 묻혀 있는 듯 보였다. 산산조각이 난 하얀 조각상의 파편이—머리며 다리가 분해되어—바닥에 쌓여 있었다. 그 잔해들이 문을 막고 있어 2인치 이상 문이 열리지 않았던 것이다.' 대리석 잔해 사이로 남자의 팔이 삐져 나와 있었다. 간신히 문을 열고 들어간 경찰이 그 팔의 주인이 행방불명된 리처드라는 것을 확인해주었다.

리처드의 머리 위로 무너져 내린 것은 '울고 있는 미망인과 아버지의 죽음을 슬퍼하는 10명의 아이들의 조각상'으로 받침대의 높이만 60~90센티미터나 되는 거대한 석상이었다. 본래 교회 안에 있었지만 난방장치 설치 공사에 방해가 되어 12명이 달려들어 탑으로 옮겼다고 했다. 쉽게 쓰러질 리도 없는데다 스스로 '조각상을 쓰러뜨려 그 밑에 깔리는' 괴상한 자살도 불가능하다. 한편, 누군가 리처드를 노리고 석상을 쓰러뜨렸다면 범인은 종탑에서 빠져나갈 수 없었다. 정원으로 통하는 안쪽 문도 대리석 잔해에 막혀 있었기 때문이다. 옥상으로 통하는 문에는 자물쇠가 걸려 있었고 그곳으로 탈출했다고 해도 너무 높아 바깥에서는 사다리가 닿지 않았다. 현장에 창문은 없었다.

슬론 경감에게 그런 상황을 전해들은 서장은 초초하다는 듯 신음했다. '설마 또 그놈의 밀실 미스터리는 아니겠지, 슬론. 난 그쪽에는 영 젬병이라고.' 하지만 잔해 속에서 끌어낸 리처드가 석상에 깔려 목숨을 잃기 전 폭행을 당해 정신을 잃고 있었다는 것이 밝혀지면서 서장의 불길한 예감은 적중하고 말았다.

대담하기 이를 데 없는 밀실이다. 어지간한 계획으로는 이런 밀실을 만들 수 없다. 마지막에 밝혀지는 사건의 전말은 과연 굉장한 트릭이었다. 범인은 특정 현상을 이용했다. 어떤 현상인지는 여기서 밝히지 않겠다. 그것을 이용한 미스터리의 전례를 딱 하나 알고 있다. 1955년대 일본의 장편 추리 소설(지금은 구하기 힘들다)로 그 작품에서는 같은 현상을 알리바이 트릭에 이용했다. 물론『그리고 죽음의 종이 울렸다』의 범인도 일부러 현장을 밀실로 만들고 싶어 그런 짓을 한 건 아니었지만……

앞서 에어드의 작품이 조금 심심하다고 썼지만 당당한 본격파 작가라는 사실을 알아주었으면 한다.

가벼운 유머 감각과 남다른 깊이가 있는 영국 본격 추리 소설다운 그 저작을 만나기란 쉽지 않지만 본국에서는 추리 소설 작가로서는 최고의 명예에 해당하는 CWA의 다이아몬드 대거 상을 수상하기도 한 거장이다. 그리고 86세가 된 2016년에도 슬론 경감 시리즈의 신작 『Learning Curve』를 발표했다. 그녀의 작품을 더 많이 만나보고 싶다.

『그리고 죽음의 종이 울렸다』 이야기로 돌아가면, 사실 이 트릭은 현실에서는 실행하기 어렵다. 가만히 상상해보면 알 수 있을 것이다. 석상이 쓰러지기 전에, ×××의 ×××가 ×××되기 때문이다. 그래도 상관없다. 미스터리상의 리얼리티, 형식 논리적으로는 충분히 성립한다. 오히려 '곰곰이 따져 보면, 안 될 것 같은데' 하고 깨닫는 순간 나는 씩 웃고 말았다.

저자 소개 -

캐서린 에어드 Catherine Aird (1930~)

영국 허더즈필드에서 태어났다. 의사인 아버지의 진료소에서 매니저로 근무하다 1966년 『성녀의 죽음』을 발표하며 작가로 데뷔했다. 영국 추리 소설의 전통에 현대적인 감각을 덧입힌, 지적이고 세련된 유머가 돋보이는 작품으로 많은 독자들의 사랑을 받았다. 장편 소설의 다수는 슬론 경감 시리즈. 희곡, 평론을 집필하기도 했다.

● 개장 공사 중인 교회

종탑

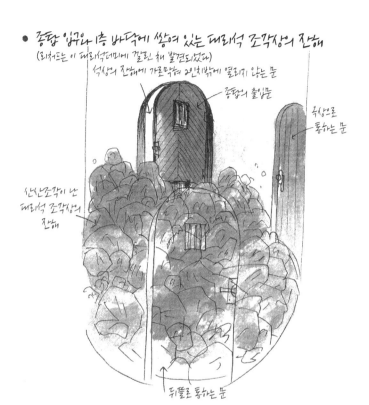

- 종탑 입구와 1층 바닥에 쌓여 있는 대리석 조각상의 잔해
(리처드는 이 대리석더미에 깔린 채 발견되었다)

석상의 잔해에 가로막혀 2인치밖에 열리지 않는 문

종탑의 출입문

옥상으로 통하는 문

산산조각이 난 대리석 조각상의 잔해

뒤뜰로 통하는 문

작화 POINT   이름도 몰랐던 작가였지만 아리스가와 씨가 선택한 작품인 만큼 기대하며 읽었다. 하지만 번역 때문인지 원문이 원래 그런 것인지 살인 현장인 탑의 형태나 규모가 잘 그려지지 않아 고생했다. 머리 위에서 조각상 이 떨어졌으니 위쪽은 뚫려 있을 것이고 계단은 아마 나선형 계단일 텐데 종 탑의 출입문이 있는 1층에 옥상으로 통하는 문이 있는 것이다. 그렇다면 나선 계단은 아니라는 말이다. 아니, 나선형이라도 계단은 보이지 않는 구조다. 이 제 문제는 조각상의 위치인데 글만 읽으면 납득이 가지만 그림으로 그리려고 만 하면 의문에 부딪혔다.

투표 부스의 수수께끼
(The Problem of the Voting Booth, 1977)

에드워드 D. 호크(Edward Dentinger Hoch)

이상한 상황에서 일어난 사건의 의외의 결말

　호크가 어떤 작가인지 소개할 때 빼놓을 수 없는 특징이 세 가지 있다. 첫 번째는 그가 단편 미스터리의 일인자라는 것이다. 단편의 명수야 한둘이 아니지만 오로지 단편 작품만 쓰며 활약하는 현역 미스터리 작가는 영미권에서는 그가 유일하다(물론 장편 소설도 몇 편 있지만). 단편 작품이 환영받지 못하는 사정은 어디나 비슷한 듯 일본에서도 '단편집은 팔리지 않는다'는 것이 편집자들의 입버릇이다.

　두 번째 특징은 밀실 미스터리를 중심으로 한 불가능 범죄 작품이 다수를 점하고 있다는 것이다. 트릭에 대한 호크의 열정은 예사롭지 않다. 수로만 따지면, 세계 최고의 트릭 메이커가 아닐까. 물론, 수적인 면에서만이 아니라 질적인 수준도 높다. 현대에도 눈이 번쩍 뜨일 만한 획기적인 트릭을 연발하는 것은 무리겠지만 다양성 면에서는 손꼽을 만하다.

세 번째는 다채로운 시리즈 캐릭터이다. 2천 살에 가깝다는 콥트교 신부로 오컬트적인 사건을 해결하는 사이먼 아크, 끊임없이 어려운 사건에 직면하는 레오폴드 경감(후에 경찰에서 은퇴), 가치가 없는 것이라면 의뢰받은 물건이 무엇이든 훔쳐내는 괴도 닉 벨벳, 떠돌이 총잡이 탐정인 벤 스노, 21세기의 범죄수사조직인 컴퓨터 수사국(CIB, Computer Investigation Bureau) 등등 실로 다양하다. 그중에서도 불가능 범죄 미스터리 최고의 히어로는 샘 호손 박사일 것이다. 호손은 뉴잉글랜드의 시골 마을에 사는 개업의로, 여기서 소개하는 「투표 부스의 수수께끼」를 해결한 것도 그이다. 시리즈 캐릭터가 난무하는 감도 없지 않지만 단편 미스터리 중심으로 영업하는 데 필요한 지혜이기도 하다. 이런 탐정들의 활약상을 보고 싶다면 일본에서 독자적으로 엮은 단편집『호크와 13명의 친구들(ホックと13人の仲間たち)』을 읽는 것이 가장 좋다. 제목 그대로 13명의 탐정이 등장하는 13편의 소설이 실려 있다.

호손 박사가 사는 노스몬트는 작은 도시인데도 이상하게 불가능 범죄가 속출한다(딴지를 놓는 것은 아니지만). 그중에서도 1926년 선거 당시 발생한 사건에 대해 호손은 '가장 불가능해 보이는 범죄였다'고 술회했다.

그 선거에는 현직 보안관 렌즈와 신참인 오티스 두 사람이 입후보했다. 투표 당일, 호손은 간호사인 에이프릴과 함께 투표소로 꾸며진 이발소로 향했다. 투표소에는 두 후보자와 취재를 온 신문사 카메라맨 등이 있었다. 카메라맨은 두 후보가 악수하는 장면을 찍으려고 했지만 오티스는 먼저 투표 부스로 들어갔다. 투표용지를 받아 커튼이 쳐진 투표 부스 안에서 작성한 후 바로 바깥에 있는 투표함에 넣으면 된다. 그런데 오티스가 5분 넘게 투표 부스에서 나오지 않았다. 걱정이 된 사람들이 그를 부르자 곧 끝난다는 대답이 돌아왔는데…….

'잠시 후 그가 커튼을 걷고 밖으로 나왔다. 왼손에는 반으로 접은 투표용지를 들고 오른손에는 연필을 쥔 그는 놀란 표정을 짓고 있었다. 휘청거리며 두어 걸음쯤 걸어 나온 그의 셔츠 앞쪽에는 피가 배어 있었다.'

호손이 뛰어나가 그를 부축했지만 의사로서 손 써볼 시간도 없이 '살인자……', '척살……'이라는 말을 남긴 채 숨을 거두었다. 가슴에 난 상처는 분명 칼에 찔린 상처였지만 투표 부스 안에서 그는 온전히 혼자였다. 커튼 아래로는 줄곧 그의 두 다리가 보였다. 호손은 곧장 투표 부스 안을 확인했다. 하지만 '나무 탁자와 그 위에 놓인 연필 두 자루 외에는 아무것도 없었다.' '탁자 밑과 바닥을 살폈다. 검은 커튼을 만져보고 흉기가 숨겨져 있지 않다는 것을 확인했다. 심지어 투표 부스 뒤쪽으로 돌아가 칼이 들어갈 만한 구멍이 있는지도 찾아보았다.' 하지만 '아무것도 없었다.' '투표 부스는 3면이 튼튼한 나무로 만들어져 있었으며 나머지 한 면에는 커튼이 쳐져 있었다. 그리고 그 안에 있는 것이라고는 투표용지를 작성하는 탁자뿐이었다.'

이발소이기 때문에 칼은 많이 있을 것 아니냐며 구석구석 수색

했지만 흉기는 발견되지 않았다. 급기야 '투표 부스에 들어가기 전에 칼에 찔린 것이 아닐까' 혹은 '카메라맨의 렌즈에 장치된 얼음으로 된 칼이 튀어나온 것이 아닐까' 등의 엉뚱한 추리까지 등장했다. '투명인간이 투명 칼로' 살해했다고밖에 생각할 수 없는 상황이었다.

짧은 단편 안에 이상한 상황, 가설의 검증, 의외의 결말을 모두 담아낸 솜씨는 그야말로 호크의 작품다웠다. 이 작품이 그의 최고작은 아닐지라도 그런 훌륭한 솜씨를 감상하기에는 아주 좋은 본보기라고 생각한다. 꼭 읽어보기를 바란다. 앞으로 투표 부스라는 '작은 밀실'에 들어갈 때면 이 작품을 떠올리고 빙긋 웃게 될지도 모른다.

호크의 밀실 미스터리에는 흥미로운 상황 설정이 빠지지 않는다. 같은 샘 호손 시리즈의 대표작 「유개교의 수수께끼(The Problem of the Covered Bridge)」에서는 『메디슨 카운티의 다리』로 유명해진 지붕이 있는 다리로 들어간 사륜마차와 마부가 중간에 바퀴 자국조차 남기지 않고 사라진다. 또 「떡갈나무 고목의 수수께끼(The Problem of the Old Oak Tree)」에서는 많은 사람들이 지켜보는 가운데 스카이다이빙을 한 남자가 교살 당한다. 「16호 독방의 수수께끼(The Problem of Cell 16)」는 푸트렐의 걸작에 도전한 탈옥 미스터리. 시리즈물 이외에는 「긴 추락(The Long Way Down)」이라는 걸작이 있다. 빌딩 21층에서 뛰어내린 남자가 사라진 지 3시간 45분 후에 떨어져 죽는다. 놀라운 미스터리를 탄생시킨 걸작이다.

솔직히 호크의 소설에 마술의 재미 그 이상을 바란다고 해도 얻는 것은 많지 않다. 종횡무진 활약하는 시리즈 캐릭터는 '유쾌한 친구들'이지만 만듦새가 어설픈 가장행렬을 보는 듯하다. 하지만 그것으로 충분하다고 생각한다. '머리로 짜낸 미스터리보다 인간의 미스터리에 흥미를 갖는' 작가는 많기 때문에 그 반대편에 서 있는 작가야말로 희소가치가 있다.

이 책의 서문에서도 소개했듯 호크는 『밀실 대집합』의 '머리말'에서 밀실 살인이나 인간 소실이야말로 '본격 추리소설의 본질'이라고 썼다. 그리고 '대부분의 미스터리가 단순 범죄나 추적 스릴러에 불과한 오늘날 밀실 살인이나 불가능 범죄를 다룬 미스터리를 읽는 독자야말로 진정한 수수께끼풀이의 즐거움을 맛볼 수 있을 것'이라고도 말했다.

그것만이 미스터리는 아니지만, 그래도 괜찮다. 힘내라, 호크!

저자 소개 -

에드워드 D. 호크 Edward Dentinger Hoch (1930~2008)

　미국 뉴욕에서 태어났다. 수수께끼풀이의 재미를 만끽할 수 있는 단편 추리 소설의 일인자. 1968년 「직사각형 방(The Oblong Room)」으로 미국 추리 작가 협회(MWA) 단편 상을 받았다. 괴도 닉 벨벳, 레오폴드 경감, 오컬트 탐정 사이먼 아크 등 다채로운 시리즈 캐릭터로도 인기가 있다. 대표작으로는 『까마귀 살인 사건(The Shattered Raven)』, 『컴퓨터 수사국(The Transvection Machine)』, 『호크와 13명의 친구들』, 『괴도 닉을 훔쳐라(The Thief Strikes Again)』 등이 있다.

살인 현장인 이발소는 이런 모습이었을 것이다

● 이발소 안의 투표 부스 구조도

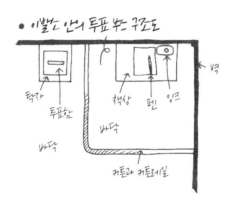

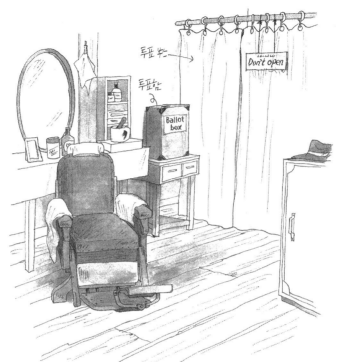

투표 부스

투표함

Don't open

Ballot box

● 1926년경 뉴잉글랜드 지방의 이발소 실내 구상도

<u>작화 POINT</u>　　작풍은 물론 장소와 시대적 배경까지 무척 마음에 드는 작품이다. 이곳도 아주 작은 밀실이지만, 주변 상황이 확실히 그려졌다. 꽤 고생했던 자료 조사도 막상 자료를 구한 후에는 까맣게 잊어버렸을 만큼 그림을 그리고 싶어 좀이 쑤셨을 정도이다.

보이지 않는 그린
(Invisible Green, 1977)

존 슬라덱(John Sladek)

날카로운 트릭과 다양한 수수께끼가 가득한
본격 미스터리의 보석

존 슬라덱은 본래 SF작가였다고 한다. 아쉽게도 나는 그의 SF작품을 읽어본 적이 없다. 소문에 의하면, 상당히 독특한 소설을 쓰는 작가라고 한다. 기존의 틀에서 벗어난 범상치 않은 소설이 가득 담긴 『슬라덱 언어유희 단편집(Keep the Giraffe Burning)』(이 책에는 '밀실'이라는 기발한 메타 미스터리도 수록되어 있다)을 읽어보면 납득이 간다. SF 작가인 토머스 M. 디쉬(Thomas M. Disch)와 합작한 『검은 앨리스(Black Alice)』도 납치당한 소녀가 특수한 약물로 피부가 검게 변하면서 전개되는 유괴범과의 이상한 도피행각을 그린 기묘한 이야기였다.

그런 슬라덱은 한 콘테스트에서 입선한 「보이지 않는 손에 의해(By an Unknown Hand)」라는 작품으로 미스터리 팬들 앞에 등장했다. 주인공은 '온갖 걱정근심 해결 가능——휴가 중인 미국의 철학 교수 겸 논리학자이자 아마추어 탐정. 어려운 문제를 기다린다'는 신문 광고를 낸 괴짜 새커리 핀. 이 단편은 '목숨을 위협받고 있다며 보호 요청을 받은' 핀이 지키고 있던 방에서 의뢰인이 목숨을 잃는 본격적인 밀실 미스터리였다. 뒤이어 발표한『검은 영기(Black Aura)』에서도 명탐정 핀이 주인공으로 등장한다. 이 작품도 강령술에 얽힌 고전적인 본격 미스터리로 밀실에서 사람이 사라지거나 공중 부양한 사람이 추락사하는 등의 트릭이 가득 담겨 있다. 기발한 트릭 소설인 동시에 묘한 분위기를 자아내는 소설이기도 하다. 어릴 때부터 명탐정을 꿈꾸었다는 설정을 비롯해 이야기 전체에 유머가 감돈다. '두 남자가 치크 댄스를 추고 있는 것을 보았다'는 목격자의 이상한 증언의 수수께끼가 풀렸을 때의 그 기막힌 기분이라니…….

재기 넘치는 독특한 소설만 쓰던 슬라덱이 이렇게 제대로 된 본격 미스터리(장난삼아 썼는지는 몰라도 강속구인 것은 틀림없다)를 썼다는 것이 나로서는 매우 기쁘다. 현대 사회의 문제를 폭로하거나 인간 존재의 수수께끼를 그려냈다는 등의 평가를 받는 '따분한 어른들이 좋아할 만한 훌륭한 소설'은 보통의 우수한 작가들에게 맡기자. 보통의 작가라기보다는 멋있는 작가 슬라덱은 그런 작품을 쓰지 않아도 좋다.

『보이지 않는 그린』은 슬라덱의 본격 미스터리 장편 소설 제2탄. 그와 동시에 아쉽게도 그의 마지막 미스터리 소설이기도 하다. 이 작품은 과거 '아마추어 탐정 7인회'라는 미스터리 마니아 서클에 속해 있던 멤버들이 잇달아 살해되는 이야기이다. 피해망상에 사로잡혀 '그린이 자신을 노린다'고 경계하던 스토크스 노인이 자택에서 살해당하면서 사건이 시작된다.

사건 현장은 복도 옆 화장실. 파자마 차림의 피해자는 변기에서 미끄러진 듯 바닥에 앉아 절명해 있었다. 무슨 이유에서인지 손톱이 깨져 있었다. 페인트칠이 벗겨진 화장실 안에는 창문도 없고 머리도 통과하지 못할 만큼 작은 환기구만 하나 있었다. 사인은 심장 발작. 평소 강심제를 복용하던 노인이 범인과 다투다 발작을 일으켰을 가능성도 있지만 현장은 밀실이었다. 무엇보다 스토크스 노인을 걱정한 한 부인의 의뢰를 받은 핀이 밤새 그 집을 감시하며 아무도 드나들지 않았다는 것을 확인해주었다. 또 경찰의 조사에 의하면 '그곳은 밀폐 상태였다—앞문과 뒷문 모두 잠겨 있고 도어체인과 빗장까지 걸려 있었다. 게다가 창문은 하나같이 3센티미터 길이의 대못을 박아 놓아 열리지 않았다. 복도에는 발자국이 찍히도록 하얀 가루를 뿌려 놓고 계단에는 한두 칸 간격으로 실을 길게 묶어 놓았다. 그야말로 편집광적인 행동이었다—그 노인은 자기 집을 요새로 만들었다. 그 집에 침입할 수 있는 가능성은 전혀 없다'는 것이었다(하지만 살인 사건은 벌어졌다).

스토크스 노인이 죽은 후 멤버들의 신변에 괴이한 사건이 속출한다. 어떤 멤버는 누가 창문으로 오렌지를 던지고 다른 멤버는 현관문에 찢어진 옐로페이지가 칼에 꽂혀 있고 이미 세상을 떠난 멤버의 묘지에는 파란색 페인트로 물음표를 그려 놓는 식으로……아무래도 범인은 7인회 멤버들에게 무지개 색으로 무언가를 말하는 듯했다. 대체 무슨 이유일까? 그리고 그린 씨는 실재하는 것일까? 마지막까지 남은 색——빨강을 멤버들이 뜻하지 않은 형태로 목격하면서(명장면이다) 비극의 제2막이 올라간다.

전편에 예리한 트릭뿐 아니라 다양한 수수께끼와 기교 그리고 재치가 넘친다. 이 작품만큼 본격 미스터리의 재미를 만끽할 수 있게 해주는 작품은 드물다. 주관적인 판단이지만, 이 작품을 좋아하는 사람은 본격 미스터리를 좋아하는 사람이다(물론, 그 반대가 반드시 참이라고는 할 수 없다). 다행히 일본에서는 높은 평가를 받아 아직까지 책을 쉽게 구할 수 있지만 영미권에서는 좋은 평을 받지 못한 것이 안타깝다. 하지만 그것은(미스터리의 본고장인지 어떤지는 몰라도) 본격 미스터리를 둘러싼 그쪽의 상황이 좋지 않았던 것이라고밖에 말할 수 없다. 일본의 팬들이라도 이 주옥같은 작품을 지켜냈으면 한다.

이 작품의 결말에서 핀이 보여주는 추리는 명쾌하기 이를 데 없다. 체스터턴식의 역설로 '무지개'의 수수께끼를 풀어내고, 엘러리 퀸처럼 논리적으로 범인을 지목하며, 알리바이 공작까지 간파한다. 범행 동기는 절묘하게 감추어져 있다. 특히, 스토크스를 살해한 밀실 트릭이 훌륭하다. '터무니없다'거나 '개그다. 웃음이 터졌다'는 사람도 있을지 모르지만 나는 솔직히 그 발상에 감동했다. '터무니없다'는 반응에 대해 '개그'로 받아들인 사람들은 '유머를 모르는 사람'이라고 말할지 모르지만 나는 그들에게 '본격 미스터리와 유머는 다르다'고 이의를 제기하고 싶다. 설령 슬라덱 본인이 그 진의에 대해 '유머지, 유머'라고 웃으며 대답한다 해도 말이다.

　이로써『밀실 대도감』의 서양 편을 마쳤다. 마지막 작품이 1977년작이라는 것이 아쉽다. 피터 러브지(Peter Lovesey)의『블러드하운드(Bloodhounds)』(1996) 즈음에서 끝내고 싶은 마음도 있었지만 이미 자리가 꽉 찬 상태였다. 하지만 요즘은 영국과 프랑스에서도 P. C. 도허티(P. C Doherty)나 폴 알테르(Paul Halter)와 같은 카의 후계자들이 인기를 누리고 있다고 한다. '밀실'이라는 이름의 흑점이 또 다시 활성화되고 있는 것 같아 기대가 크다.

　여기서 핀의 마지막 대사를 인용하고자 한다.

　'재미있는 초현실주의적 광경을 놓칠 수 있다. 저걸 보아라!'

저자 소개 --

존 슬라덱 John Sladek (1937~2000)

　미국 아이오와주에서 태어났다. 본래는 SF 작가였지만 1972년 단편 미스터리 콘테스트에서 우승한 이후 추리 소설에 도전했다. 작품은 『보이지 않는 그린』외에 『검은 영기』뿐이지만 둘 다 순수한 본격 미스터리 소설로 세 번째 작품을 기다리는 팬도 많았다.

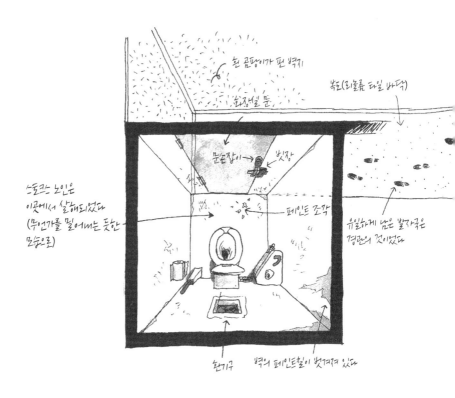

흰 곰팡이가 핀 벽지

복도(리놀륨 타일 바닥)

화장실 문

눈속잡이→ 빗장

페인트 조각

유일하게 남은 발자국은
경관의 것이었다

수통스 노인은
이곳에서 살해되었다
(무언가를 밀어내는 듯한
모습으로)

환기구

벽의 페인트칠이 벗겨져 있다

● 살인 현장인 화장실 (※화장실에는 창이 없다)

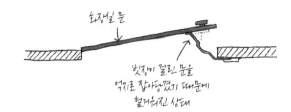

화장실 문

빗장에 걸린 문을
억지로 잡아당겼기 때문에
헐거워진 상태

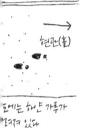

현관(홀)

도에는 하얀 가루가
뿌려져 있다

계단 기둥에 길게 늘어뜨린 실이 묶여 있었다

작화 POINT 　이 책에서 아리스가와 씨가 선택한 밀실 중 가장 작은 밀실
이 아닐까. 화장실을 밀실로 만들다니, 작자인 슬라덱은 물론 아리스가와 씨
조차 그림을 그릴 사람은 안중에도 없었던 모양이다. 화장실 그림이라니 골탕
먹이려는 생각인가? 하지만 솔직히 말하면, 꽤 즐겁게 그린 작품이다.

　사족이지만, 화장실보다 작은 코인 로커를 밀실로 설정한 살인 사건 같은
건 어떨까. 무라카미 류의 『코인로커 베이비즈』가 아니라 아리스가와 아리스
의 '코인로커 킬러즈' 같은 작품을 읽어보고 싶다.

일본 미스터리

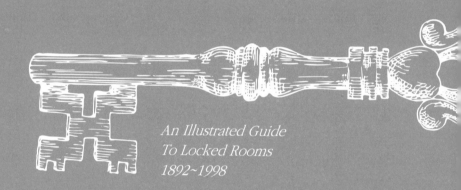

An Illustrated Guide
To Locked Rooms
1892~1998

D언덕의 살인 사건
(D坂の殺人事件, 1925)

에도가와 란포(江戸川乱歩)

'밀실풍 미스터리'의 명작

일본 미스터리의 첫 시작은 거성 에도가와 란포의 작품으로 장식하기로 했다. 일본 '탐정 소설의 아버지.' 일본에서 가장 유명한 이 탐정 작가에 대해서는 길게 소개할 필요도 없을 것이다.

많은 미스터리 팬들이 초등학교 시절 「소년 탐정단(少年探偵団)」을 탐독하고, 얼마 안 있어 「압화와 여행하는 남자(押絵と旅する男)」, 「파노라마 섬 기담(パノラマ島奇談)」, 「음울한 짐승(陰獸)」, 「다락방의 산책자(屋根裏の散歩者)」, 「심리 실험(心理実験)」, 「인간 의자(人間椅子)」, 「거울 지옥(鏡地獄)」과 같은 눈부신 단편에 심취하다 『외딴섬의 악마(孤島の鬼)』, 『거미남(蜘蛛男)』, 『검은 도마뱀(黒蜥蜴)』, 『황금 가면(黄金仮面)』 등의 장편 소설에 몰두하는 과정을 거치지 않았을까. '란포 체험'이라고도 불리는 이 과정은 시간이 흘러도 퇴색하지 않는다.

독서란 지극히 개인적인 체험이기 때문에 같은 소설에 감명을 받았다고 해도 그 내실은 각자 다를 것이다. 그런데도 나는 이상하게 확신한다. '란포는 재미있다'는 나와 '그럼, 재미있지'라고 말하는 '당신'은 거의 같은 수준으로 란포에게 매료되었다고 말이다. 또 '란포의 작품은 처음 읽는데도 어쩐지 정겹다'는 감상을 자주 듣는다. 그런 것도 란포의 이야기가 우리의 집합적 무의식에 속한 '이야기의 모판'에 물을 뿌리고 싹을 틔운 것일지 모른다. 그래서일까, '나야말로 그를 완벽히 이해하는 사람'이라거나 '나만큼 란포를 사랑하는 사람은 없다'고 주장하는 란포의 팬을 만난 적이 없다.

그런 란포의 밀실 미스터리라고 하면, 완전한 밀실에서 총에 맞는 「화승총(火繩銃)」, 전쟁 중이었기에 가능한 「누군가(何者)」 외에도 기상천외한 살해 방법이 밀실을 만들어버린 「메라 박사의 이상한 범죄(目羅博士の不思議な犯罪)」 등 몇 가지 작례가 있다. 「소년 탐정단」 시리즈에서는 괴도 이십면상이나 그가 분한 괴인·괴물이 밀실 상황에서 사라지는 장면이 자주 등장한다. 초심자용 트릭이기 때문에 '황금 표범'이 창살로 둘러싸인 방에서 사라졌을 때는 '앗, 알았다. 트릭을 깼다!'며 기뻐하기도 했다. 장편 소설 중에는 직접적인 밀실 트릭이 등장하는 『화인환희(化人幻戲)』가 있지만 즉물적인 나머지 큰 감동은 없었다. 란포는 본격 미스터리를 깊이 사랑하고 평론을 통해 뜨거운 응원과 메시지를 보내지만 실제 본격 미스터리 작품은 잘하지 못한다고 자인했다. 그것을 증명하는 듯한 작품이다.

그런 란포의 밀실 미스터리 중 「D언덕의 살인 사건」을 선정했다. 란포의 팬이라면 누구나 읽었을 만한 명작이다. D언덕이란, 메이지 시대(1968~1912) 국화꽃 인형으로 유명했던 단고 언덕을 말한다. 이야기는 이렇게 시작된다.

'9월 초의 어느 무더운 밤에 일어난 일이었다. 나는 D언덕의 큰길가 중간쯤에 있는 하쿠바이켄이라는 단골 카페에서 차가운 커피를 마시고 있었다.'

화자는 란포 자신을 떠오르게 하는 남자로, 하는 일 없이 놀고먹는 한량이다. 카페에 앉아 건너편 고서점을 멍하니 바라보고 있을 때 지인인 아케치 고고로가 찾아온다. 두 사람은 고서점의 모습이 어딘가 이상하다는 것을 깨닫는다. 가게를 보고 있을 여주인이 보이지 않았다. 도둑이 들어도 모를 일이었다. 무슨 일인가 싶어 가게 안을 들여다본 두 사람은 목이 졸려 죽어 있는 여주인을 발견한다.

다다미 여섯 장짜리 단칸방 '안쪽으로는 오른편의 좁은 툇마루를 사이에 두고 두 평 남짓한 정원과 변소가 있고 정원 너머에는 울타리가 쳐져 있었다—여름이라 문을 열어놓았기 때문에 안이 훤히 보였다—왼편에 달린 문 안쪽으로는 다다미 두 장 크기의 마루방이 있고 뒷문 옆으로 좁은 욕탕이 보였다. 뒷문은 닫혀 있었다. 마주보는 오른편은 네 짝으로 된 장지문이 달려 있고 안에는 2층으로 올라가는 계단과 창고가 있는 듯했다. 지극히 평범한 연립주택 구조였다.'

사체 발견 30분 전 '나'는 가게 안의 장지가 닫히는 것을 목격했기 때문에 범행은 그 이후에 일어났을 것이다. 마찬가지로 '나'는 범인이 드나드는 모습도 보지 못했다. 또 골목 입구에 있던 아이스크림 장수의 증언으로 범인이 뒷문으로 드나들었을 가능성도 사라졌다. 2층 창문으로 나와 지붕을 타고 도망친 것도 아니다. 근처 과자점 주인이 옥상에서 퉁소를 불고 있었기 때문이다.

아케치는 에드거 앨런 포의 「모르그가의 살인 사건」, 가스통 르루의 『노란 방의 비밀』을 예로 들며 '오늘밤 사건도 범인이 사라진 흔적이 없다는 점에서 비슷하지 않습니까?'라며 흥분을 감추지 못했다.

'이게 밀실 미스터리라고?'라며 의심하는 독자도 있는 듯하다. '다이쇼 시대(1912~1926)의 연립 주택을 밀실이라고 할 수는 없다. 사방이 빈틈인데 어떻게든 드나들 수 있었을 것이다'라고? 하지만 아케치가 「모르그가의 살인 사건」이나 『노란 방의 비밀』과 비슷하다고 했으니 밀실이라고 봐야 하지 않을까. 사건 현장의 뒷문이 잠겨 있던 것도 아니고 과자점 주인은 옥상에서 퉁소를 불고 있으니, 파리의 아파트나 런던의 하숙집에 비하면 개방적이고 목가적인 풍경 같지만 다이쇼 시대 일본의 현실을 반영한 이른바 '밀실풍(?) 미스터리'이다. 당시 일본에서 밀실을 만든다는 것은 쉽지 않은 일이었다.

과거에는 일본 가옥을 무대로 밀실 미스터리는 쓸 수 없다는 통념이 있었던 것 같다. 이 문제를 해결하기 위해 나중에 소개할 오구리 무시타로(小栗虫太郎) · 오사카 게이치(大阪圭吉) · 요코미조 세이시(橫溝正史) · 다카기 아키미쓰(高木彬光) 등은 다양한 방법을 모색했다. 아예 외국을 무대로 삼거나 특수한 건물을 등장시키기도 했다. 이제는 일본에서도 밀실을 실현할 수 있다. 초고층 호텔이나 맨션이 즐비한 도심의 한 구획만 해도 밤에는 잠금장치로 굳게 닫힌 견고한 밀실이 수천 개 단위로 존재한다. 이처럼 밀실이 범람하는 시대에는 「D언덕의 살인 사건」의 한가로움이 그립기도 하다.

한가로운 인상은 있지만, 당시에도 이미 도쿄는 세계 유수의 대도시로 발전하고 개인의 사생활이라는 개념이 모호한 전근대성에서 탈피한 시기였다. 마쓰야마 이와오(松山巖)는 『란포와 도쿄(乱歩と東京)』에서 「D언덕의 살인 사건」을 '등장인물들 간의 희박한 인간관계 위에 성립한 작품'이라고 평했다. 예컨대, 작중의 아케치와 피해자는 같은 고향 출신의 소꿉친구였지만 이런 관계는 진상과 전혀 관련이 없다. 사체 발견자가 피해자와 소꿉친구라는 것이 단순한 우연인 장소, 그것이 도시이다. 도쿄라는 도시의 틈새로 들여다본 악몽. 그것이 D언덕의 '밀실풍 살인 사건'인 것이다.

저자 소개 ---

에도가와 란포 江戸川乱歩 (1894~1965)

　일본 미에현에서 태어났다. 와세다 대학교 정치경제학과를 졸업한 후 여러 직업을 전전하다 1923년 잡지 《신청년(新青年)》에 단편 「2전짜리 동전(二銭銅貨)」, 「차표 한 장(一枚の切符)」을 발표하며 데뷔했다. 그 후 「심리 실험」, 「다락방의 산책자」, 「인간 의자」, 「파노라마섬 기담」, 「압화와 여행하는 남자」 등 다수의 걸작을 발표했다. 일본 추리 소설의 개척자이자 달성자, 지도자, 육성자로서 널리 이름을 떨쳤다.

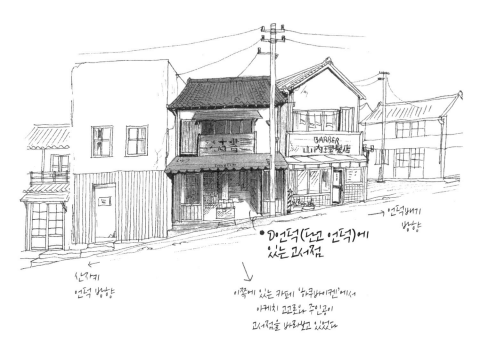

• D언덕(단고 언덕)에 있는 고서점

→ 언덕배기 방향

←
신자케 언덕 방향

이쪽에 있는 카페 '하쿠바이켄'에서 아케치 고고로와 주인공이 고서점을 바라보고 있었다

작화 POINT 스무 살 무렵 처음 읽었던 추리 소설이다. 당시 작가를 꿈꾸던 나는 문학청년 행세를 하며 온갖 어려운 철학서와 문학서적을 독파하던 중 보들레르나 로트레아몽 등과 함께 에드거 앨런 포의 시집을 접하고 자연스레 그의 단편 「모르그가의 살인 사건」과 「윌리엄 윌슨」 등을 읽게 되었다. 다른 어려운 책들과 달리 너무나 재미있게 읽었던 작품이었기 때문에 에도가와 란포라는 이름이 에드거 앨런 포의 이름을 따서 지었다는 이야기를 듣자마자 이 작가와 작품의 세계로 뛰어들었다.

그런 추억이 있는 「D언덕의 살인 사건」인 만큼 작품을 다시 읽고 그림을 그리는 내내 무척 즐거웠다.

● 고서점 내부

장지가 열려 있었다.

● 고서점 구조도(1층)

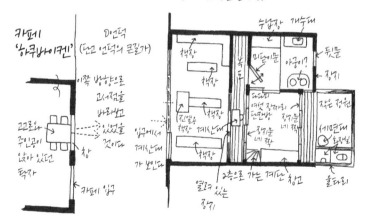

카페
'하쿠바이켄'

D언덕
(단고 언덕의 큰길가)

고고로와
주인공이
앉아 있었던
탁자

이쪽 방향으로
고서점을
바라보고
있었을
것이다.

창

카페 입구

입구에서
계산대
가 보인다.

책장

책장

진열용
책장

책장

계산대

책장

복도

미닫이문

여닫이
책장

열려 있는
장지

2층으로 가는 계단

창고

수납장 개수대

아궁이?

뒷문

장지

작은 정원

맹장지 장자리
단바닥

장지문
네 짝

장지문
네 쪽

세면대

목욕실

울타리

거미
(蜘蛛, 1930)

고가 사부로(甲賀三郎)

'본격' 미스터리 명명자의 건물 살인

미스터리 팬이라면 '본격 추리 소설', '본격 미스터리'라는 표현을 자주 보게 된다. 이 책에서도 '본격 미스터리'라는 말을 반복해 사용했다. 물론, 이 본격이라는 것은 작자가 열의를 다해 쓴 본격적인 역작이라는 의미가 아니라 수수께끼풀이에 중점을 두고 쓴 미스터리를 가리킨다. 한편, 명탐정의 추리나 범인의 치밀한 트릭이 중심이 아닌 미스터리를 '변격(変格) 추리 소설'이라고 부르기도 한다. 주로 괴기 · 환상미가 강한 작품이나 서스펜스 스릴러를 가리키지만 본격을 제외한 작품을 변격으로 해석해 하드보일드 · 모험 · SF 소설까지 변격의 범주에 포함시키는 것도 가능하다. 다만, 이런 명칭은 미스터리가 일본에 정착한 지 얼마 되지 않은 전전(戰前)에 만들어졌기 때문에 다양한 장르가 자리 잡은 현대에는 거의 쓰이지 않는다. 지금은 하드보일드나 SF를 '변격 추리'라고 부르는 사람은 없다. '본격'이라는 명칭만 꾸준히 쓰이고 있는 것은 단순

한 습관인 것일까. 본격물이 미스터리 세력도의 중심을 차지하는 것도 아니기 때문에 실태에 맞진 않지만 '본격 추리'가 '수수께끼풀이 추리' 같은 표현보다 짧고 간편한 것도 한 가지 이유가 아닐까.

그 '본격'이라는 말을 처음 만든 사람이 전전의 일본에서 보기 드문 수수께끼풀이 추리 소설의 일인자 고가 사부로이다. 수수께끼풀이파인 그가 '내 소설은 '본격' 다른 것은 '변격''이라고 명명한 만큼 '본격'이라는 명칭에는 일종의 우월감이 담겨 있었는지도 모른다. 이화학 트릭을 사용한 「호박 파이프(琥珀のパイプ)」나 「니켈 문진(ニッケルの文鎮)」 등 단편에는 본격 미스터리 작품이 많지만 장편은 실화를 소재로 쓴 『하세쿠라 사건(支倉事件)』이 유명하며 그 밖에도 『형체 없는 괴도(姿なき怪盗)』 등의 통속 활극풍의 소설이 눈에 띈다. 여기서는 그의 단편 중에서 가장 인상적인 작품 「거미」를 소개한다.

물리화학계의 권위자 쓰지카와 박사는 돌연 대학 교수직을 내려놓고 거미 연구를 시작한다. 그것만으로도 큰 화제를 불러 일으켰지만 더욱 세상을 놀라게 한 것은 그가 도쿄 외곽의 숲속에 세운 기괴한 연구실이었다. 어떤 연구실이었을까? 일러스트를 보기 바란다.

너무나 독특하기 때문에 본문의 설명을 가져왔다. 그것은 '지상 9미터 남짓한 높이의 기둥 위에 세워져 있었다. 연구실 외관은 지름 4.5미터, 높이 2.7미터 가량의 원통형으로 천장은 둥근 돔 형태이고 측면에는 일정 간격으로 같은 크기의 창이 나 있었다. 1년 가까이 비바람을 맞으며 방치되어 있었기 때문에 새하얀 벽은 군데군데 칠이 벗겨져 잿빛을 띠고 있었다. 전체적인 모습은 오래된 등대나 소방망루처럼 보였다.' 연구실에 들어가려면 가파른 철근 콘크리트 계단을 올라가야 한다. 계단 끝에 있는 반 평 남짓한 계단참에 도착하면 연구소의 유일한 문을 마주하게 된다. 기발한 것은 외관만이 아니다. 연구실 안에는 벽을 따라 설치된 선반 위에 수백 종류의 거미 사육함이 빼곡히 놓여 있었다.

화자는 대학 물리학 교실의 조수로 일하는 '나.' 이야기는 쓰지카와 박사가 부주의로 인해 독거미에 물려 목숨을 잃은 지 한 달여가 지난 후부터 시작된다. 쓰지카와 박사는 절지동물에 대한 전문 지식을 가진 '나'를 연구소로 불러 조언을 구하곤 했다. 쓰지카와 박사가 세상을 떠난 후, 남겨진 거미들의 처리에 대한 유족들의 상담에 응해 연구소를 찾았다.

전기도 들어오지 않는 연구실 안에서 쓰지카와 박사를 회상하던 '나'는 문득 시오카와 박사의 죽음을 떠올린다. 쓰지카와의 동료 시오카와는 반년 전쯤 이 연구실 계단에서 추락해 사망했다. 당시 '나'도 연구소에 있었기 때문에 사고 경위는 잘 알고 있다. 시오카와는 바닥에 있던 문닫이 거미를 독거미로 착각하고 급하게 밖으로 도망치다 계단에서 발을 헛디딘 것이었다.

하지만 '나'는 연구실의 숨겨진 비밀을 알게 된다. 그리고 실내에서 발견한 쓰지카와 박사의 일기에는 뜻밖의 사실이 쓰여 있었다.

이런 내용의 소설이다. '이게 밀실 미스터리라고?' 하는 의문이 들 수도 있다. 엄밀히 말하면, 밀실 미스터리에 해당하진 않지만 와타나베 겐지(渡辺剣次)의 명단편선집 『13의 밀실(13の密室)』에도 실린 작품인 만큼 넓은 의미의 밀실 트릭 정도로 너그럽게 봐주길 바란다.

연구실에 숨겨진 비밀, 쓰지카와 박사의 일기에 쓰여 있던 사실이 어떤 것이었는지 앞서 소개한 줄거리와 그림을 보고 대강 눈치 챘다는 사람이 있어도 이상할 것 없다. 들키는 게 당연하다는 생각마저 든다. 그래도 재미있지 않은가?

내가 이 작품을 읽은 것은 대략 25년 전이었다. 진상은 금방 눈치 챘지만 굉장히 매력적인 단편이라고 생각했다. 길이는 원고지 40장이 조금 안 되는 분량. 그 짧은 이야기 속에 짙게 감도는 미스터리한 분위기가 일단 마음에 들었다. 그리고 주인공이 연구실의 기이한 외관에 이끌리듯 안으로 들어가는 장면에서는 가슴이 뛰었다. 연구실 안에는 '온갖 종류의 거미들이 한 달 가까이 굶주린 탓에 극도로 여위고 탐욕스러운 눈빛을 희번덕거리고 있었다. 심지어 누가 잘못 건드렸는지 사육함을 빠져나온 거미들이 천장과 연구실 구석구석을 거미줄로 뒤덮었다. 벽이며 바닥이며 수십 마리의 거미들이 꿈실거리는 모습은 오싹할 지경이었다.' 몰입될 수밖에 없다.

전반부에는 '나'의 혼란, 경악, 의심이 그려지다 후반에는 쓰지카와 박사의 일기체로 분위기가 급변하는 것도 흥미진진하다. 이걸 밝혀도 화를 낼 독자는 없을 것이라고 굳게 믿고 하는 말이지만, 시오카와는 쓰지카와에 의해 살해당했다. 일기에 쓰여 있던 것은 시오카와에 대한 살의와 그를 죽일 방법에 대해 고찰한 기록이다. 이 부분만 보면, 범죄 계획을 서술한 도서(倒叙) 추리 소설로도 읽을 수 있다. 모든 것은 쓰지카와 박사의 계획대로 진행되고 마침내 목적을 이룬 듯 보였지만 일기의 마지막 부분에서 이변이 생긴다. 쓰지카와 박사에게 무슨 일이 일어난 것일까? 그것은 읽어보고 확인하길 바란다.

건물 자체를 흉기로 이용하는 독창적인 아이디어가 돋보이는 선험적 작품으로 앞으로도 꾸준히 읽히길 바라는 작품이다. 이 거미 연구소가 이소다 씨의 손끝에서 시각화될 수 있었던 것만으로도 무척 기쁜 일이다. 그림으로 꼭 보고 싶었다.

저자 소개 --

고가 사부로 甲賀三郎 (1893~1945)

　일본 시가현에서 태어나 도쿄 제국대학교 공학부를 졸업했다. 1923년 「진주탑의 비밀(真珠塔の秘密)」로 데뷔했다. 본격 단편 소설 「호박 파이프」, 유머가 담긴 「성급한 소타의 경험(気早の惣太の経験)」, 다이쇼 시대의 의옥(疑獄) 사건을 다룬 『하세쿠라 사건』 등이 있다. 본격 미스터리적 역량이 드러나는 작품 및 심리를 꿰뚫는 추리 소설의 역작을 다수 발표했다. 그 밖에도 「유령 범인(幽霊犯人)」, 「불타버린 성서(焦げた聖書)」, 「체온계 살인 사건(体温計殺人事件)」, 「꾀꼬리의 탄식(黄鳥の嘆き)」, 「사차원의 단면(四次元の断面)」 등의 작품이 있다.

● 쓰지카와 박사의 연구실

거미줄

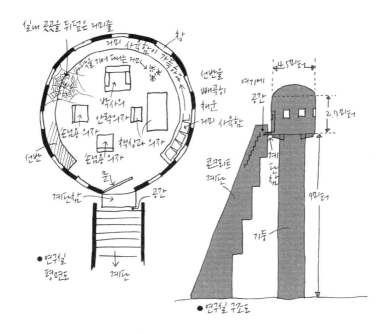

실내 곳곳을 뒤덮은 거미줄

거미 사육함이 가득하다

구석에서 옷을 꺼어 대는 거미

창

선반을 빼곡히 채운 거미 사육함

여기에 공간

4.5미터

거미

박사의 안락의자

손님용 의자

책상과 의자

선반

문

손님용 의자

계단참

공간

2.7미터

콘크리트 계단

계단참

9미터

기둥

●연구실 평면도

계단

계단

●연구실 구조도

지상 9미터 높이의 기둥 위에 세워진 지름 4.5미터, 높이 2.7미터의 원통형……. 이런 묘사가 있기 때문에 간단히 그릴 수 있을 것이라 고 안심했던 것도 잠시뿐이었다. 1년 넘게 비바람 속에 방치되어 칠이 벗겨지 고 언뜻 보기엔 등대 같기도 하고 오래된 소방망루 같기도 하다고 하니 머릿 속이 복잡해진다. 등대와 비슷하다면 콘크리트 건물이 떠오르고 소방망루라 면(지금은 콘크리트로 짓기도 하지만) 목조 건물이 떠오르기 때문이다. 정말이지 삽 화가를 혼란에 빠트리는 묘사이다. 하지만 콘크리트 계단 덕분에 기둥과 연 구실도 당연히 콘크리트일 것이라는 확신을 가지고 위와 같은 그림을 완성할 수 있었다.

완전 범죄
(完全犯罪, 1933)

오구리 무시타로(小栗虫太郎)

이국의 정취로 가득한 가공의 세계의 범죄

오구리 무시타로는 일본 미스터리 사상 찬연히 빛나는 기서(奇書) 『흑사관 살인 사건(黑死館 殺人事件)』의 작자로 영원히 기억될 것이다. 기타사가미 언덕 위에 세워진 켈트 르네상스 양식(가공의 건축 양식)의 성관 흑사관에서 벌어지는 연속 살인극. 전편에 가득한 암합(暗合)과 암호. 현학적인 지식을 발휘해 독보적인 수수께끼풀이를 선보이는 동시에 현기증이 날 만큼 광기어린 장치 = 명탐정 노리미즈 린타로. 『흑사관 살인 사건』은 모든 것이 유례가 없을 만큼 극단적이다. '도무지 이해할 수 없어 중간에 포기하고 말았지만, 걸작인 것만은 틀림없다'라는 감상이 허용되는 소설은 그리 많지 않다. 『흑사관 살인 사건』의 괴상하고 현란하며 압도적인 마력에 대해서는 백 마디 말로 설명하는 것보다 직접 읽어보는 것이 제일이다. 에도가와 란포는 『탐정 소설 40년(探偵小說四十年)』에서 성서도 불경도 아닌 『흑사관 살인 사건』을 들고 전장으로 향한 젊은 탐정 소설 애호가의 일화를 소개했다. 그야말로 전설이나 다름없는 소설이다.

『흑사관 살인 사건』에도 밀실은 등장하지만 여기서는 오구리 무시타로의 데뷔작이기도 한 단편 「완전 범죄」를 소개한다. 고전 명작으로 높은 평가를 받는 이 작품은 오구리 무시타로는 물론 밀실 미스터리를 이야기할 때 빠지지 않고 등장하는 명작이다. 『흑사관 살인 사건』의 난해함에 두 손 든 성미 급한 독자도 이 작품이라면 숙독할 수 있을 것이다.

참고로, 이 소설을 잡지 《신청년》에 소개한 것은 앞서 살펴본 본격파 추리 소설의 대가 고가 사부로였다. 지금은 일본인이 전혀 등장하지 않는 소설이 드문 일이 아니지만 당시에는 그런 이국적인 정취도 크게 어필했을 것이다.

때는 193×년. 장소는 중국 남부의 벽지 팔선채. 땅 끝, 문명이 닿지 않는 땅이라고 부를 정도의 오지이다. 그곳에 옥스퍼드의 인류학자 휴 로렐 교수가 남긴 '팔선채의 신비'라고 불리는 영국식 저택 이인관(異人館)이 있다. 그 저택은 다음과 같이 소개된다.

'빛바랜 벽을 둘러싼 덩굴과 베니션 블라인드가 달린 고풍스러운 영국식 저택으로 내부에는 지하실과 가정용 소형 발전소 외에 스무 칸도 넘는 방이 있었으며 비가 샌 얼룩 하나 없는 천장에는 굵은 떡갈나무 각재가 거대한 파충류의 골격과도 같은 모양새로 뻗어 있었다. 각 방의 문에는 갖가지 꽃들이 돋을새김 되어 있었는데 그것은 지금도 로렐 교수의 고향인 애버딘 지방에 남아 있는

우아한 귀족 문화 중 하나였다.'

교수가 세상을 떠난 후 그의 딸 엘리자베스 로렐이 '팔선채에서 한 발자국도 나가선 안 된다'는 유언에 따라 저택을 지키고 있었다. 바실리 자로프가 지휘하는 묘족 공산군(중화 소비에트 공화국 서역 정규군)이 이곳을 사령부로 삼아 머물면서 참극의 막이 올라간다. 군인들은 '관능의 공복'을 채우기 위해 여인들을 데리고 다녔다. 그 안에 장교들만 상대하는 요염한 집시 여인 헤더가 있었다.

공산군이 로렐가에 머문 지 10일째 되는 날, 배평군과의 전투에 승리하고 돌아온 병사와 장교들은 앞다투어 '정욕의 기아'를 채우려고 한다. 제비뽑기로 선택된 왕이 헤더의 방으로 들어가고 나머지 네 사람은 옆방에서 마작을 하고 있는데 어디선가 오르간 소리가 들려왔다. 엘리자베스가 보일러실에서 오르간을 연주하고 있었던 것이다. 곡명은 말러의 '죽은 아이를 그리는 노래.'

잠시 후, 왕이 헤더의 방을 나왔다. 헤더가 몹시 취해 있었던 것이다. 화가 난 그가 떠난 직후, 그녀의 방에서는 날카로운 웃음소리와 함께 남자의 웃음소리가 들려왔다. 옆방에 있던 남자들이 헤더의 방을 들여다보았지만 모기장이 쳐진 침대에 잠들어 있는 헤더를 보고 이상하게 생각한다. 다음 날 아침, 그녀는 시체로 발견된다. 사인은 원인불명의 쇼크사였다.

현장은 견고한 밀실이었다. '방 안의 블라인드와 유리창에는 모두 빗장이 걸려 있고 블라인드의 창살은 전부 수직으로 닫혀 있었으며 발자국은커녕 실오라기 하나 떨어져 있지 않았다. 욕실 위에

달린 창은 한동안 열지 않은 듯 먼지와 거미줄로 뒤덮여 있었다.'
바닥이나 벽을 두드려보았지만 비밀의 문 같은 것은 없었다. 유일
한 문은 장교 집합소로 통하는 문 하나뿐이고 그곳에서는 남자들
이 밤새 마작을 하고 있었다. 범인은 그야말로 연기처럼 사라졌
다. 보초병은 더욱 기묘한 증언을 했다. 그는 헤더의 방에서 남녀
의 목소리가 들려왔을 때 호기심에 방안을 엿보았다. 그때 방안에
남색 파자마 차림의 남자가 있었다는 것이다. 장교들이 아무도 없
는 것을 확인했는데 말이다.

이 수수께끼를 푸는 것은 명석한 두뇌의 소유자이지만 한편으
로는 이상한 구석이 있는 자로프였다. '먼저 자네들이 그릇된 믿음
을 깰 수 있게 완전한 밀실 살인이라는 구상이 탐정 소설의 이상
향이라는 것을 말해두지.' '어떻게 그렇게 귀신같이 출몰할 수 있
었을까? 아마 백만 년 후에도 불가사의한 현상이라고밖에 설명할
수 없겠지'라며 흥분하기도 하고 '이 사건이 진짜 밀실 살인이라면
저 애절한 오르간 만가와 달콤 쌉싸름한 꽃향기 속에서 웃으며 세
상을 떠난 헤더보다 우리가 더 큰 공포를 느껴야 하지 않겠나'라고
모두를 전율에 빠뜨리며 쓸쓸히 내뱉는다.

그것만이 아니다. 그가 전개하는 추리는 기기괴괴하다. 그야말
로 오구리다운 현학적인 지식을 늘어놓으며 모두를 아연실색하게
만든다. 그런 일도 일어날 수 있을 것이다. 하지만 좀처럼 일어나
지 않는다. 그런데도 탐정은 그것이 일어났다고 선언하는 것이다.
독자는 현기증을 느끼며 그의 추리를 받아들일 수밖에 없다. 평범

한 작가라면 설득력이 떨어지는 어설픈 결말이 되었을지 몰라도 오구리 무시타로의 작품이다. 범인이 '예술적 경지에 이른 살인'이라고 자찬하는 것도 고개가 끄덕여지는 실로 몽환적인 트릭이다.

'완전 범죄'라는 제목은 일반적인 의미에 더해 '미학적으로 완전한 범죄'를 암시하는지도 모른다. 마지막에 밝혀지는 특이한 범행 동기도 이 작품의 이채로움을 증폭시킨다. 이 작품은 이국의 정취가 가득한 트릭 소설이라기보다 가공의 세계에서 벌어진 범죄의 기록이다. 부디 땅 끝에서 전해진 이 이야기를 만끽하기 바란다.

말러의 그 곡을 들을 때마다 나는 가슴에 새겨진 이 소설을 떠올린다.

──이렇게 거친 날씨에, 이런 사나운 날에, 밖에서 뛰어노는 아이들은 없겠지만──

저자 소개 ---

오구리 무시타로 小栗虫太郎 (1901~1946)

  일본 도쿄에서 태어나 게이카 중학교를 졸업했다. 전기 회사에
다니다 인쇄소를 설립하면서 틈틈이 『홍각낙타의 비밀(紅殼駱駝の
秘密)』, 『마동자(魔童子)』 등을 집필·출간했다. 1933년 고가 사부로
의 추천으로 잡지 《신청년》에 「완전 범죄」를 발표, 일약 문단의 주
목을 받았다. 주요 작품으로는 「성 알렉세이 성당의 참극(聖アレキ
セイ寺院の惨劇)」, 『흑사관 살인 사건』, 「철가면의 혀(鉄仮面の舌)」, 「흰
개미(白蟻)」 등이 있다.

●중국 남부 오지에 있는 덩굴에 둘러싸인 '이인관'

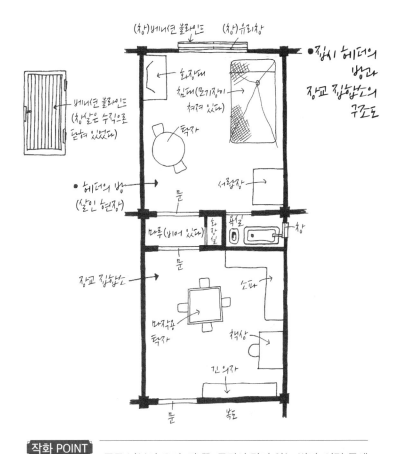

(창)베니션 블라인드 (창)유리창

●징시 헤더의
방과
장교 집합소의
구조도

베니션 블라인드
(창살은 수직으로
닫혀 있었다)

요강대
침대(모기장이
쳐져 있다)

탁자

● 헤더의 방
(살인 현장)

서랍장

문

마루(비어 있다)

욕실
욕
장
실

창

장교 집합소

문

파자놀이용
탁자

소파

책상

긴 의자

문

복도

작화 POINT　　중국 남부의 오지. 땅 끝. 문명이 닿지 않는 벽지. 이런 곳에 덩굴에 둘러싸인 영국풍 대저택이 있다는 설정. 이 작품은 자료를 찾는 데만 수일이 걸렸다. 내가 무지한 탓도 있지만 영국식 건축 양식도 모르겠고 애버딘 지방이 어디인지도 알 수 없어 자포자기한 상태로 결국 편집부에 자료 조사를 부탁하고 나중으로 미뤄둔 작품이었다.

　　우여곡절 끝에 완성된 이 그림 속 이인관이 과연 오구리 무시타로가 생각한 혹은 아리스가와 아리스 씨가 상상하는 이미지에 가까울지 솔직히 자신이 없다.

등대귀
(燈台鬼, 1935)

오사카 게이키치(大阪圭吉)

더없이 매력적인 무대에서 벌어진 참극

오사카 게이키치는 많은 작품을 남기지는 않았지만 전전(戰前)을 대표하는 본격 추리 소설 작가의 한 사람으로 오늘날까지 좋은 평가를 받고 있다. 에도가와 란포와 요코미조 세이시조차 오로지 괴기·환상 소설을 쓰던 시대에 이렇게 분명한 본격 미스터리를 쓰는 작가가 있었던 것은 경이로운 일이다. 일본 프로 야구에 사와무라 상(전설적인 투수 사와무라 에이지를 기리기 위해 제정된 상으로, 매해 최고의 선발 투수에게 수여한다-역주)이 있다면 추리 소설계에는 오사카 게이키치 상을 만들어도 좋지 않을까. 뜬금없이 사와무라 선수의 이름을 꺼낸 것 같지만 이 두 사람은 전장에서 안타깝게 목숨을 잃었다는 공통점이 있다. 게이키치는 전쟁이 끝난 해 필리핀 루손섬에서 병사했다.

데뷔작은 기상천외한 결말로 독자를 놀라게 한 「백화점의 사형집행관(デパートの絞刑史)」. 그 후 미스터리가 적성(敵性) 문학으로 간주되어 스파이 소설과 유머 소설로 전향하기까지 「광기의 기관차(気狂い機関車)」,「장례 기관차(とむらい機関車)」,「세 명의 광인(三狂人)」,「죽음의 쾌속선(死の快走船)」,「움직이지 않는 고래떼(動かぬ鯨群)」,「싸늘한 맑은 밤(寒の夜晴れ)」,「유령처(幽霊妻)」(하나같이 걸작) 등 15편의 본격 단편 미스터리를 발표한다. 하나같이 전례를 찾아볼 수 없는 대담한 트릭이 가득해 본격 미스터리 팬이라면 누구나 좋아할 만한 작품이다. 간혹 '이건 너무 터무니없는데……' 하는 생각이 드는 것도 있기는 하지만. 책을 읽고 트릭에 대해 이야기를 나누고 싶어지는 재미도 있다.

의외의 범인 · 뜻밖의 범행 동기 · 밀실 · 인간 소실 · 알리바이 붕괴와 같은 다양한 소재를 총망라했다. 게다가 단순히 불가능한 상황을 해결하는 것뿐 아니라 수수께끼에 농후한 환상미를 부여했다. 무엇보다 해결 과정이 논리적이라는 점이 두드러진다. 이야기에 여유가 없고 아이디어를 선보인 후 바로 막을 내리는 탓에 어쩐지 부족한 감도 있지만 매수의 제약 때문에 어쩔 수 없었는지도 모른다. 이 작가가 평화를 되찾은 일본에 돌아와 『혼진 살인 사건(本陣殺人事件)』이나 『문신 살인 사건(刺青殺人事件)』과 같은 작품을 읽었다면, 그런 작품들에 촉발되어 어떤 걸작을 탄생시켰을지 생각하면 아쉬움은 더욱 커진다.

밀실 미스터리로는 「백화점의 사형 집행관」,「돌담 유령(石塀幽靈)」,「긴자 유령(銀座幽靈)」,「침입자(闖入者)」,「구덩이 귀신(坑鬼)」 등이 있지만 여기서는 독특한 무대가 특징인 「등대귀」를 소개하려고 한다.

작품의 무대는 산리쿠 해안에 돌출된 시오마키 곶에 세워진 등대이다. 앞바다에 악성 암초가 많기 때문에 시오마키 등대의 역할은 막중했다. 이야기의 화자인 '나'는 작은 내해를 끼고 등대와 마주보는 린카이 시험장에서 근무하고 있었다.

베일 같은 안개가 자욱이 낀 어느 날 밤, 등대 불빛에 이상을 감지한 '나'는 아즈마야 소장과 함께 등대로 달려갔다. 등대에서는 간수와 잡역부 그리고 무선 기사와 그 가족들이 어쩔 줄 모르고 우왕좌왕하고 있었다.

가자마 간수의 말에 따르면, 등대 위에서 유리 깨지는 소리와 함께 기계가 부서지는 듯한 소리를 듣고 탑을 올려다보았으나 꼭대기에 있는 램프실은 캄캄했다고 한다. 램프실에 있을 도모다 간수를 불렀지만 대답이 없었다. 그때, 탑 아래에서 지축을 흔드는 듯한 굉음이 들렸다. 또 무선실에서 뛰쳐나온 기사들은 탑 꼭대기에서 머리끝이 쭈뼛해지는 신음 소리와 유령의 소리로밖에 들리지 않는 소름끼치는 소리를 들었다. 초를 켜들고 꼭대기에 있는 램프실로 올라간 가자마는 도저히 이해할 수 없는 광경을 목격했다.

'나'와 일행도 램프실로 올라갔다. '원통 모양의 램프실을 둘러싼 커다란 유리창에 커다란 구멍이 뚫려 있고 거미집처럼 사방으로 금이 가 있었다.' '삼각형의 커다란 램프는 일부가 심하게 파손되어 있고', '커다란 램프가 고정된 받침대에는 회전식 등대 특유의 커다란 톱니바퀴가 달려 있었는데 그 톱니바퀴에 연결된 정교

한 회전 장치는 산산이 부서지고 램프의 회전 동력인 무게 추를 매달고 있어야 할 밧줄은 뚝 끊어져 있었다.'

회전 장치 옆에는 도모다의 시체가 뒹굴고 있었다. 복부에는 축축하게 젖은 커다란 돌이 박혀 있었다. 도모다는 손도끼로 머리를 공격당해 숨이 끊어진 후 돌에 맞은 것 같았다. 바다에서 날아온 돌이 유리창을 뚫고 도모다를 덮친 것이다. 과연 가능한 일일까? 등대의 높이는 30미터나 된다. 수수께끼는 그것만이 아니다. 가자마가 램프실로 들어갔을 때 '삶은 문어처럼 축축하고 흐물흐물한 빨간 색의 거대한 물체가' 깨진 유리창을 통해 바다로 뛰어들었다고 한다. 리놀륨 바닥은 미끌미끌한 액체로 뒤덮여 있었다. 가자마는 대체 무엇을 본 것일까?

안개가 자욱한 밤 등대를 덮친 괴사건. 등대 램프실에서 일어난 밀실 살인이라는 설정이 특히 훌륭하다. 그렇게 아름답고 쓸쓸한 곳에서는 무슨 일이든 일어날 것 같다. 이 작품을 한 편의 괴기 소설로 읽을 수도 있다. 애써 만든 그로테스크한 수수께끼를 막판에 탐정이 폭로해버리기 때문에 미스터리를 좋아하지 않는다는 괴기 소설 팬도, 그로테스크한 분위기에 걸맞은 이 작품의 진상에는 만족할 것이다. 그러고 보니 TV 시리즈인 〈울트라Q〉 제9화 '거미 남작' 편에서 인간만한 거대 거미가 안개가 자욱한 밤에 등대지기를 공격하는 장면이 있었다. 유치원 때 보고 몸서리를 쳤던 그 장면은 마흔 살이 되어서까지 뇌리를 떠나지 않는다. 이 「등대귀」의 기괴함도 그것을 방불케 한다.

다만 〈울트라Q〉와 달리 이 작품은 본격 미스터리이기 때문에 독자를 납득시키는 결말이 필요하다. 작자는 상당히 억지스러운 방법을 쓰지만 결국 그 목표를 달성한다. 그런 억지도 어쩌면 오사카 게이키치의 매력이 아닐까. 문고판으로 20페이지 남짓한 분량에 이 정도 아이디어를 담아낸 것만으로도 높이 평가할 만하다. 사건이 발생하기 전부터 가끔 이상을 일으켜 선박 사고를 야기한다는 소문도 실은 중요한 의미를 가지고 있었다는 것이 밝혀진다. 곳곳에 치밀한 복선이 깔려 있기 때문에 주의하며 읽기를 바란다.

물론 작자가 등대에서 밀실 살인이 벌어지면 미스터리한 분위기가 더욱 고조될 것이라는 생각만으로 이 작품을 쓴 것은 아니다. 이 트릭은 등대가 아니면 성립하지 않는다. 그만큼 읽은 후의 인상은 더욱 선명해진다. 작자는 등대의 구조나 시스템에 대해 굉장히 자세히 취재한 듯하다. 오사카 게이키치는 전전의 추리 작가로는 드물게 철저한 조사를 바탕으로 집필하는 유형이었던 것이다. 참신한 트릭을 찾아 다방면에 호기심의 그물을 드리우고 있었던 것이리라.

저자 소개 -

오사카 게이키치 大阪圭吉 (1912~1945)

　일본 아이치현에서 태어나 일본 대학 상업학교를 졸업했다. 1933년 잡지 《신청년》에 「백화점의 사형 집행관」을 발표하며 작가로 데뷔했다. 그 후, 잡지 《신청년》과 《프로필》을 중심으로 본격 단편 미스터리 작품을 발표했다. 1936년 작품집 『죽음의 쾌속선』을 출간하고 같은 해 《신청년》에 연속 단편 소설을 연재했다. 전전을 대표하는 본격 미스터리 작품으로 높은 평가를 받는 「세 명의 광인」, 「백요(白妖)」, 「꼭두각시 재판(あやつり裁判)」, 「긴자 유령」, 「움직이지 않는 고래떼」, 「싸늘한 맑은 밤」의 여섯 편을 발표했다.

● 등대(램프실) 구조도

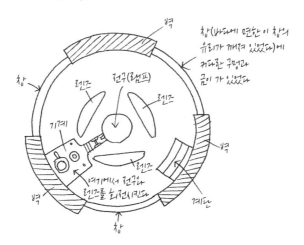

벽

창(바닥에 면한 이 창의
유리가 깨져 있었다)에
→ 커다란 구멍과
굴이 가 있었다

창 →
렌즈
전구(램프)
렌즈

기계
벽

렌즈
여기에서 전구와
렌즈를 회전시킨다

벽

계단

창

작화 POINT

　　　생각보다 쉽게 그린 작품이다. 대부분의 삽화가나 만화가 혹은 극화가들은 등대나 등대가 있는 풍경 정도는 아무것도 보지 않고(머릿속에서 떠올려) 그리지만 등대 내부나 등대 장치에 대해서는 문외한이기 때문에 아무리 자세한 묘사가 있어도 구조가 쉽게 떠오르지 않는다. 선박 도감에도 등대는 나오지만 내부까진 실려 있지 않았다. 물론 이 모든 건 실력 없는 삽화가의 변명이지만 이미 마감 기일도 한참 넘긴 터라 어쩔 수 없이 문장에 묘사된 그대로 구조도를 완성했다.

210

● 등대와
린카이 시험장

혼진 살인 사건
(本陣殺人事件, 1946)

요코미조 세이시(橫溝正史)

일본의 순수 본격 미스터리로의 전향 제1호

구사조시(草双紙, 에도 시대 삽화가 들어간 통속 소설-역주)의 정취를 계승한 독특한 소설 세계(괴기·환상·엽기·탐미)로 전전(戰前)부터 인기를 누려온 요코미조 세이시는 전국(戰局)이 진전되면서 탐정 소설을 쓸 수 없게 되자『인형 사시치의 체포장(人形佐七捕物帳)』등을 발표해 생계를 꾸렸다. 시국이 악화되자 오카야마현으로 피신했다. 오카야마에서 종전을 맞은 그는 다시 집필에 열중한다. 그가 쓰기 시작한 것은 전전의 일본에 뿌리내리지 못했던 순수 국산 본격 미스터리였다.

『나비부인 살인 사건(蝶々殺人事件)』,『옥문도(獄門島)』,『이누가미 일족(犬神家の一族)』,『악마의 공놀이(悪魔の手毬唄)』등으로 부동의 지위를 구축하게 된 요코미조의 화려한 전향을 알리는 첫 번째 작품은 명탐정 긴다이치 고스케(金田一耕助)의 데뷔작『혼진 살인 사건』이다. 영미권에서는 1920년대부터 1930년대에 황금기를 맞았던 본격 미스터리가 일본에서는 패전 직후부터 꽃을 피웠다. 『혼진 살인 사건』은 요코미조뿐 아니라 일본 미스터리계의 일대 기념비적인 작품이다. 란포는 '일본 탐정 소설계에서도 두세 편의 예외적인 작품을 제외하고 거의 최초의 영미풍 논리 소설', '획기적인 작품'이라고 칭송했다.

반 다인이나 엘러리 퀸처럼 심문이 계속되는 본격 추리 소설을 지루하게 생각하던 요코미조가 경도된 것은 존 딕슨 카였다. 괴기스럽고 과장된 취향, 변화무쌍한 이야기 구성, 화려하고 대담한 트릭 등에 매료되었던 것이 아닐까. '좋아하는 외국 작가는 존 딕슨 카, 일본 작가는 요코미조 세이시'를 꼽는 미스터리 팬들이 많다. 음산한 분위기는 연출의 극히 일부분인데 그것이 작품의 특징인 것처럼 쉽게 오해받는다는 점 또한 비슷하다. 다른 점이라면 딕슨 카만큼 밀실 트릭에 몰두하지 않았다는 것이다. 요코미조 세이시의 장기는 '오판 살인', '동요 살인', '얼굴 없는 시체'와 같은 소재와 '1인 2역 트릭'이다.

『혼진 살인 사건』은 패전 직후에 쓰였지만, 이야기의 설정은 1937년 가을이다. 비극의 무대가 된 이치야나기 가문은 오카야마 현 오카 촌에 있는 에도 시대의 고급 여관 혼진의 후손이다. 철학자인 장남 겐조가 주위의 반대를 물리치고 미천한 가문 출신인 구보 가쓰코와 결혼식을 올리게 된 것이 대참극의 발단이었다. 소수의 친족만 모인 혼례식과 잔치가 모두 끝난 것은 자정이 넘어서였다. 밖에는 폭설이 내리고 있었다. 신랑신부는 별채에 머물고 사람들은 본채로 돌아왔다. 그로부터 2시간 후, 별채에서 소름끼치는 비명이 들려왔다. 그리고 마루를 구르는 소리. 게다가——.

'디링디링디링디링, 땅! 거문고 줄을 마구 튕기는 소리가 나더니 콰당탕 하고 장지문이 쓰러지는 듯한 소리가 들렸다. 그걸 마지막으로 죽음 같은 정적이 이어졌다.'

사람들이 일어나 눈 쌓인 정원으로 나왔다. 빗장이 걸린 사립문을 도끼로 부수고 별채 정원으로 들어가 먼저 동향으로 난 현관으로 달려갔지만 격자문과 판자문이 이중으로 닫혀 있고 격자문은 안에서 잠겨 있었다. 남쪽 정원에 있는 덧문도 모두 닫혀 있었다. 별채 서쪽의 변소 옆에 있는 대야를 밟고 올라가 덧문 위의 통풍창으로 안을 들여다보았지만 상황을 알 수 없었다. 결국 도끼로 덧문을 부수었다. 안으로 들어가자 겐조와 가쓰코가 난도질당해 쓰러져 있었다. 신부의 머리맡에는 거문고가 놓여 있고 누군가 피 묻은 손가락으로 튕긴 듯 거문고 줄에 붉은 핏줄기가 엉켜 있었다. 거문고 줄 하나가 끊어져 있고 기러기발(거문고, 가야금 등의 줄 밑에 괴고 소리를 고르는 기구-역주)도 없어진 상태였다. 그리고 금병풍에는 손가락이 세 개밖에 없는 피 묻은 손자국이 찍혀 있었는데……

열세 살 때 처음 이 작품을 읽으며 '디링디링디링, 땅!' 소리가 들려오는 장면에서 몸서리를 쳤다. 무서워서가 아니다. '밀실 미스터리의 걸작에서 살인 사건이 일어났다. 거문고 소리는 분명 트릭과 관련이 있다. 틀림없이 어떤 의미가 있을 것이다'라는 생각에 전율이 일었던 것이다. 본격 미스터리 팬이라면 어떤 느낌인지 짐작할 수 있을 것이다. 흡혈귀나 좀비보다 인정사정없는 냉혹한 트릭이 때로는 더 매력적이고 오싹하다. 별채 주변을 조사한 경찰에 따르면, 누군가 북쪽의 절벽을 타고 내려와 현관으로 들어간 흔적이 발견되었지만 문은 굳게 닫혀 있었다고 한다. 현장은 밀실이었던 것이다. 게다가 범인이 사라진 흔적이 없었다. 또 정원을 조사하던 중 변소 앞에 쓸어놓은 낙엽 속에서 기러기발이 발견되고, 녹나무 가지에 낫이 꽂혀 있는 등 미심쩍은 일들이 계속되었다. 두 사람을 난도질한 흉기인 일본도는 별채 서쪽에 있는 커다란 석등 아래 박혀 있었다.

현장 주변에서 이렇게 다양한 물건이 발견되다 보니 범인이 무언가 기계적인 트릭을 쓴 것이 아닌지 의심이 든다. 그렇게 생각하며 읽다 보면 긴다이치 고스케가 탐정 소설 마니아인 한 인물과 '탐정 소설 문답'을 하는 장면이 나온다. 고스케가 '밀실 사건을 다룬 탐정 소설은 무척 많지만 대개는 기계적인 트릭이라 끝에 가면 실망하게 된다'고 말하자 상대는 카의 작품을 예로 들며 '기계적인 트릭이라고 반드시 경멸할 수는 없다'며 완곡하게 반론한다. 암시가 담긴 대화이다.

마지막에 트릭이 밝혀질 때는 '아, 그렇군' 하는 정도였지만 묘하게 마음에 남는다. 그 인상은 시간이 흐를수록 강해진다. 이 트릭의 가장 큰 매력은 그것이 밝혀졌을 때의 경악보다 트릭 자체가 충분히 감상할 만한 가치를 지녔다는 점이다. 지극히 고루한 범행

동기와 일본적인 도구들의 조화가 빼어나다.

가사이 기요시(笠井潔)는 『혼진 살인 사건』이 성공할 수 있었던 비결은 일본 추리 소설계 최초로 전통 문화적 상징을 띠고 등장하는 갖가지 도구가 마지막 탐정의 추리로 무기적인 도구로 환원되는 소외 효과에 있다'고 말했다. 나도 그의 의견에 찬성하지만 동시에 조금은 반대하는 측면도 있다.

찬성하는 것은 등롱·낫·물레방아와 같은 도구를 수직으로 세워진 선분·원호·원과 같은 윤곽으로 환원해 흡사 칸딘스키의 회화와 같은 그림(심지어 그 추상화 안을 직선으로 운동하는 일본도!)으로 머릿속에 그릴 수 있기 때문이다. 반대하는 것은 이 트릭이 역시 전통 문화적 상징 효과를 지니고 있다고 생각하기 때문이다.

과거 황태자의 성혼식 행사에 참석한 한 외국인이 '발레처럼 우아했다'고 평한 것을 들었다. 『혼진 살인 사건』의 트릭이 보여주는 무상한 운동(너울너울, 사뿐사뿐)도 '발레처럼 우아'하고 노(能, 일본의 전통적인 가면 악극-역주)처럼 유현하지 않은가. 소외 효과조차 흔들린다. 이렇게 깊이 감상할 수 있는 트릭이 또 있을까.

저자 소개 -

요코미조 세이시 橫溝正史 (1902~1981)

　일본 효고현에서 태어났다. 구(舊) 제국 오사카 약과대학교를 졸업하고 1926년 출판사 하쿠분칸(博文館)에 입사해 《신청년》, 《탐정 소설》의 편집장을 역임했다. 1932년에 퇴사 후, 문필 활동에 전념한다. 제2차 세계대전으로 전국이 악화되자 『인형 사시치의 체포장』 등으로 숨을 고르다 전후 『혼진 살인 사건』(제1회 탐정작가 클럽상 장편 소설 상)으로 긴다이치 고스케를 탄생시킨 이후 『옥문도』, 『팔묘촌(八つ墓村)』, 『이누가미 일족』 등 다수의 화제작을 발표했다.

●이치야나기가의 별채 구조도

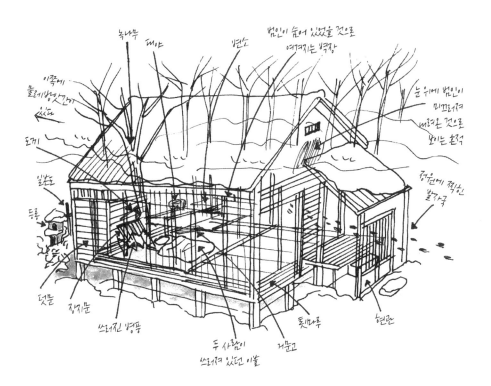

녹나무
떡갈
범인이 숨어 있었을 것으로
여겨지는 벽장
범소

이쪽에
둘레벽이 있었던까
있었다

눈 위에 범인이
미끄러져
떨어진 것으로
보이는 흔적

토끼

정원에 찍힌
발자국

일본도

등롱

덧문
장지문
쓰러진 병풍

두 사람이
쓰러져 있던 이불

돗대마루
거문고
현관

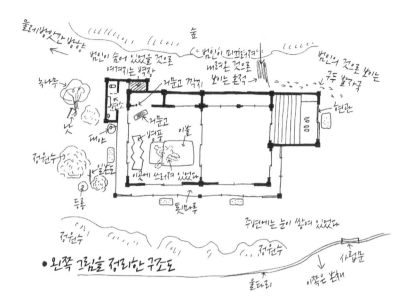

● 왼쪽 그림을 정리한 구조도

작화 POINT　란포 다음으로 읽은 추리 소설이 요코미조 세이시의 작품이
었다. 음산하고 기괴하며 그로테스크한 분위기에 신비로운 아름다움이 느껴
지는 기묘한 작풍에 빠져들었다. 미천한 삽화가의 감상이지만, 이 책을 통해
처음 읽거나 다시 읽은 스무 편의 밀실 미스터리 중에서도 역시 요코미조 세
이시와 란포의 문장은 발군이다.

　그만큼 좋아하는 작가이기 때문에 몇 번을 다시 읽어도 지루하지 않은 작
품이다.

문신 살인 사건
(刺青殺人事件, 1948)

다카기 아키미쓰(高木彬光)

가장 일본적인 본격 미스터리 작가의 첫 작품

불후의 명작 『문신 살인 사건』이 세상에 나오기까지의 경위는 전설로 남았다. 종전 직후, 궁핍한 생활에 시달리다 점쟁이를 찾아간 작자는 소설을 쓰면 성공한다는 이야기를 들었다. 그 후, 3주에 걸쳐 『문신 살인 사건』을 완성했지만 출판해줄 곳이 없었다. 이번에는 그날의 운세를 따라 에도가와 란포에게 원고를 보내고 마침내 세상에 나오게 된 것이다.

『문신 살인 사건』은 요코미조 세이시의 『혼진 살인 사건』, 쓰노다 기쿠오(角田喜久雄)의 『다카키가의 참극(高木家の惨劇)』과 함께 전후 융성한 본격 미스터리 부흥기의 걸작으로 평가받는다. 다카기 아키미쓰는 앞선 두 장편을 읽고 부인에게 '이 정도면 나도 쓸 수 있다'고 이야기하고는 펜을 들었다고 한다. 『혼진 살인 사건』과 『다카키가의 참극』이 다카기를 자극해 명탐정 가미즈키 요스케를 탄생시킨 것이다.

본격 미스터리의 유행이 지나자 다카기는 사회파 미스터리, 역사 미스터리, 법정 미스터리 등으로 영역을 넓히며 『인간 개미(人蟻)』, 『대낮의 사각(白昼の死角)』, 『파계 재판(破戒裁判)』, 『징기스칸의 비밀(成吉思汗の秘密)』 등의 걸작을 발표하며 폭넓은 스케일을 보여준다. 병고에 시달리던 만년에도 가미즈키 요스케 시리즈를 부활시키며 자신의 분신과도 같은 명탐정과 생애를 함께했다.

다카기의 본격 미스터리는 화려하고 기발하며 거침이 없다. 지적이고 용감한 명탐정이 기괴한 트릭을 해체하며 짐짓 허세를 부린다. 그것이 바로 다카기의 본격 미스터리이다. 참신한 트릭은 명석한 탐정과 교활한 범인의 대결을 그릴 때 빠지지 않는다. 다카기는 가장 일본적인 본격 미스터리 작가이다. 요코미조 세이시의 미스터리는 일본 특유의 풍토나 미의식을 기반으로 했지만 그 바탕에는 영미권의 본격 미스터리의 정수가 있었다. 다카기의 거침없는 작풍은 요코미조보다 훨씬 일본적이다. 앞으로 세대가 변모한다 해도 '이렇게 재미있는 본격 미스터리가 있었다니!' 하고 젊은 팬들을 기쁘게 해줄 것이다.

딕슨 카에 경도되었지만 밀실을 고집하지 않았던 요코미조와 달리 역시 카를 좋아하는 다카기는 밀실에 의욕을 불태웠다. 『가면 살인 사건(能面殺人事件)』, 『주술의 집(呪縛の家)』, 『죽음을 여는 문(死を開く扉)』, 『여우의 밀실(狐の密室)』, 「백설공주(白雪姫)」, 「요부의 숙소(妖婦の宿)」, 「그림자 없는 여인(影なき女)」, 「나의 고교시절의 범죄(わが一高時代の犯罪)」 등 여러 작례가 떠오른다. 역시 '밀실은 본격

미스터리의 꽃'이라고 생각했던 것이다.

그것을 뒷받침하는 대목이 『문신 살인 사건』에 등장한다.

당대의 명인이라 칭송받는 문신사 호리야스는 자신의 세 자녀에게 장남은 '지라이야(自雷也)', 장녀 기누에는 '오로치마루(大蛇丸)', 쌍둥이 동생인 다마에는 '쓰나데히메(綱手姬)'의 처절한 문신을 새겼다. 개구리·뱀·민달팽이. 마치 자녀들의 운명을 저주하는 듯한 삼자견제의 문신이다. 장남과 차녀는 전쟁 중에 소식이 끊겼다. 종전 후 도쿄 대학교 법의학 연구실에서 기초의학 연구를 하던 마쓰시타 겐조는 문신 경연회를 참관하고 '오로치마루' 문신과 기누에라는 여성에게 마음을 빼앗긴다. 사건이 일어난 것은 그로부터 수일 후였다.

기누에의 집을 방문한 겐조는 열린 덧문으로 안을 들여다보고 혈흔을 발견한다. 경악하는 그의 어깨를 붙잡은 것은 겐조와 마찬가지로 기누에의 초대를 받은 하야카와 박사였다. 두 사람은 '다다미 8장짜리 방 한 칸, 6장짜리 방 두 칸, 4장 반짜리 방 2칸에 현관이 딸린 집'을 구석구석 살폈지만 기누에는 없었다. 물소리를 듣고 복도 끝에 있는 욕실로 가보니 '열쇠구멍도 없는데 문은 전혀 열리지 않았다.' 아주 작은 틈새를 통해 안을 들여다본 두 사람은 새하얀 타일 위에 사람의 한쪽 팔이 놓여 있는 것을 발견한다. 겐조는 경시청 수사 1과장인 형에게 연락한다.

기누에의 집으로 달려온 경찰관들이 문을 부수자 욕실에 나뒹굴고 있던 것은 금방 절단된 듯 보이는 여자의 머리, 두 팔, 두 다리였다. 몸통은 보이지 않았다. 수도꼭지는 열려 있고 욕조에서 흘러넘친 물이 바닥을 적시고 있었다. 문이 열리지 않았던 것은 '옆으로 당겨 잠그는 빗장식' 자물쇠가 걸려 있었기 때문이다. 창살이 끼워진 창은 안에서 잠겨 있었으며 창틀 위에는 회색빛 민달팽이가 꿈틀거리고 있었다.

이 밀실에 대해서는 작중에서 계속해 해설한다. '본래 일본에서는 가옥 구조상 밀실 살인이 성립할 수 없다는 것이 정설이었다.' 각 방은 맹장지와 장지로 간단히 구분되어 있을 뿐이고 천장과 마루는 이어져 있기 때문이다. '하지만 욕실은 순수한 일본 가옥 내에서도 완전히 독립적인 공간이다. 이 욕실도 바닥과 벽에는 타일이 꼼꼼히 붙어 있고 천장에는 회반죽이 칠해져 있었다. 문 위아래도 빈틈이 없고 겐조와 박사가 안을 들여다본 작은 틈새로도 실이나 바늘을 통과시키는 것은 도저히 불가능했다.'

과연, 순수한 일본식 가옥이라도 욕실에는 타일이나 회반죽이 칠해져 있고 문에 자물쇠가 달려 있는 것도 자연스럽다. 발표 당시에는 이 점이 높은 평가를 받았다고 하는데 중학교 때 읽은 나는 '그게 어쨌다는 거지?'라는 생각밖에 들지 않았다. 일본 가옥이 안되면 서양식 주택에서 사건을 일으키면 되는 것 아닌가. 연속 살인극은 넓은 저택이 아니면 그릴 수 없는 데다 일본의 집은 너무 좁으니 서양식 주택을 무대로 하는 게 당연하다(폭론이다). 또 욕실이기에 현실성이 있다고 매번 욕실 살인을 그릴 수도 없는 일 아닌가. 그런 생각을 했는데 다카기는 『주술의 집』에서 또다시 욕실에서의 밀실 살인을 그렸다. 재미있는 것은 그 소설의 트릭이 『문신 살인 사건』과 원리는 비슷하지만 이용 방식이 정반대였다는 점이다.

일본 가옥 안의 '욕실'이라는 밀실을 찾아낸 것은 사실 이 명작의 대단한 공적이 아니다. 현장을 밀실로 만든 트릭 자체에도 나는 크게 감탄하지 않았다. 가미즈키 요스케가 트릭을 풀어낸 후 '이런 기계적인 트릭은 대단한 것도 아니다.' '이 욕실을 밀실로 만듦으로써 범인이 기도한 심리적 트릭이 훨씬 중대하다고 본다'라는 말처럼 빛나는 부분은 다른 곳에 있다. 그것은 '머리 없는 시체'가 아닌 '몸통 없는 시체'가 주는 수수께끼에 얽힌 일종의 심리적 트릭이다.

마지막으로 열혈 본격 추리 작가의 면목이 생생히 드러나는 대목을 인용한다. 시체 발견 직후 '밀실 살인!'이라고 외치며 놀란 겐조를 향해 하야카와 박사는 말한다.

'그렇소. 밀실 살인, 완전 범죄, 모든 탐정 소설 작가가 아니, 현실의 범죄자들이 영원히 추구해 마지않는 엘도라도요, 아무리 원해도 실현할 수 없는 불가능한 꿈이지.'

탐정 역도 아닌데 하야카와 박사, 대단하다.

저자 소개 —

다카기 아키미쓰 高木彬光 (1920~1995)

일본 아오모리현에서 태어났다. 교토 대학교 공학부를 졸업하고 나카시마 비행기에 입사해 기술자가 되었으나 패전 후 직장을 잃었다. 궁핍한 생활을 보내다 1948년『문신 살인 사건』을 발표하고 큰 주목을 받는다. 『가면 살인 사건』으로 제3회 탐정작가 클럽상 장편 소설 상을 수상했다. 탐정 역으로 법의학자 가미즈키 요스케, 검사 기리시마 사부로, 수사 검사 지카마쓰 시게미치를 기용했다. 작품으로는『인간 개미』,『대낮의 사각』,『유괴』,『징기스칸의 비밀』등 다수가 있다.

기누에의 집
일본 가옥은 밀실이 되기 힘든 것인가

작화 POINT　　　밀실이 된 집의 구조가 자세히 설명되어 있기 때문에 구조
도 자체는 비교적 어렵지 않게 그렸지만 일본 가옥을 그리려고 하자 외관이
쉽게 떠오르지 않아 고생했다. 적당히 그려도 크게 문제될 것 없는 허구의 삽
화라고는 해도, 아무리 방의 구조가 중요한 밀실 미스터리라 해도 집안의 구
조가 상세히 묘사되어 있는 것에 비해 외관에 대한 기술이 없었다.
　　그렇다고 자유롭게 그릴 수 있는 것도 아니다 보니 이런 민가를 완성한 후
에도 어쩐지 불안한 마음이 가시지 않는다.

● 안에서 잠겨 있던 욕실 자물쇠(빗장식)

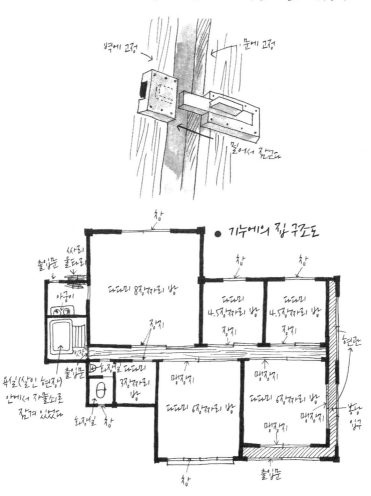

벽에 고정
문에 고정
밀어서 잠근다

● 기누에의 집 구조도

창
싸리 울타리
출입문
아궁이
따따미 8장짜리 방
창
창
따따미 4.5장짜리 방
따따미 4.5장짜리 방
장지
장지
장지
장지
현관
출입문
욕실(살인 현장)
안에서 자물쇠로
잠겨 있었다
⊙ 화장실로 따따미 3장짜리 방
맹장지
맹장지
따따미 8장짜리 방
따따미 6장짜리 방
부엌 입구
세면실
창
맹장지
맹장지
화장실
맹장지
창
출입문

다카마가하라의 범죄
(高天原の犯罪, 1948)

아마기 하지메(天城一)

엄격하리만큼 짧은 걸작

 아마기 하지메라는 작가는 본격 미스터리의 팬들에게 매우 특이한 존재이다. 본업은 수학자. 처녀작을 발표한 것이 1947년(시마다 가즈오島田一男・야마다 후타로山田風太郎와 같은 해로 아유카와 데쓰야鮎川哲也・다카기 아키미쓰보다도 이르다)이라는 긴 경력을 가지고 있지만 저서는 『아쿠쓰가 살인 사건(圷家殺人事件)』, 『밀실 범죄학 교과서(密室犯罪学教程)』등 한 손에 꼽을 정도이다. 게다가 모두 자비를 들여 출간했다. 그럼에도 수많은 열혈 팬과 연구가들이 있는 것은 잡지에 실리거나 단편선집에 수록된 작품이 본격 미스터리 팬을 매료시켰기 때문이다. 비슷한 예가 있다면, 같은 간사이 지방 출신의 부업 작가로 「문(扉)」 등의 명단편을 쓴 야마자와 하루오(山沢晴雄) 정도일까.
 데뷔작 「이상한 나라의 범죄(不思議の国の犯罪)」 이후 아마기 하지메의 작품은 거의 밀실 미스터리였다. 그 남다른 열정은 수학자답

게 기호를 이용한 밀실의 분류 및 연구에까지 이른다. 여기서 소개하는 「다카마가하라의 범죄」를 비롯해 「포츠담 범죄(ポツダム犯罪)」, 「내일을 위한 범죄(明日のための犯罪)」 등의 걸작들은 하나같이 엄격하리만치 짧다는 특징이 있다. 이런 짧은 분량은 불순물을 배제한 순수 본격 미스터리를 선호하는 창작 정신에서 기인한 것이리라. 특히, 초기 작품은 종이의 공급 사정이 극도로 안 좋았기 때문에(「도깨비 탈의 범죄鬼面の犯罪」라는 단편이 실린 잡지 《흑묘黒猫》를 가지고 있는데 B6 사이즈의 잡지 전체가 45장에 불과하다) 콩트에 가까운 소설이 될 수밖에 없었는데 그 짧은 분량이 오히려 작품에 강렬한 임팩트를 만들어낸다. 요즘은 본격 미스터리도 점점 장대한 스케일을 보여주며 앞으로 소개할 『철학자의 밀실(哲学者の密室)』이나 『인랑성의 공포(人狼城の恐怖)』와 같은 대작이 탄생하는 한편, 때로는 긴 분량 탓에 날카로움을 잃어버리는 작품도 눈에 띈다. 그에 비해 아마기의 작품은 지나칠 정도로(!) 짧다.

수학자로서의 본업이 바빠서였을까 아니면 본격 미스터리의 인기가 시들해진 탓일까, 한때 창작 활동이 뜸하던 작자는 1970년대 중반부터는 시각표를 능숙하게 활용한 알리바이 미스터리 단편을 잇달아 쓰기 시작했다. 철도 미스터리 팬이기도 한 나는 무척 기뻤지만……이 책의 주제와는 멀기 때문에 일단 넘어가자. 밀실 미스터리와 마찬가지로 모든 작품의 트릭은 창의적이고 명쾌한 순수 미스터리이다.

밀실 이야기로 돌아가자. 「다카마가하라의 범죄」는 과장이 필요

없는 걸작이다. 트릭이 뛰어나서가 아니다. 미스터리의 가능성을 보여주었다는 의미에서 위대한 작품이다. 이 작품을 분석해 한 권의 미스터리론을 써내는 것도 가능하지 않을까.

숲 속의 높은 담과 수목에 둘러싸인, 마을에서는 보기 드문 저택이 있었다. 그 저택은 인간의 모습으로 나타난 현인신(現人神) 미쓰마노 미코토가 사는 일우교의 임시 본부였다. 그곳에서 살인 사건이 발생했다는 신고를 받은 시마자키 경감은 범죄연구가 마야 다다시와 함께 사회 개혁의 대본산으로 향한다. 목이 졸려 살해당한 것이 현인신이라면 차라투스트라적 살신(殺神) 사건이라고 해야 할까.

새하얀 옷을 걸친 현인신은 제단 앞에 쓰러져 있었다. 범행 현장은 자신전이라고 불리는 건물 2층의 본당. 15평 넓이에 10평짜리 배례전이 딸린 조촐한 천상계였다. 경찰의에 따르면, 사망 추정 시각은 오전 7시부터 8시 사이. 시마자키 경감은 줄곧 계단 아래 있던 보초 두 사람에게 그 시간에 2층에 올라간 사람이 있었는지 다그쳤다. 두 보초는 머뭇거리며 2층에 올라간 것은 '센슈히메뿐이었다'고 대답한다. 그녀는 천사 품계를 받은 첫 번째 무녀였다. 센슈히메는 현인신의 계시를 받들고자 올라갔다며 격분한다.

시마자키 경감은 사건이 해결되었다고 여겼지만 마야는 센슈히메가 범인이 아니라고 말했다. 그녀는 현인신을 살해할 동기가 없으며 현인신의 죽음은 그녀에게 불이익을 가져올 뿐이었기 때문이다. 시마자키 경감은 그렇다면 누가 범인인지를 따져 묻는다.

그녀 외에는 2층에 접근해 범행을 저지를 수 있을 만한 사람이 없었다. 덧문까지 완전히 닫힌 현장의 '문단속은 늘 엄중했으며 빈틈이 전혀 없었다.' '계단이 유일한 통로이다. 게다가 계단 아래에는 보초 두 명이 지키고 있었다'는 것이다. 두 보초는 2층으로 올라간 것은 센슈히메뿐이었다고 증언했다. 그러나 마야는 태연하게 범인은 보초들에게 들키지 않게 2층으로 올라갔다고 단언했다.

누가 어떻게 현인신의 시체를 발견했는지에 대한 설명은 전혀 없다. 일반적인 미스터리에서는 드문 경우지만 이것도 아마기 하지메답다. 그런 것은 굳이 이야기할 필요도 없는 사소한 부분이 아니었을까. 문제는 범인이 어떻게 보초의 눈에 띄지 않게 1층과 2층을 오갔을까, 하는 문제이다. 아유카와 데쓰야의 단편선집『투명 인간 대잔치(透明人間大パーティ)』에도 수록되어 있듯 이 사건은 그야말로 투명 인간의 범행처럼 보인다.

체스터턴의 「투명 인간」이라는 단편이 있다. 아마기는 이 작품을 '초순수 밀실 범죄'로 분류하며 '인지(人智) 경이를 보여준 걸작으로 밀실 범죄가 탐정 소설 속에 존재하는 한 꾸준히 읽혀야 할 작품이자 모든 밀실 범죄 중 최고의 걸작'이라고 평했다. 「다카마가하라의 범죄」는 그런 작자가 「투명 인간」에 과감히 도전한 작품이다. 그는 '일본인이 아니면 만들 수 없는 투명 인간'을 창조하기로 마음먹고 보기 좋게 성공시켰다. 물론, 투명 인간이 되는 약 같은 건 존재하지 않는다. 범인은 목격자의 심리적 맹점을 교묘히 이용했다. 유례를 찾아볼 수 없을 만큼 교묘한 수법이다. '너무 커

서 오히려 눈에 띄지 않는' 종류가 아니라 '심리적 맹점에 의해 물리적으로 보지 못한' 기적적인 트릭이다. 작자는 이미 체스터턴을 능가했다. 두 작품에 나타난 '투명 인간'에 대해 고찰하는 것은 무척 흥미로운 체험이 될 것이다. '보인다―보이지 않는다'를 둘러싼 불안한 흥분을 환기시켜주는 교고쿠 나쓰히코(京極夏彦)의 『우부메의 여름(姑獲鳥の夏)』과 비교해 읽는 것도 재미있다.

아마기는 '밀실 범죄를 다룬 환상적인 탐정 소설이 현실을 반영하지 않는다는 비난을 받는 것은 부당하다'며 이솝의 동화처럼 '옛날이야기 속에 불후의 진실이 담겨 있다'고 말했다. 동시에 그는 푸앵카레를 인용하며 '탐정 소설을 위한 탐정 소설'은 '인생을 위한 인생'에 필적한다고도 말했다. 이것은 밀실 미스터리 팬의 자만심을 부추기는 사탕발림이다. 그럴수록 나는 독자이자 작자로서 그런 자만심에 매몰되지 않도록 끊임없이 경계한다. 본격 미스터리이기 때문에, 밀실 트릭이기 때문에 훌륭한 것이 아니다. 「다카마가하라의 범죄」와 같이 뛰어난 작품이야말로 걸작인 것이다.

저자 소개 --

아마기 하지메 天城一 (1919~2007)

　일본 도쿄에서 태어났다. 도호쿠 제국대학교를 졸업하고 이학
박사 학위를 취득했다. 오사카 교육대학교 교수로 재직했다. 부업
으로 추리 소설을 집필했다. 장편 소설은 『아쿠쓰가 살인 사건』과
『Destiny can Wait』, 『침몰하는 파도(沈める濤)』뿐이며 그 외에는 모
두 단편 소설이다. 밀실 미스터리와 철도를 이용한 알리바이 미스
터리도 다수 발표했다.

일우교 임시 본부는 숲속의 높은 담과 수목에 둘러싸여 있다

신흥 종교 일우교. 교주 미쓰마노 미코토. 자신전. 천사 품계를 받은 무녀. 옴진리교와 아사하라 그리고 측근의 여성들이 떠올라 떨쳐내느라 고생했다. 개인적인 감상이지만, 이 작품의 작풍이 마음에 들지 않아 읽는 내내 힘들기도 하고 머리에도 전혀 들어오지도 않아 미루고 미룬 끝에 겨우 완성할 수 있었다.

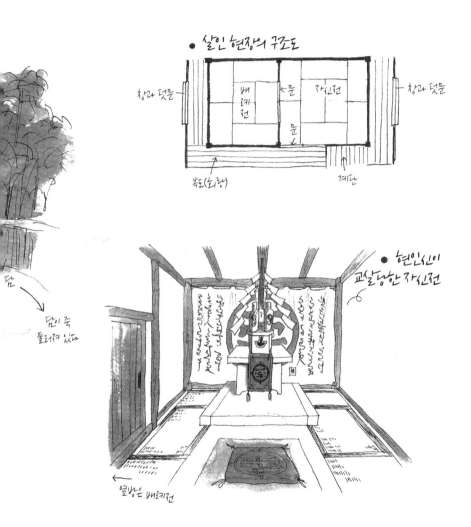

● 살인 현장의 구조도

창과 덧문

배
례
전

샛문

자신전

창과 덧문

문

복도(회랑)

계단

담

담이 죽
둘러져 있다

● 현인신이
교살당한 자신전

옆방은 배례전

붉은 함정
(赤罠, 1952)

사카구치 안고(坂口安吾)

메이지 유신 시대를 무대로 한 세련된 구성

　미스터리 팬에게 사카구치 안고는 명탐정 고세 박사가 등장하는 『불연속 살인 사건(不連続殺人事件)』과 「심령 살인 사건(心霊殺人事件)」 그리고 마지막 작품이 된 『복원 살인 사건(復員殺人事件)』의 작자로 기억된다. 제2회 탐정작가 클럽상을 수상한 『불연속 살인 사건』은 미스터리 애호가들의 필독서라고 해도 좋다.

　안고 본인도 열렬한 미스터리 팬으로 전쟁 중에도 문학동인 오이 히로스케(大井広介), 히라노 겐(平野謙), 아라 마사히토(荒正人) 등과 밤새워 범인 맞추기 게임을 즐겼다고 한다. 모두가 읽지 않은 본격 미스터리의 해결 부분을 따로 떼어놓고 문제 편을 돌려 읽은 후 각자 추리한 답안을 모아 우열을 가리는 방식이었다고 한다. 참으로 순수한 문인들이다. 이 게임은 패전 후에도 요코미조 세이시의 『나비부인 살인 사건』 등을 텍스트로 삼아 계속되었다고 한다.

　안고의 미스터리관은 지극히 단순하다. 미스터리는 퍼즐과 같은 지적 유희로 즐길 수 있으면 충분하다는 생각이었다. 그는 범인 맞추기에서 자신의 답안이 틀리면 '텍스트가 좋지 않아서'라고 불평했다고 한다. 그만큼 좋은 본격 추리 소설을 쓰는 것이 얼마나 힘든지 알았기 때문에 제대로 된 추리 소설을 쓰기 위해 노력했을 것이다. 그런 그가 『불연속 살인 사건』을 쓴 것은 범인 맞추기 동료들을 두 손 들게 만들려던 것이었다고 한다. 실제 이 작품은 잡지 연재 당시 현상을 걸고 독자들의 해답을 모집했다. 범인 맞추기 마니아의 면모가 엿보인다. 연재 2, 3회째인가 결말을 예측한 오이가 '범인을 맞혀볼까'라고 하자 안고는 '듣지 않겠다'며 귀를 막았다고 한다. 무뢰파(無賴派, 제2차 세계대전 직후의 혼란기에 근대의 기성문학 전반에 대한 비판을 기조로 활동한 일군의 작가들을 일컫는 말-역주)의 대명사로 불리던 그가 이런 귀여운 면도 있었던 모양이다.

　명작 『불연속 살인 사건』의 그늘에 가려진 감이 없지 않은 『메이지개화 안고 포물첩(明治開花　安吾捕物帖)』도 오래도록 읽혔으면 하는 작품이다. 포물첩(捕物帖, 범죄 사건을 소재로 한 역사 추리 소설-역주)이라는 제목 그대로 메이지 유신을 무대로 벌어지는 범죄 사건을 그린 시리즈이다. 당시의 사회풍속을 알 수 있는 묘사와 흥미로운 사건은 물론 다채로운 캐릭터와 세련된 구성이 재미를 더한다.

　「붉은 함정」은 후카가와의 목재상 후와 기헤에가 '환갑연에 장례식을 치르겠다'고 선언하면서 시작된다. 그 이상한 회갑연의 순서는 이렇다. 승려가 독경을 읽은 후 기헤에는 머리를 깎고 법의 차림으로 관에 들어간다. 장례 행렬이 정원에 마련된 다비소에 관을 안치하고 불을 붙인다. 그때 다비소 문이 열리면서 붉은 색 옷을 입은 그가 환생해 성대한 연회를 벌이는 것이다. 그렇게 진행될 예정이었으나…….

많은 승려와 참석자 그리고 50, 60명에 이르는 소방 인부들이 지켜보는 가운데 다비소에 불을 붙였으나 기혜에가 나오지 않았다. 하인의 우두머리인 고마 고로는 '어르신은 이렇게 죽을 작정이었다'며 일동을 제지했다. 그럴 리 없다며 노승과 하인들이 계단을 달려 올라가 문을 부수었지만 짙은 연기 때문에 물러날 수밖에 없었다. 그리고 바로 다비소가 무너졌다. 잿더미 속에서 불에 탄 시신이 발견되자 당연한 일인데도 하인들은 '진짜로 누군가 죽었다'며 수군댔다. 마침 현장에 있던 유키시 신주로는 심상치 않은 낌새를 느꼈다. 다음 날, 목재상의 지배인격인 주지로가 회갑연이 열리기 전부터 행방이 묘연하다는 것이 밝혀진다. 그 일이 다비소의 불행한 사건과 어떤 관련이 있을까?

현장은 수많은 사람들이 지켜보고 있었기 때문에 섣불리 움직일 수 없었을 것이다. '다비소는 내림 2칸, 안길이 3칸 정도의 신사 양식'으로 '바닥에서 약 2미터 정도 높이에 지어졌는데 툇마루 아래 장작을 쌓기 위해서였다.' 툇마루 아래로 빠져 나와 자욱한 연기에 몸을 숨기고 탈출하는 것은 불가능하고, 장작은 회갑연 당일 쌓았기 때문에 사전에 다른 시체를 가져다 놓을 수도 없었다. 하지만 가능성의 사각을 간파한 신주로는 똑같은 다비소와 관을 재현해 실험한다. 그리고 다비소에서 빠져나와 관 안에 다른 시체(짚 인형)

를 바꿔 넣는 데 성공한다.

'화염과 연기의 밀실'이라는 점이 「지미니 크리켓 사건」과 비슷하다. 두 작품을 비교해 읽어보는 것도 재미있을 듯하다. 그야말로 붉은 함정이었다. 획기적인 트릭은 아니지만 깊이 있는 밀실 미스터리이다. 안고가 국내외의 트릭에 정통하고 그것을 자유자재로 활용했다는 것을 알 수 있다. 『안고 포물첩』을 연재하며 썼던 '독자 인사말'에서 그는 자신의 트릭관을 설명한다. 이른바 '추리 소설의 생명은 트릭이다. 트릭은 작가의 노력에 의해 일진월보한다. 작자와 독자 모두 여기에 뒤처져서는 안 된다.' 그리고 양자가 과거의 모든 트릭을 구사해 일전을 벌이는 것이야말로 '추리 소설의 특별한 매력이자 묘미'라고 썼다.

'인사말'에 따르면, 안고가 이런 시리즈를 쓴 이유 중 하나는 기존 포물첩에 대한 불만, 다른 하나는 무미건조한 과학 수사를 생략한 미스터리를 쓰고 싶었기 때문인 듯하다. 쓰즈키 미치오(都筑道夫)가 『민달팽이 주택 포물첩(なめくじ長屋捕物さわぎ)』을 쓴 동기와 일맥상통한다. 다른 점이라면 쓰즈키가 '에도 시대 말기를 무대로 하면 범죄 과학의 방해를 받지 않고 논리의 퍼즐을 전개할 수 있다. 또 당시 사람들은 초자연적인 것을 믿었기 때문에 불가능 범죄물도 쉽게 쓸 수 있다'고 생각했던 것에 대해 안고는 사람들이 근대적 합리주의에 눈뜨기 시작한 메이지 유신을 무대로 했다는 점이다. 추리 소설의 범인 맞추기를 좋아하는 안고는 등장인물이 '괴이하다, 요술 같다'고 동요하는 장면에 흥미를 느끼지 못했을 것이다.

사실 「붉은 함정」은 평소와 구성도 다르고 정규 캐릭터도 일부만 등장한다는 것을 미리 말해둔다. 보통 주요 등장인물은 도쿠가와가 가신의 아들로 외국에서 유학하고 온 유키시 신주로, 순사 후루타 시카조, 통속 소설가 하나노야 인가, 검술가 이즈미야마 도라노스케 그리고 가쓰 가이주이다. 이야기는 대개 다음의 다섯 단계로 이루어진다. ①사건을 맡은 도라노스케가 스승으로 모시는 가이주를 찾아온다. ②사건의 설명 ③가이주의 추리 ④진상을 간파하는 신주로의 추리 ⑤가이주의 억지. 안고에 의하면, 독자의 추리가 틀린 경우에도 '가쓰 가이주도 틀리는데'라고 생각해 상처받지 않는다고 한다. 가이주는 안락의자에만 앉아 추리를 펼치는 다소 익살스러운 역할을 맡고 있지만 '그 자리에 있지 않으면 모른다'며 다분히 비평적인(?) 발언을 내놓기도 한다.

여담이지만, 이 시리즈는 오사카의 아사히 방송에서 「쾌도란마 신주로의 포물첩(快刀乱麻 新十郎捕物帖)」이라는 제목으로 드라마화되어 1973년부터 1년여에 걸쳐 방영되었다. TV에서는 보기 드문 본격 추리 드라마로, 사건 해결 전에는 시청자에의 도전도 있었다. 각본은 사사키 마모루(佐々木守). 골든타임에는 지나치게 수준이 높아 단명한 전설의 방송이다. 출연에는 와카바야시 고(若林豪), 가와라사키 조이치로(河原崎長一郎), 우에키 히토시(植木等), 하나키 교(花紀京), 이케베 료(池部良), 내레이션을 맡은 사토 게이(佐藤慶)까지 호화 캐스팅이었다.

저자 소개 ---

사카구치 안고 坂口安吾 (1906~1955)

  일본 니가타현에서 태어나 도요 대학교 문학부를 졸업했다. 1931년 발표한 「가제 박사(風博士)」가 마키노 신이치(牧野信一)의 절찬을 받으며 예술파의 신인으로 데뷔한다. 패전 후에 쓴 「타락론(墮落論)」, 「백치(白痴)」 등으로 신문학의 기수로 부동의 지위를 획득했다. 추리 소설에도 도전했으며 『메이지 개화 안고 포물첩』은 탐정 소설 스타일의 포물첩으로 큰 인기를 모았다.

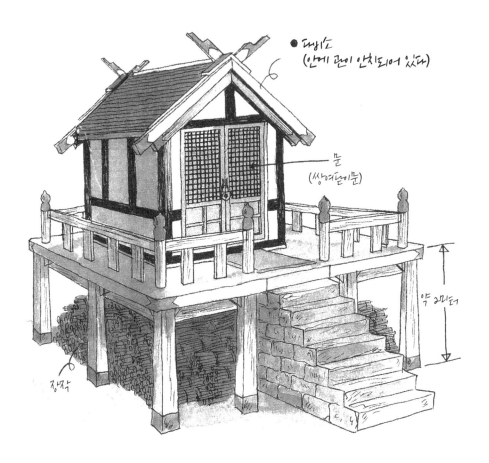

● 대방소
(안에 관이 안치되어 있다)

문
(쌍여닫이문)

약 2미터

장작

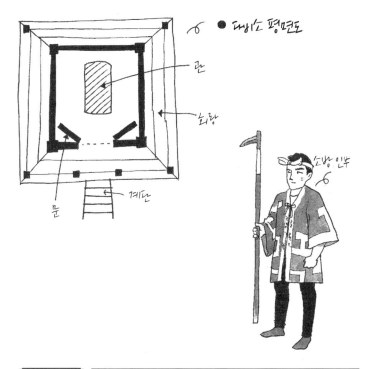

망나소 평면도

관

회랑

문

계단

소방 인부

안고가 미스터리 팬이었다는 것은 몰랐다. 그러고 보니 아버지의 소장본 중에도 『안고 포물첩』 시리즈가 몇 권 있었다. 사카구치 안고는 한때 좋아하던 작가였지만 포물첩 시리즈도 그렇고 「붉은 함정」도 읽어본 적이 없었다.

이 작품을 읽으며 깨달았는데 일을 위한 독서는 정말 바람직하지 않은 행위이다. 스토리나 문장을 즐기지 못하고 그림으로 그릴 만한 부분이 없는지 생각하느라 정작 이야기를 따라가지 못했다. 한 점 한 점 그림을 완성하기 위한 독서가 아닌 독자로서 먼저 작품을 충분히 즐겨야겠다고 반성하게 한 작품이었다.

붉은 밀실
(赤い密室, 1954)

아유카와 데쓰야(鮎川哲也)

명석한 두뇌가 창조해낸 궁극의 기상

아유카와 데쓰야는 오니쓰라 경감이 활약하는 알리바이 붕괴물의 일인자로 특히, 철도 트릭을 소재로 쓴 장·단편 미스터리 명작이 많다. 본래 작중에 실제 시각표를 사용한 미스터리는 본명인 나카가와 도오루(中川透)로 쓴 데뷔작 『페트로프 사건(ペトロフ事件)』(1950)이 효시였다. 일본의 본격 추리 작가는 알리바이 트릭을 유독 좋아한다는 지적이 있다. 국민성에 의한 것이기도 하겠지만 일본의 작가만이 아유카와 데쓰야라는 훌륭한 본보기를 둔 덕분이라는 생각도 든다.

알리바이 트릭의 정점을 보여준 아유카와는 밀실 미스터리에도 수준급의 실력을 보여주었다. 이번에는 발로 뛰며 수사하는 오니쓰라 경감 대신 초인적인 추리력을 지닌 아마추어 탐정 호시카게 류조가 등장한다. 각기 다른 취향의 「붉은 밀실」, 「하얀 밀실(白い密室)」, 「푸른 밀실(靑い密室)」이 유명하다. 작자는 '검은 밀실'도 쓸 계

획이었다고 한다. 목표를 달성하지 못한 사정에 대해 작자는 '차기 작으로 눈 쌓인 공원 벤치에서 발견된 시체와 범인의 발자국 하나 남지 않은 상황을 생각했지만 밀실에 대한 관심이 시들해지면서 완전히 의욕을 잃었다'고 말했다. 팬으로서 정말 아쉬운 일이다.

제목이 인상적인 이 3부작 외에도 눈 위의 발자국 트릭을 이용한 「모순된 발자국(矛盾する足跡)」, 인간 소실 미스터리 「사라진 마술사(消えた奇術師)」, 「요탑기(妖塔記)」, 성별을 알 수 없는 바텐더가 탐정 역으로 활약하는 「머큐리의 구두(マーキュリーの靴)」, 「탑의 여자(塔の女)」 등이 있으며 밀실 분야에서도 트릭 메이커다운 면모를 유감없이 발휘했다. 특히 피에로 분장을 한 살인범이 콘크리트 터널 안에서 사라지는 「도화사의 우리(道化師の檻)」는 여기서 소개하는 「붉은 밀실」과 쌍벽을 이루는 걸작이다.

「붉은 밀실」의 무대는 어느 대학교의 법의학 교실. 우라카미 후미오, 가쓰키 에미코, 이토 루이의 삼각관계 그리고 우라카미를 숙명의 라이벌로 생각하는 에노키 시게루. '네 남녀는 마치 인간 사회의 축소판과 같이 서로를 증오했다.'

늙은 부랑자의 시체가 해부실에서 관에 안치된 다음 날, 법의학 교실은 충격에 휩싸인다. 해부실에서 가쓰키 에미코의 절단된 시체가 발견된 것이다. 단순히 절단된 시체가 아니었다. 먼저 해부대 위에 다섯 개의 메스와 함께 목, 왼쪽 대퇴부, 종아리, 발목, 오른쪽 위팔, 왼쪽 위팔, 아래팔이 흩어져 있었다. 해부실 바닥에는 기름종이와 신문지로 싼 후 끈으로 묶어놓은 오른쪽 대퇴부, 종아리, 발목, 오른쪽 아래팔, 손목. 그리고 기록용 책상 서랍 안에서 이번에도 역시 기름종이에 싸 끈으로 묶어놓은 몸통과 왼쪽 손목이 나왔다. 기름종이로 싼 부위에는 꼬리표가 달려 있었다. 범인은 이 부위들을 어딘가로 발송하던 중이었던 것으로 보였다. 작업을 끝내지 않은 것은 누군가의 방해 때문이었을까? 그보다 더 이해할 수 없는 것은 시체 발견 현장이 밀실이었다는 점이다.

대학교 부지 한 구석에 세워진 '붉은 벽돌로 지은 견고한 건물로 50년, 100년은 손볼 필요도 없어 보였다.' '입구에 있는 튼튼한 떡갈나무 문에는 굵직한 철제 빗장이 질러져 있었다.' 빗장에는 숫자 다섯 개를 돌려서 여는 다이얼식 자물쇠가 채워져 있었으며 시체 발견 당시에는 분명히 잠겨 있었다. 문을 열면 옆으로 긴 2평짜리 준비실이 있고 정면에 해부실로 통하는 문이 있는데 이곳도 자물쇠로 잠겨 있었다. 좌우 벽에 달린 유리창과 창살문 모두 이상이 없었다. 해부실에 있는 다섯 개의 창문도 마찬가지였다. 콘크리트 위에 간 리놀륨 바닥을 벗겨내 봤지만 지하로 통하는 문 같은 것은 없었다. 남은 것은 해부대 바로 위에 있는 환기구뿐인데 사방 20센티미터 정도의 크기라 범인이나 시체의 몸통이 통과할 수는 없었다.

다이얼식 자물쇠의 번호를 알고 해부실 열쇠까지 가지고 있던 것은 우라카미뿐이다. 하지만 수사 과정에서 그가 무죄라는 것이 밝혀지고 살해 현장이 따로 있다는 것을 알게 된다. 과연 범인은 어떻게 시체를 밀실로 옮겼을까?

난항을 겪던 경찰의 요청으로 사건에 협력하게 된 호시카게 류조는 사건의 개요만 듣고 밀실의 비밀을 간파한다. 그러면서 이런 흥미로운 발언을 한다. '추리 소설의 밀실은 99% 기계적 조작으로 문을 닫는데 그런 방식은 영 마음에 들지 않는다. 게다가 대부분의 밀실 미스터리는 밀실 상태로 만들 필연성이 없다.' '밀실 트릭을 떠올린 작자가 그것을 자랑하고 싶어서 쓰는 경우가 대부분이니까. 그건 교활한 방법이다.' 작자의 밀실관이 엿보이는 대목이다. 아유카와는 기계적 트릭을 심리적 트릭보다 수준이 낮다고 여겼다. 또 범인이 굳이 밀실 살인을 택할 수밖에 없는 필연성이 중요하다고 강조한다. 그렇다면 이 작품은 그런 작자의 생각이 그대로 실천된 작품이 아닐까. 그렇다. 독자는 이런 발상을 떠올린 작자의 명석한 두뇌를 찬탄할 것이다.

　그런데 기계적 트릭보다 심리적 트릭이 수준이 높다는 생각은 근거가 있을까? 어쩌면 심리적 맹점을 찔린 데서 오는 지적 쾌감은 보편적이지만 기계적 트릭의 경우에는 때때로 '그런 도구가 있었다니(그런 구조를 이용하다니), 현장에 있지 않는 한 상상할 수 없다'는 불만이 남기 때문이 아닐까. 하지만 기계적 트릭이라고 해도 뛰어난 발상의 비약을 통해 '그 도구를 그런 식으로 이용하다니'와 같이 심리적 맹점을 찌를 수 있다. 미지의 약품을 이용하거나 실은 창틀을 통째로 떼어 낼 수 있었다는 등의 속임수는 논외로 치고 수준급의 기계적 트릭은 수준급 심리적 트릭에 뒤지지 않는다.

　「붉은 밀실」 이야기로 돌아가자. 이 작품은 반복해 읽고 자세히 검증할수록 그 놀라움을 실감하게 된다. 뿔뿔이 흩어진 인체가 있기에 가장 자연스러운 장소는(전장을 제외하면) 해부대 위가 아닐까. 그런데 이 작품에서는 가장 자연스러운 장소에서 발견된 인체가 살해된 시체라는 점이 섬뜩한 분위기를 연출한다. 그야말로 궁극의 기상(奇想)이라 할 만하다. 그렇기 때문에 이 작품은 잘 만들어진 '기술(奇術)'이 아닌 본격 미스터리라는 '소설'의 걸작인 것이다. 또 「붉은 밀실」이라는 제목이 해부실을 직접적으로 가리킴으로써 오히려 해부실이 트릭의 핵심이라는 것을 완벽히 은폐한다. 놀랍다는 말밖에 할 말이 없다.

저자 소개 -

아유카와 데쓰야 鮎川哲也 (1919~2002)

일본 도쿄에서 태어났다. 1948년 추리 잡지 《로크(Lock)》에 「쓰키시로(月魄)」(나카가와 도오루라는 필명)를 발표했다. 그 후, 나카가와 준이치, 바라노코지 도게마로 등의 필명으로 단편 소설을 발표했으며 1956년 고단샤의 장편 소설 공모에서 입선한 『검은 트렁크(黒いトランク)』 때부터 아유카와 데쓰야라는 필명으로 활동했다. 1960년 『검은 백조(黒い白鳥)』, 『증오의 화석(憎悪の化石)』으로 제13회 일본 탐정작가 클럽상을 수상했다. 그 밖에도 『리라장 사건(りら荘事件)』, 『사람들은 그것을 정사라 부른다(人それを情死と呼ぶ)』, 『죽음이 있는 풍경(死のある風景)』, 『열쇠 구멍이 없는 문(鍵孔のない扉)』 등의 작품이 있다. 1990년부터 아유카와 데쓰야 상이 창설되면서 본격 추리 소설계의 신인 발굴에도 힘을 쏟았다.

● 붉은 벽돌로 지은 법의학 교실

작화 POINT　　법의학 교실은 대학교 부지 내 있는 벽돌 건물이라고 쓰여 있다. 커다란 건물 안에 있는 교실 하나 정도라고 생각했는데 건물 한 동이었다. 한 층짜리 건물이기 때문에 외관은 일러스트와 같을 것이다. 다행이다, 쉽게 그릴 수 있겠구나 싶었는데 육중한 정면 현관을 들어서면 바로 해부 준비실이 있다는 묘사에 또 한 번 좌절했다. 보통 널찍한 복도가 있을 텐데 문과 창문 개수를 생각하면 아무리 생각해도 오른쪽과 같은 구조도가 그려진다. 단독 건물 1층이라고는 해도 화장실 정도는 그리고 싶었지만 창문이 있었을지도 모르고 정면 현관 말고 가령 뒷문 같은 게 있었나 하는 생각이 꼬리에 꼬리를 물기 때문에 약간 불안하긴 하지만 이쯤에서 마무리하기로 했다.

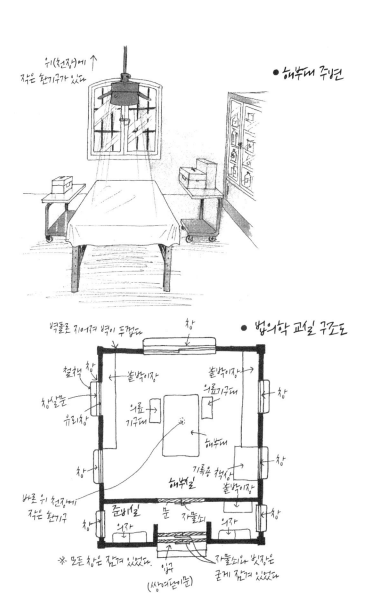

위(천장)에 ↑
작은 환기구가 있다

● 해부대 주변

벽돌로 지어져 벽이 두껍다

● 법의학 교실 구조도

창

철책 창

창살문

유리창

놀박이장

의료기구대

의료기구대

놀박이장

창

창

의료
기구대

창

해부대

바로 위 천장에
작은 환기구

창

준비실

기록용 책상

해부칼

놀박이장

창

의자

문

자물쇠

의자

입구
(쌍여닫이문)

자물쇠와 빗장은
굳게 잠겨 있었다.

※ 모든 창은 잠겨 있었다.

명탐정이 너무 많다
(名探偵が多すぎる, 1972)

니시무라 교타로(西村京太郎)

유희성 넘치는 마니아를 위한 선물

1978년의 『블루 트레인 살인 사건(寝台特急殺人事件)』부터 시작된 철도를 무대로 한 트래블 미스터리(Travel mystery) 붐은 90년대 중반 무렵부터 진정되었지만 원조 니시무라 교타로의 기세는 사그라지지 않았다. 과연 열차 안에서 얼마나 많은 시체가(수십? 수백?) 발견되고 JR선은 몇 번이나 폭파 예고를 받았을까. 그리고 나는 신칸센을 탈 때마다 '이 열차 안에 니시무라 교타로의 소설을 읽은 승객이 몇 명이나 될까' 따위를 생각한다.

트래블 미스터리의 일인자로 불리는 작자이지만 데뷔 즉시 베스트셀러 작가가 된 것은 아니었다. 과거 미스터리 팬들 사이에서는 '니시무라 교타로는 매번 색다른 작풍에 도전하고 때로는 실험적인 수법을 도입해 재미있는 작품을 써내는 양심적인 작가이다. 더 많은 인기를 누려야 한다'는 평가가 있었을 정도이다. 제2차 세계대전을 소재로 쓴 스파이 소설 『D기관정보(D機関情報)』, 시작부

터 쌍둥이 트릭을 이용했다고 선언해 독자를 혼란에 빠트리는 기교파 본격 미스터리『살인의 쌍곡선(殺しの双曲線)』, 아케치 고고로 (에도가와 란포의 소설에 등장하는 사립 탐정-역주), 엘러리 퀸, 에큘 포와르 (애거서 크리스티가 창조한 명탐정), 매그레 경감(조르주 심농이 탄생시킨 시리즈 주인공)이 등장해 화려한 추리 대결을 벌이는『명탐정 따위 두렵지 않다(名探偵なんか怖くない)』로 시작하는 '명탐정 시리즈' 등등 하나같이 놓치면 아쉬운 작품이다.

현재 니시무라 교타로는 트래블 미스터리의 대명사로 불리지만 과거에는 바다를 무대로 한 해양 미스터리나 유괴 미스터리를 주로 쓰기도 했다.『사라진 유조선(消えたタンカー)』과『사라진 승조원(消えた乗組員)』은 그 두 소재를 접목한 작품이다.『사라진 자이언츠(消えた巨人軍)』는 일본 프로야구 자이언츠의 선수들과 나가시마 감독이 유괴되는 대담한 설정이다. 또『화려한 유괴(華麗なる誘拐)』의 범인들은 무차별 살인을 예고하며 일본 국민 전체를 인질로 잡고 정부에 막대한 몸값을 요구한다. 제목에는 나타나지 않지만『야간 비행 살인 사건(夜間飛行殺人事件)』도 스케일이 남다른 유괴 미스터리이다. 장기인 유괴와 철도를 결합한『미스터리 열차가 사라졌다(ミステリー列車が消えた)』는 니시무라 트래블 미스터리의 대표작이라고 할 수 있다. 기발한 설정과 서스펜스에 중점을 둔 작품이 많은데 유괴 과정에서 소실 트릭을 사용하는 경우도 적지 않다. 특히, 이벤트용 임시 특급열차가 선로 위에서 사라지는『미스터리 열차가 사라졌다』에는 점보 여객기를 공중 납치하는 토니 켄릭(Tony Kenrick)의 『스카이잭(A Touch One to Lose)』과도 통하는 대담한 트릭이 등장한다. 이처럼 미스터리 작가는 세계적인 마술사 데이비드 카퍼필드와 원고지 위에서 대결을 펼친다.

그런 니시무라의 미스터리 중 순수한 밀실 트릭을 소개하려고 한다. 재미있는 작품이 있다. 게다가 이 책에서 꼭 소개하고 싶었던 배 안의 밀실이다. 이 작품은 앞서 이야기한 '명탐정 시리즈'의 두 번째 작품에 해당하는 『명탐정이 너무 많다』 전반부에 등장한다.

아케치 고고로의 초대로 일본을 방문한 퀸, 포와르, 매그레 경감 부부는 유명 온천지 벳부로 가는 3천 톤 급의 호화 여객선에 오른다. 우아한 휴가를 즐길 계획이었다. 하지만 같은 배에 타고 있던 아르센 뤼팽의 도전장을 받게 되면서 명탐정들은 갑자기 바빠진다. 뤼팽은 보석상을 하는 승객의 보석을 훔치겠다고 예고한 것이다. 괴인 이십면상도 이 배에 타고 있는 것이 아닌지 명탐정들과 동승한 형사들도 경계하는 가운데 세토 내해를 운항하던 중 좌현의 특등실에서 보석상이 시체로 발견된다.

현장은 안에서 잠겨 있었기 때문에 발견자들은 도끼로 문을 부수어야만 했다. 피해자는 실내에서 위를 향한 채 쓰러져 있고 가슴에는 등산용 나이프가 꽂혀 있었다. 무슨 일인지 구두는 벗겨져 있었다. 바닥과 벽은 피로 물들고 탁자 위에는 비어 있는 보석함이 놓여 있었다. 벽에는 '명탐정 여러분. 이 수수께끼를 풀 수 있겠나?'라는 뤼팽의 메시지가 남겨져 있었다. 뤼팽이 살인을……?

그것도 이해할 수 없지만 더욱 알 수 없는 것은 밀실의 수수께끼이다. 문에는 '철로 된 막대를 옆으로 밀어 잠그는' 견고한 자물쇠가 달려 있었다. 또 형사가 조사한 바에 따르면, 철사나 끈을 사용해 자물쇠를 연 흔적은 없었다. 선실의 알루미늄 창틀이라면 틈새가 있어서 기계적인 조작도 가능해 보이고 창 밖에는 둥근 징이 줄지어 박혀 있어 그것을 밟고 도망칠 수도 있을 듯했지만 위쪽 갑판에 있던 아케치의 증언으로 그 가능성은 제외되었다. 물론, 실내에 비밀의 문은 없었다. 그런 불가능한 상황에 직면한 명탐정들의 두뇌는 맹렬한 속도로 회전하기 시작한다.

그들이 주목한 것은 시체가 발견되기 직전 우현에서 한 청년이 바다에 떨어지면서 배가 급정지한 일이다. 다행히 청년은 수영을 잘 해 무사히 구조되었다. 구조된 청년의 방에는 누군가가 보낸 꽃다발이 있었다.

세부까지 유희 정신이 넘치는, 마니아들을 위한 선물과도 같은 작품이다. 가령 '욕조에 몸을 담그고 사과를 깨물면 좋은 생각이 떠오른다고 들었기 때문에'라고 말하는 사무원에게 포와르가 '사과? 이보게, 그건 여자들의 음식이야'라고 말하는 장면이 있다. 이것은 애거서 크리스티가 욕조에 몸을 담그고 사과를 깨물며 아이디어를 구상한다는 일화를 인용한 것으로, 작자가 그 의미를 아는 독자들에게 슬쩍 윙크를 보내는 듯한 장면이다. 각자의 특징이 잘 드러나는 탐정들의 추리 방식도 니시무라 교타로의 풍부한 미스터리적 교양을 엿볼 수 있는 대목이다.

밀실의 수수께끼에 대해 독자들이 떠올릴 만한 추리는 에둘러 부정한다. 형사가 추리한 가설을 논리적으로 반박하는 솜씨도 훌륭하다. 다만, 이번에 다시 읽으면서 기껏 배 안의 밀실을 만들었는데 사건 현장인 선실에 대한 묘사가 매우 부족하다는 것을 깨달았다. 더 자세히 써주었다면 이소다 씨도 조금 더 쉽게 그릴 수 있었을 텐데 말이다.

한편, 미스터리 팬이 말하는 밀실과 세간에서 말하는 밀실의 의미가 다르다는 것을 아는 사람도 많을 것이다. 신문에 '밀실의……'라는 기사가 있어 읽어 보니 단순히 음식집에서 뇌물을 주고받은 사건에 관한 기사거나 호텔 '객실'에서 일어난 사건인 경우도 있었다. 너무 놀라게 하지 말았으면 한다.

미스터리 소설을 소개하는 내용에도 사건 현장이 탈 것(비행기, 열차, 배)인 것뿐인데 '밀실 살인'이라고 쓰는 것은 맞지 않는다. 외부로부터 격리된 환경이 모두 밀실은 아니다. 배라는 밀폐 공간 안에서, 좁은 의미의 밀실을 만든 이 작품과 같은 것만을 밀실 미스터리라고 해야 한다. 그러고 보니 배에서 벌어지는 밀실 미스터리는 굉장히 드물다.

저자 소개 --

니시무라 교타로 西村京太郎 (1930~)

    일본 도쿄에서 태어나 도립 전기공업학교를 졸업했다. 다양한 직업을 전전하다 1963년 「일그러진 아침(歪んだ朝)」으로 제2회 올 요미모노 추리소설 신인상을 수상하며 작가로 데뷔했다. 1965년 『천사의 상흔(天使の傷跡)』으로 제11회 에도가와 란포상을 수상했다. 도쓰가와 경감, 가메이 형사 콤비가 활약하는 트래블 미스터리로 여러 편의 베스트셀러를 탄생시켰다. 1981년 『종착역 살인 사건(終着駅殺人事件)』으로 제34회 일본 추리소설작가협회상을 수상했다.

● 드물게 호화 여객선에서 벌어지는 밀실 살인의 무대가 된 배

아마 이쪽에 살인 현장인 벽석상의 방(특등실)이 있었을 것이다

● 벽석상이 살해당한 특등실 내부

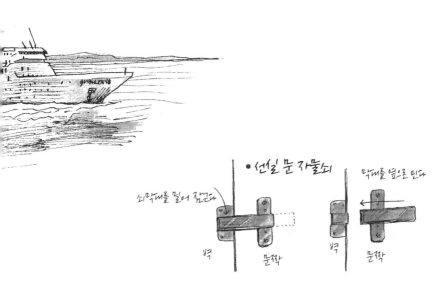

●선실 문 자물쇠

쇠막대를 밀어 잠근다

막대를 옆으로 민다

벽

벽

문짝

문짝

이 작품도 그리는 데 꽤 고생했다. 작품은 재미있었지만 이미지가 쉽게 떠오르지 않았다. 무엇보다 제목 그대로 명탐정이 너무 많아 시대를 가늠할 수 없었다. 특히, 가장 중요한 밀실의 상황이 떠오르지 않는 것이다. 탐정들이 승선한 벳부행 호화 여객선이 사건의 무대이기 때문에 살인 현장이 된 '특등실'의 일러스트를 그리려는데 다시 읽어보니 삼등 선실처럼 간소하게 묘사되어 있었다. 특등실이라면 욕조나 화장실도 있을 테고 붙박이 가구나 조명기구도 있었을 텐데 그런 내용이 전혀 없어 상당히 애를 먹었다.

꽃의 관
(花の棺, 1975)

야마무라 미사(山村美紗)

종이와 나무로 만든 '견고'한 밀실

출판사나 대중매체는 유망한 여성 미스터리 작가가 데뷔하면 하나같이 '일본의 애거서 크리스티'라는 딱지를 붙이는데 야마무라 미사의 경우는 달랐다. 그녀는 '트릭 메이커'라고 불린 것이다. 일본에서 이런 칭호를 획득한 여성 미스터리 작가가 또 있었을까. 야마무라 미사라고 하면 '교토를 무대로 한 화려한 미스터리', '모든 베스트셀러 작품이 TV 드라마로 제작되어 높은 시청률을 기록한 작가'라는 이미지가 먼저 떠오르는데 그런 '트릭 메이커'다운 면모를 검증해줄 걸작이 더 많이 나왔으면 한다.

교토에서 대학을 다닐 때 추리소설 연구회에 소속되어 있었던 나는 작가를 두 번 만날 기회가 있었다. '교사 시절, 트릭을 하나 떠올리면 퇴근해도 되는 회사가 있으면 당장 취직할 텐데 하는 생각을 했다'는 이야기가 무척 인상적이었다. 그런 자부심에 걸맞게 초기 작품에는 교묘한 트릭이 단편에까지 아낌없이 담겨 있다. 그

렇기 때문에『시체는 에어컨을 좋아해(死体はクーラーが好き)』,『환상의 지정석(幻の指定席)』,『목격자 제보 부탁합니다(目撃者ご一報下さい)』등은 굉장히 알찬 단편집이다. 대부분 밀실이나 알리바이로 분류되는 트릭이지만「신칸센 재킹(新幹線ジャック)」과 같은 대담한 유괴 트릭도 있다. 경력이 쌓일수록 트릭 메이커로서의 능력치가 낮아지는 것은 모든 미스터리 작가의 숙명임에도 불구하고 단편에도 꼭 하나씩 새로운 아이디어와 트릭을 선보여온 성실한 작자이다. 문어가 들어 있지 않은 다코야키를 팔고 싶진 않았던 것이리라.

그녀가 신제품을 트릭에 끌어들이는 데 민감했던 것은 항간에 널리 알려진 일화이다. 자동응답기나 팩스가 일상용품이 되자 금방 그것을 이용한 트릭을 고안해 작품화했다. 물론 이런 방식은 양날의 칼이라 시간이 지나면 케케묵은 트릭이 될 수 있다. 하지만 '다른 누구보다 먼저 자동응답기 트릭을 만들어 작품에 쓰겠다'는 욕심은 미스터리 작가로서 매우 소중한 자질이 아닐까. 또 독자가 작품이 쓰인 시기를 염두에 두고 읽는다면 트릭이라는 것은 의외로 생명력이 길다는 견해도 있다.

훗날 자신의 브랜드를 특정하듯 모든 작품에 '교토(京都)'를 붙인 작자이지만 데뷔 초기에는 그렇지 않았다.『말라카 바다로 사라지다(マラッカの海に消えた)』,『검은 환승선(黒の環状線)』,『여송연의 올가미(葉煙草の罠)』,『짐승의 사원(鳥獣の寺)』그리고『꽃의 관(花の棺)』. 하나같이 감각적이고 내용을 적확히 나타낸 좋은 제목이다.

『꽃의 관』은 야마무라 미사를 베스트셀러 작가의 반열에 오르게 한 작품으로 금발의 명탐정 캐서린 터너의 데뷔작이다. 꽃꽂이를 배우기 위해 교토에 머물게 된 미국 부통령의 딸 캐서린은 경호를 맡은 하마구치 이치로와 함께 화도계의 인습과 욕망이 얽힌 연속 살인 사건에 휘말린다. 첫머리부터 교토 거리 곳곳에서 일어나는 수상한 사건과 범인의 치밀한 알리바이 조작도 인상적이지만 여기서는 밀실에 집중하기로 하자.

살인 현장은 한 저택에 딸린 다실. 저택의 주인이 묽은 차가 담긴 찻잔에 들어 있던 청산가리에 중독되어 목숨을 잃는다. 자살을 선택할 동기는 전혀 없었다. 또 말차 가루가 담긴 다기에서는 독이 검출되지 않았기 때문에 타살로 판단되었다. 당시 저택에서는 화도계의 세력을 놓고 다투는 서로 다른 유파의 당주들의 모임이 열리고 있었다. 다실 주변에 쌓인 눈(사건이 발생하기 조금 전에 그쳤다)에는 시체를 발견한 사람의 발자국만 남아 있고 다실의 맹장지와 출입구는 안에서 빗장이 걸려 있었다. 현장은 이중의 밀실이었다. 발견자들은 이상한 낌새를 느끼고 억지로 빗장을 잡아당겨 맹장지를 열었다. 이를 본 캐서린은 '매우 일본적인 밀실'이라는 감상을 내뱉는다. 다카기 아키미쓰처럼 욕실을 고집하지 않아도 일본풍 밀실은 가능했던 것이다.

다실과 본채의 복도는 3미터 정도 떨어져 있었다. 범인(뿐 아니라 피해자까지도)이 뛰어서 건넜을 리는 없다. 밧줄을 이용해 건넌 흔적도 없다. 어떻게 발자국 하나 남기지 않고 다실로 갔을까……라는 트릭은 부록이다. 중요한 것은 어디까지나 '종이와 나무로 만들어진' 다실의 밀실 트릭이다. 캐서린은 미국인의 시각에서 '맹장지를 열지 않고 떼어낸 것이 아닐까?', '저 천장은? 일본의 천장은 못을 쓰지 않고 그냥 판자를 늘어놓지 않던가?' 하는 가설을 내놓지만 어느 것도 해답을 이끌어내지 못한다. 하지만 마지막에는 트릭을 간파하는 데 성공한다. 밀실의 수수께끼가 풀렸다는 그녀의 말을 의심하는 경감을 향해 하마구치는 이렇게 말한다. '밀실의 수수께끼를 풀지 못했던 것은 우리의 선입관 때문이었는지 모른다. 일본 건축에 익숙한 우리는 우리가 알고 있는 상식에 얽매여 생각했던 것이다.'

교토와 화도계를 무대로, 미국 부통령의 미모의 딸을 탐정으로 기용했으니 작품의 분위기는 더욱 화려하고 우아하다. 출판사에서도 신진 여류 작가라는 화제성을 광고에 이용하기 쉬웠을 것이다. 작자가 캐서린을 탐정으로 기용한 것은 본격 미스터리로서는 굉장히 멋진 설정이었다. 하마구치도 말했듯이, 트릭을 풀기 위해서는 선입관 없는 발상의 비약이 필요하다. 외국인인 캐서린은 '다실의 밀실'을 바라보는 순수한 눈을 가졌던 것이다.

이 트릭의 원리는 지극히 단순하다. 다만 줄을 잡아당기면 성공하는 식의 간단한 트릭이 아니라 몇 가지 단계를 거쳐 완성된다. 이 책에서 소개한 밀실 중 「고블린 숲의 집」과 「붉은 밀실」도 그런 유형이다. 내가 좋아하는 종류의 트릭이다. '불가능은 분할하라'는 지론을 멋지게 실천한 사례이다. 이 트릭이 성립하기 위해서는 '종이와 나무로 만들어진' 현장뿐 아니라 미닫이문이 필요하다. 이 미닫이문의 특성을 교묘히 이용한 밀실 트릭의 작례는 많지 않은데 얼핏 떠오르는 것은 고등학교 교실을 살인 현장으로 만든 노리즈키 린타로(法月綸太郎)의『밀폐교실(密閉敎室)』정도가 있다.

밀실의 필연성(일단, 설명은 한다)이 다소 빈약한 점이 옥에 티이지만『꽃의 관』은 '트릭 메이커' 야마무라 미사의 대표작으로 그녀의 방대한 저작 중에서도 특별히 경의를 표해야 할 작품이다.

저자 소개 ---

야마무라 미사 山村美紗 (1934~1996)

　일본 교토에서 태어났다. 교토 부립대학교 문학부를 졸업하고 중학교 교사로 근무하다 퇴직 후 추리 소설을 쓰기 시작했다. 1967년 「목격자 제보 부탁합니다」(잡지 《추리계》)로 데뷔했다. 출신지 교토를 무대로 한 우아한 정취와 화려함이 돋보이는 작품으로 유명하다. 그 밖의 작품으로『시체는 에어컨을 좋아해』(선데이 마이니치 신인상),『말라카 바다로 사라지다』(에도가와 란포상 후보작) 외에『검은 환승선』,『짐승의 사원』,『백인일수 살인 사건(百人一首殺人事件)』,『교토 살인지도(京都殺人地図)』,『불타버린 신부(燃えた花嫁)』등 다수가 있다.

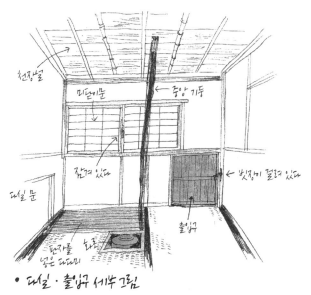

천장살 →

미닫이문

중앙 기둥

잠겨 있다

덧창이 걸려 있다 ←

다실 문

출입구

편자를 넣은 디딤돌 ← 노로

• 다실·출입구 세부 그림

• 다실 구조도

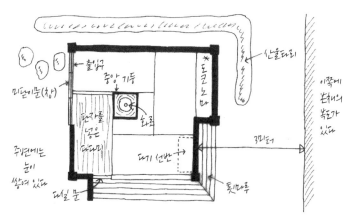

출입구

산울타리 →

미닫이문(창) →

중앙 기둥

도코노마

이쪽에 본채의 복도가 있다

편자를 넣은 디딤돌

노로

주변에는 눈이 쌓여 있다

다기 선반 →

3미터

다실 문

툇마루

*도코노마: 객실 한쪽에 꾸민 장식 공간 — 옮긴이

● 캐서린이 초대 받은 다실

주변에는 눈이 쌓여 있다

이쪽에
본채가
있다

작화 POINT 내용도 재미있고 그림을 그릴 때도 즐거웠던 작품이다. 야마무라 미사의 소설을 처음 읽는 것이라 더 신선하게 느낀 것인지도 모른다. 그림 같은 풍경(살인 현장)이라 다른 작품들과 달리 금방 그릴 수 있었다. 다만 다실 주변에 눈이 쌓여 있었는데 다실(건물) 자체에 집중하다 보니 눈을 그리는 것을 잊어버리는 바람에 나중에 수정했다.

여담이지만, 대체로 쉽게 그린 이 작품도 작중의 문장 묘사를 다시 확인하는 과정에서 창의 위치나 방 크기 등을 잘못 그린 것을 깨닫고 수정하는 일이 종종 있었다.

호로보의 신
(ホロボの神, 1977)

아와사카 쓰마오(泡坂妻夫)

열대지방 특유의 분위기에 가려진 역전의 발상

아와사카 쓰마오는 문장화가(紋章 上絵師, 기모노 위에 가문의 문장 등을 그려 넣는 장인-역주)이자 마술사 그리고 추리 작가의 1인 3역을 소화한다. 전통·기술·창의성이 하나가 된 지점에서 본격 미스터리가 탄생한다고 하면 아와사카의 그런 모습은 지극히 자연스럽다.

잘생기고 유머러스한 데다 뛰어난 추리력까지 갖춘 정체불명의 카메라맨 아 아이이치로가 등장하는 단편 시리즈로 데뷔한 작자는 그 후 소설 전체를 트릭으로 감싼 긴장감 넘치는 기교파 미스터리의 걸작과 문제작을 잇달아 발표하고 포물첩과 같은 역사 추리 소설과 독특한 환상미와 에로티시즘을 자아내는 연애 소설에 이르기까지 작풍을 넓혀 나갔다. 추리 소설과 거리가 먼 작품에도 독자를 함정에 빠뜨리는 전개가 자주 등장하는 등 아와사카 쓰마오만의 소설 공간을 구축했다. 본격 미스터리 팬들의 뜨거운 지지를 받는 작자는 데뷔 직후부터 '일본의 체스터턴'으로 불리며 높은

평가를 받았다. 기발한 발상과 역설로 가득한 단편 작품들이 강렬한 인상을 주었기 때문이다. 『아 아이이치로의 낭패(亞愛一朗の狼狽)』, 『아 아이이치로의 사고(亞愛一朗の轉倒)』, 『아 아이이치로의 도망(亞愛一朗の逃亡)』의 아 아이이치로 시리즈는 이제 현대 미스터리의 고전이 되었다. 기상천외한 발상, 긴장감 넘치는 논리 전개가 뛰어난 작품이다.

일류 마술사이기도 한 작자는 뛰어난 밀실 미스터리 작품도 다수 썼다. 열기구에 탄 남자가 공중에서 살해되는 「미기우데 산 상공(右腕山 上空)」, 대불의 손바닥 위에서 전단을 뿌리던 남자가 허공에서 저격당하는 「손바닥 위의 황금 가면(掌上の黃金仮面)」, 아무도 가까이 간 사람이 없는데 갑자기 남자의 배에 칼이 꽂히는 「환자에게 칼(病人に刃物)」, 밀폐된 구형의 방 안에서 일어난 살인 사건을 그린 「구형의 낙원(球形の楽園)」, 아 아이이치로가 눈에 갇힌 집에서 흔적 없이 사라지는 「아 아이이치로의 도망(亞愛一朗の逃亡)」 등 하나같이 뜻밖의 결말로 독자를 놀라게 한다. 진정한 명인은 펜 끝만으로도 사람을 쓰러뜨릴 수 있는 법이다.

그런 시리즈 중에서도 「호로보의 신」의 무대는 이색적이다. 남태평양에 있는 호로보섬의 정확한 위치는 쓰여 있지 않다. 아마 필리핀이나 인도네시아의 영토가 아닐까. 비행기와 배를 갈아타고 이 머나먼 섬을 찾아온 것은 유골 수집단과 학술 연구단의 단원들이다. 과거 호로보섬에서 수비대로 주둔했던 나카가미는 학술 연구단의 학자와 젊은 남성(카메라맨 아)과 섬 주민의 풍속이나 생사관에 대해 이야기하던 중 전쟁 때 있었던 사건에 대해 이야기한다. 그것은 사랑하는 아내의 죽음을 슬퍼한 나머지 아내를 따라 자살한(자살이라고밖에 생각할 수 없는) 추장의 이야기였다.

당시 추장이 아내의 유해를 안치한 사당에 틀어박혀 꼼짝도 하지 않는다는 원주민의 이야기를 들은 나카가미는 군의관과 중사를 데리고 상황을 살피러 갔다. 동 틀 무렵 사당 안에서 아내의 이름을 부르는 추장의 목소리와 '천둥이 치는 듯한 소리'가 들려왔다고 한다. 무언가 심상치 않은 일이 일어난 듯했다. 아무리 불러도 대답이 없기에 들어가 보니 추장은 이미 이 세상 사람이 아니었다. 이마에는 총알이 관통한 흔적이 있었다. 전통의상을 입은 추장의 시체 위에 아내의 시체가 겹쳐져 있고 그녀의 손에는 누군가 수비대장에게서 훔친 권총이 쥐여 있었다. 하지만 시체가 권총을 쏘았을 리 없다. 통나무로 만든 사당은 사방에 억새풀로 엮은 주렴을 친 간소한 공간이었다. 또 추장이 사당에 들어간 이후 줄곧 원주민 여럿이 사당 주변에 앉아 지켜보고 있었기 때문에 외부 침입자는 없었다. 따라서 추장이 직접 아내의 시체에 권총을 쥐어주고 자신의 이마를 쏘았다고밖에 생각할 수 없었다.

이해할 수 없는 것은 사당에 있던 호로보의 신(그들이 믿었던 상징물)이 없어진 것이었다. 그들의 풍속에 따르면, 자살은 있을 수 없는 일이었다. 나카가미는 '나는 실제 미개 민족의 추장이 자살한 것을 두 눈으로 직접 보았다'고 주장하지만 아는 그것이 타살이라는 것을 간파한다. 살인 방법은 물론 범인까지도. 그리고 밀실인 사당에서 호로보의 신이 없어진 이유까지도 말이다.

비참한 전쟁의 그림자가 드리워진 이야기이지만 열대 지방 특유의 분위기도 있어 남국의 환상 소설을 읽는 듯하다. 사형수를 수감하는 독방이나 법의학 연구소의 해부실에 비하면 주렴을 두른 개방적인 오두막은 얼마든지 공작이 가능할 것 같지만 많은 사람들이 감시하고 있었기 때문에 불가능성은 여전하다. 아 아이이치로가 밝혀낸 트릭은 대담한 발상의 비약 없이는 이끌어낼 수 없는 추리이다. 사건의 진상이 밝혀지는 순간 '아, 젠장. 당했다!'고 외치고 싶을 정도였다. 비슷한 전례를 찾아볼 수 없는 트릭이다.

반복해 읽으며 작자의 주도면밀함에 새삼 혀를 내둘렀다. 첫머리 두 번째 줄, 나카가미 일행이 호로보섬으로 향하는 장면에서 '새하얀 어선의 선수에는 농염한 인어의 조각상이 달려 있다'는 대목이 있다. 그냥 지나치기 쉬운 이런 문장에도 트릭에 대한 완곡한 암시가 내포되어 있다. 사소한 정경 묘사도 어디서 어떤 결말로 이어질지 모르니 방심할 수 없다.

트릭이 드러나지 않을 것이라 믿고, 해결 부분의 아 아이이치로의 대사를 인용한다.

'우리가 보기에 그들은 굉장히 기괴한 주술 능력을 가진 것처럼 보이지 않습니까? 반대로 그들 눈에는 벽지 수비대가 어떻게 보일까요. 모르긴 몰라도 문화가 발달한 민족이라고는 생각지 않을 겁니다.'

너무 길게 인용하면 들킬 수 있으니 이쯤에서 그만두기로 하자.

이런 발상의 전환에 사건을 푸는 열쇠가 숨어 있다. 이처럼 아와사카 쓰마오는 기성 개념이 얼마나 불확실한 것인지를 미스터리의 형태로 증명한다. 하지만 인간은 구제불능이다. 아와사카 미스터리가 아무리 기성 개념을 뒤집고 파괴해도 금방 또 속고 만다. 그렇기 때문에 즐거움이 끝이 없다는 점이 다행이기는 하지만.

수필집 『트릭 교향곡(トリック交響曲)』에서 아와사카는 이렇게 말했다.

'트릭에 정통한다는 것은 그런 불완전한 인간성을 꿰뚫어 보고 이해하는 것이다.'

또 이렇게도.

'예술은 끊임없이 진실에 동반하는 거짓의 효과에 주목하며 허구의 세계에 진실을 그려내는 일이다.'

저자 소개 --

아와사카 쓰마오 泡坂妻夫 (1933~2009)

일본 도쿄에서 태어났다. 구단 고등학교를 졸업하고 가업을 이어 문장화가로 활동하는 한편 창작 마술을 발표해 이시다 텐카이 상을 수상했다. 1975년 「DL 2호기 사건(DL2号機事件)」으로 제1회 환영성 신인상을 수상하면서 데뷔했다. 1978년 『어지러운 계략(乱れからくり』으로 제31회 일본추리작가협회상, 1990년에는 「그늘 도라지(蔭桔梗)」로 제103회 나오키 상을 받았다. 독특한 탐정 캐릭터 아 아이이치로 3부작 외에도 『11장의 트럼프(11枚のとらんぷ)』, 『희극비기극(喜劇悲奇劇)』, 『산 자와 죽은 자(生者と死者)』, 『마술 탐정 소가 가조 전집(奇術探偵曾我佳城全集)』 등이 있다.

● 추정미 살해된 사당

통나무
(통나무 4개를
세워 만든 사당)

사방에
억새풀로
엮은 주렴을
둘렀다

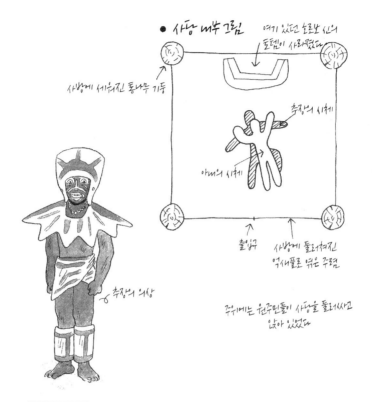

작화 POINT　미스터리 팬인 친구의 추천으로 읽었던 작품이다. 당시의 추억을 되새기며 꽤 집중해 읽을 수 있었다. 책을 읽기 전에는 쉽게 그릴 수 있을 줄 알았는데 실제 스케치를 시작하니 밀실이 너무 작아서 사당의 일러스트와 도면만으로는 편집부와 책 디자이너인 요시자키 씨가 부탁한 책장 2쪽을 채우지 못할 것 같았다. 그래서 전통 의상을 입은 추장의 일러스트를 곁들였다. 책 내용과 트릭이 아무리 재미있어도 구체화하기 힘든 작품이 있다. 그런 의미에서 '힘들게 그린 작품 베스트 5'에 넣고 싶은 작품이다.

구혼의 밀실
(求婚の密室, 1978)

사사자와 사호(笹沢左保)

미스터리로 변주된 기사 이야기

내가 사사자와 사호의 소설에 빠진 것은 대학 시절 추리 소설 연구회에 들어가면서부터였다. 그 전에는 초기 작품 한두 편을 '재미있게' 읽기는 했지만 본격 미스터리 작가라는 인상이 옅었기 때문에 굳이 찾아 읽지는 않았던 것이다. 사사자와 사호라고 하면 도박사의 유랑 생활을 주제로 쓴 「고가라시 몬지로(木枯らし紋次郎)」 시리즈와 『록본기 정사(六本木心中)』 등의 풍속 소설과 서스펜스물이 장기인 베스트셀러 작가이다. 매달 수천 장의 원고를 쓰며 잠들지 않기 위해 선 채로 집필한다는 전설로 유명했기 때문에 손이 많이 가는 본격 미스터리를 꾸준히 쓰지는 않을 것이라는 편견이 있었다.

물론, 나의 무지였다. 사호의 팬이었던 선배의 추천으로 읽게 된 그의 작품들은 본격 미스터리의 걸작과 수작이 가득했다. 각 작품마다 치밀한 기교를 담아내는 장인 정신에 감탄해 한때는 그의 작

품을 탐독하기도 했다. 특히, 알리바이 미스터리에 관해서는 독특한 스타일을 확립했는데『안개에 녹다(霧に溶ける)』,『어두운 경사(暗い傾斜)』,『머나먼 사랑(遥かなり わが愛を)』,『머나먼 절규(遥かなり わが叫び)』,『불꽃의 허상(炎の虚像)』등은 알리바이 붕괴물을 좋아하는 나를 매료시켰다. 그 이야기도 하고 싶지만……이 책은『밀실 대도감』이다.

사사자와 사호는 밀실 미스터리에도 트릭 메이커로서의 면모를 유감없이 발휘했다. 여기서는 트릭의 완성도는 물론이고 이야기의 틀 자체가 색다른『구혼의 밀실』을 소개하려고 한다. 이상한 제목이라고 생각하는 독자도 있을 것이다. 그 의미는 대강의 줄거리를 읽으면 알 수 있다.

르포라이터 아마치 쇼지로는 우연히 알게 된 미모의 여배우 사이조 후지코의 초대로 가루이자와의 별장으로 향한다. 그녀의 아버지인 도토학원의 대학교수 사이조 도요지의 생일과 은퇴를 기념하는 파티이자 후지코의 결혼 상대를 고르는 자리이기도 했다. 후지코는 완고한 아버지의 속박에서 벗어나지 못하고 결혼 상대도 아버지가 고른 의사(이시도)와 변호사(오노자토) 중 한 사람을 선택하도록 강요받았다. 파티에 모인 사람은 13명. 손님들은 대부분 도요지와 적대 관계에 있는 사람들로 도저히 이해할 수 없는 면면이었다.

다음 날 아침, 사이조 교수 내외의 시체가 발견되었다. 현장은 별채의 지하 저장고로 도요지의 시체 위에는 아내 와카코의 시체가 겹쳐 있었다. 사인은 산화비소에 의한 중독사. 부부의 시체 옆에는 독이 든 미네랄워터가 든 합성수지 병(당시는 페트병이라는 말이 일반적이지 않았다)이 구르고 있었다. 현장의 견고한 철문은 안쪽에서 맹꽁이자물쇠로 잠겨 있고 하나뿐인 자물쇠의 열쇠는 실내의 배수관 바닥에 떨어져 있었다. 유일한 출구인 천장의 채광창은 바닥에서 3.8미터 높이에 있었다. 그런 상황이었기 때문에 유서는 없었지만 동반 자살이 가장 유력해 보였다. 하지만 시체 옆에서 와카코가 쓴 듯한 WS라는 의미를 알 수 없는 글자가 발견되고 부부가 스스로 죽음을 선택한 어떤 흔적도 없었기 때문에 쉽게 단정 지을 수는 없었다. 살인이라면, 밀실 살인이다.

아마치 일행은 경찰에 발이 묶인다. 그러던 중 후지코의 결혼 후보자인 이시도와 오노자토가 사건의 진상에 대해 추리를 시작한다. 열띤 토론이 벌어지고 급기야 '밀실에서 일어난 이 사건의 수수께끼를 푸는 사람이 후지코와 결혼한다'는 약속으로까지 번진다. 구혼할 자격을 지닌 사람은 애초에 두 사람뿐이었다. 지켜볼 수밖에 없는 아마치였지만 그와 후지코는 서로에게 끌리고 있었다. 과연 밀실의 수수께끼를 밝히고 후지코와 맺어지는 것은 이시도일까? 오노자토일까? 아니면……

앞서 색다르다고 쓴 것은 밀실 트릭을 밝혀내려는 사람들의 목적의식이다. 밀실의 수수께끼를 밝히고 미녀와 결혼하기 위해 지혜를 짜낸다. 말도 안 된다, 터무니없다고 생각하는 독자도 있겠지만 뛰어난 작자는 이런 황당한 설정 속으로 독자를 자연스럽게 이끈다. 진부한 표현이지만 이른바 '어른들의 동화'이다. 현실미에 집착한다면 쓸 수 없는 이야기이다.

여성의 자유로운 선택을 봉쇄하고 추리 대결을 벌이다니 비상식적이라며 눈살을 찌푸릴 필요 없다. 나는 이 작품을 동화라고 부르기보다 기사 이야기를 미스터리로 변주한 소설로 해석하고 싶다. 기사들은 검을 맞부딪치는 대신 추리력으로 결투를 벌인다. 동서고금의 탐정들 중에는 위기에 빠진 연인을 구하기 위해 난해한 사건에 도전하는 이들도 많지만 이런 식으로 결투를 벌이는 탐정들에 대해서는 아직 들어본 일이 없다. 추리와 서스펜스 그리고 로맨스를 융합한 어른들의 오락 소설을 쓰는 데 부심해온 사사자와 사호 특유의 작품이다.

트릭의 완성도도 더할 나위 없이 만족스럽다. 독자들은 마지막에야 의외의 사실이 뜻밖의 의미를 지니고 있었다는 것을 알게 된다. 지금까지 본 적도 들은 적도 없는 독창적인 트릭……이라기보다는 그런 수법을 눈치 채지 못한 밀실 미스터리 팬들이 원통해할 법한 기계적인 트릭이다. 말하자면, 조합의 묘미. 진상에 담긴 인간의 굴곡된 심리도 엿볼 수 있는 사사자와 사호다운 작품이라고 할 수 있다.

다만, 이 소설에 관해 한 가지 이해할 수 없는 점이 있다. 이 작품을 처음 선보인 카파 노벨스 판에 실린 작자의 말이다. 그는 '더 이상 새로운 밀실 트릭은 없다는 말이 나온 것도 꽤 오래 전 일이다. 사실 획기적인 밀실 트릭이라는 선전 문구가 무색할 만큼 닳고 닳은 트릭의 재탕이거나 간편한 기계적 트릭이 허다하다. 그래서 처음으로 밀실 트릭을 사용한 본격 장편 추리 소설에 도전하고 싶어 이 작품을 쓰기 시작했다.'

　???

　납득이 안 된다. '처음으로 밀실 트릭을 사용한 본격 장편 추리 소설'이라는 부분에 이의가 있다. 저자의 데뷔작 『초대받지 않은 손님(招かれざる客)』에도 분명 밀실 트릭이 등장하지 않던가. 일본 탐정작가 클럽상(현재는 일본 추리작가협회상) 수상작인 『식인(人喰い)』이나 『안개에 녹다』(모두 명작이다)에도 박수갈채를 받은 밀실 트릭이 있었다. 『갑작스런 내일(突然の明日)』도 일종의 밀실 미스터리이다. 초기 작품이라고 해서 작자가 잊어버릴 리도 없는데 말이다. 해석의 차이일 수도 있지만……하나같이 훌륭한 '밀실 미스터리'이다.

저자 소개 --

사사자와 사호 笹沢左保 (1930~2002)

일본 가나가와현에서 태어나 간토 학원을 졸업했다. 「어둠 속의 전언(闇の中の伝言)」, 「아홉 번째 희생자(九人目の犠牲者)」가 잡지 《호세키》의 '1958년도 신인 25인 특집'에 실렸다. 1959년 『초대받지 않은 손님』이 에도가와 란포상 최종 후보에 오르면서 데뷔 초기에는 '신 본격파'로 주목받았다. '고가라시 몬지로'로 대표되는 시대 소설과 「록폰기 정사」 등의 현대 소설을 오가며 다채로운 활약을 보였다. 미스터리 대표작으로는 제14회 일본 탐정작가 클럽상 수상작 『식인』 외에도 『도작의 풍경(盗作の風景)』, 『공백의 기점(空白の起点)』, 『타살 곶(他殺岬)』, 『알리바이의 노래(アリバイの唄)』, 『취조실(取調室)』 등 미스터리 분야에서도 왕성히 활동했다.

가루이자와에 있는
사이조 교수의 별장

실험실
(정원에
딸린 별채)

별장 본채

작화 POINT　　사사자와 사호는 「고가라시 몬지로」로 팬이 되었지만 이 시리즈 이외에는 읽어본 적이 없다. 그의 추리 소설도 읽어보고 싶었지만 기회가 없었는데 마침 이번 기회에 그의 작품과 조우할 수 있게 된 것은 행운이었다. 일러스트도 쉽게 떠오르고 독자로서 독서에도 집중할 수 있었다.

　모든 작품이 이러면 얼마나 좋을까 싶지만 세상에 편한 일이란 게 있을까 싶기도 하고. 뭐, 불평은 이만 줄입니다, 아리스가와 씨…….

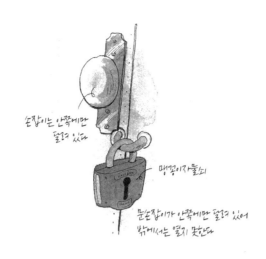

손잡이는 안쪽에서만
돌려 있다

맹꽁이자물쇠

문손잡이가 안쪽에서만 돌려 있어
밖에서는 열지 못한다

벽 ● 별채 지하실 구조도

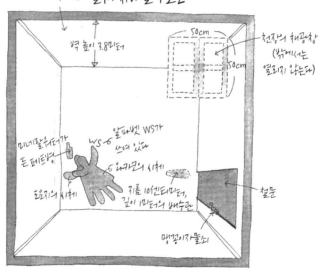

벽 높이 3.8미터

50cm

50cm

천장의 채광창
(밖에서는
열리지 않는다)

미네랄워터가
든 페트병

WS-6

알파벳 WS가
쓰여 있다

유카코의 시체

도오지의 시체

지름 10센티미터,
길이 1미터의 배수관

철문

맹꽁이자물쇠

천외소실 사건
(天外消失事件, 1988)

오리하라 이치(折原一)

열차와 비행기가 합쳐진 리프트에서 벌어진 불가능 상황

단편집 『다섯 개의 관(五つの棺)』(문고판이 출간되면서 두 편을 추가해 『일곱 개의 관七つの棺』으로 제목이 바뀌었다)은 오리하라 이치의 데뷔작이다. 완벽한 신인의 데뷔작으로 수록된 다섯 편 모두 밀실 미스터리라고 하면 본격 미스터리 팬으로서는 읽을 수밖에 없다. 『다섯 개의 관』은 그런 뜨거운 기대에 보답하듯 호평을 받으며 등장했다.

그 후, 첫 번째 장편 소설 『도착의 사각(倒錯の死角)』을 발표했다. 전작에서 다섯 가지 밀실 트릭을 만끽한 독자들은 돌변한 작풍에 놀랐다. 세 명의 등장인물의 시점을 오가며 진행되는 서스펜스 극……이라고 생각했는데 마지막에 반전이 있는 기교적인 작품이다. 독자의 예상이나 선입견을 뒤엎고 충격에 빠트리는 이런 수법을 '서술 트릭'이라고 한다. 오리하라는 에도가와 란포상 후보작에 오른 『도착의 론도(倒錯のロンド)』를 비롯해 『나선관의 살인(螺旋

舘の殺人)』, 『이인들의 저택(異人たちの舘)』, 『다락방의 산책자(天井裏の散步者)』 등 서술 트릭을 구사한 작품이 다수 있다. 독백, 일기, 인터뷰, 작중작(作中作), 연보 등 온갖 서술 방법을 동원한 새로운 수법을 개발하는 열정은 예사롭지 않다. 종종 현실에서 일어난 사건이나 광기를 모티브로 삼는 것은 그것이 '현실'과 '허구' 그리고 '허구'와 '허구 속의 허구'의 경계를 무너뜨리는 데 효과적이기 때문일 것이다. 과거 여행 잡지 편집자로 일했던 경력을 활용한 『오쿠노토 살인 여행(奧能登殺人旅行)』 등의 트래블 미스터리풍 작품도 있으며 그쪽 분야의 팬들도 많다. 데뷔작의 구로호시 경감이 등장하는 유머러스한 작품도 계속 쓰고 있다. 작풍은 달라도 하나같이 기발한 작품들이다.

서술 트릭은 일러스트로 그릴 수 없기 때문에 여기서는 『일곱 개의 관』에 실린 마지막 단편 「천외소실 사건」을 소개한다. 이 작품은 클레이턴 로슨의 명작 「천외소실」을 패러디했다.

여행 잡지 《여행 정보》의 편집장인 사와다 고로는 취재차 시라오카산에 있는 아베크 리프트를 찾아간다. 아베크 리프트는 '2인승 리프트에 운반차가 달린, 말하자면 로프웨이를 작게 줄인 형태로 약 20미터 간격으로 잇달아 운행되는' 장치이다. '공처럼 둥근 형태의 외관은 빨간색으로 칠해져 있고 폭 80센티미터의 유리창이 빙 둘러져 있었다. 지름은 1.6미터 정도로 탈 때는 몸을 숙이고 들어가지만 자리에 앉으면 꽤 편안했다. 2명이 적당하고 4명이 타기에는 비좁았다.'

리프트는 산 정상과 산기슭에 설치된 역을 오간다. 거리는 대략 5백 미터. 소요 시간은 8분. 리프트와 리프트 사이의 간격은 20미터이기 때문에 전부 50대의 리프트가 상시 운행되고 있다. 산 정상과 산기슭에 있는 역은 U자형으로 되어 있고 직원 두 명이 대기하고 있다. 리프트가 도착하면 하차 담당 직원이 빗장을 풀어 손님을 내리게 하고 빈 리프트가 역 구내를 돌아 나오면 승차 담당 직원이 손님을 태우고 빗장을 잠근다. 리프트를 탄 아이들이 장난을 치지 못하도록 안전상 빗장은 밖에서만 잠글 수 있다.

사와다는 산기슭 역에서 직원 아이카와를 취재했다. 취재를 마치고 사와다는 아이카와의 권유로 리프트에 올랐다. 그로부터 5분 후 산기슭 역에 도착한 리프트 안에서 복부에 피를 흘리며 죽어 있는 여자가 발견되었다. 리프트 안에는 범인은 물론이고 흉기도 없었다.

신고를 받고 출동한 시라오카 서의 구로호시 경감은 잔뜩 흥분해 '밀실이다, 밀실!'이라고 외쳤다. 미스터리 마니아인 그는 늘 이런 사건을 맡고 싶어 했다. 하지만 그런 구로호시 경감도 사와다의 증언을 듣고 머리를 감싸 쥐었다. 그는 스쳐 지나가는 리프트 안에서 여자를 칼로 찌르려는 남자를 목격했다고 말했다. 그게 사실이라면 범인은 어떻게 리프트에서 탈출한 것일까?

리프트 문은 밖에서만 열리고 바늘이나 실 따위로 조작할 수 있는 것도 아니었다. 통풍을 위한 작은 창에는 칼이 드나들 만한 공간도 없었다. 설령 문이나 창을 통해 드나들 수 있는 방법이 있다

해도 10미터 상공을 오가는 리프트에서 하이킹 도로를 지나는 사람들의 눈에 띄지 않게 탈출하는 것은 불가능하다. 구로호시 경감의 엉뚱한 추리는 번번이 실패한다.

틀림없는 불가능 상황이다. 움직이는 열차나 배와 같은 이동수단을 밀실로 설정한 작품은 많지만 리프트(로프웨이에 가까운)에서 벌어지는 밀실 살인은 독창적이다. 서로 스쳐가는 리프트 안에서 목격된 범인, 공중에서 감쪽같이 사라지는 트릭 등 열차와 비행기가 합쳐진 듯한 리프트에서 벌어지는 불가능 상황이 흥미를 자극한다.

밀실 미스터리의 교과서와 같은 단편이다. 오랜 미스터리 마니아이기도 한 작자는 이 작품을 통해 기존의 밀실 미스터리를 패러디했다. 현실에서는 있을 수 없는 밀실 살인 마니아 경감(절대 없다)이라는 설정 때문에 밀실의 비현실성을 따질 수도 없다.

단행본의 맺음말을 인용하기로 한다. '밀실의 시대는 이미 끝났다. 밀실 미스터리를 쓴다 해도 그것은 기존 작품의 패러디에 불과하다고 생각한다.' '걸작으로 불리는 밀실 작품은 과거나 현재나 패러디 경향이 강하다.' '기다 준이치로(紀田順一郎)는 과거 그의 저작 『밀실론(密室論)』에서 '밀실에 황혼이 찾아왔다. 이제 더는 굳게 잠긴 견고한 문을 밀고 들어가려는 사람은 없다'고 말했다. 충분히 동감한다. 나는 기다 씨의 의견을 되받아쳐 '밀실의 견고한 문을 유머(패러디)로 열게 할' 작정이다.'

'유머'라고 했지만 오해 없길 바란다. 『일곱 개의 관』에 수록된 작품은 모두 정통적이고 수준 높은 밀실 트릭이다.

　밀실을 진부하다고 비판하는 의견에 대한 작자의 답변이 틀렸다고는 할 수 없지만 지나치게 냉소적이라는 생각도 든다. 과연 밀실 혹은 본격 미스터리에는 자기 복제를 거듭하는 패러디와 같은 측면이 있지만 '앞으로는 익살꾼으로 살 테니 설 자리를 달라'며 구걸하는 듯한 의견에는 저항감이 든다.

　다자이 오사무(太宰治)의 『인간 실격(人間失格)』에는 주인공들이 삼라만상을 비극 명사와 희극 명사로 구분해 알아맞히는 놀이를 하는 장면이 있다. '삶'을 희극으로 분류하는 친구에게 화자는 이렇게 반박한다.

　'아니야, 그러면 모든 게 희극이 돼버려.'

저자 소개 --

오리하라 이치 折原— (1951~)

일본 사이타마현에서 태어났다. 와세다 대학교 문학부를 졸업하고 잡지 《여행》의 편집자를 거쳐 1988년 작품집 『다섯 개의 관』으로 데뷔했다. 『도착의 론도』 외에 『이인들의 저택』, 『유혹자(誘惑者)』, 『원죄자(冤罪者)』, 『도착의 오브제(倒錯のオブジェ)』 등 다수의 작품이 있다. 1995년 『침묵의 교실(沈黙の教室)』로 제48회 일본추리작가협회상을 수상했다.

- 구형 운반차가 달린 2인승 로프웨이
  외관은 빨간 색으로 칠해져 있으며
  지름 1.6미터,
  창문 폭은 80센티미터(×2)이다.

- 리프트는 약 20미터
  간격으로 운행된다.

- 로프웨이의 거리는 약 500미터

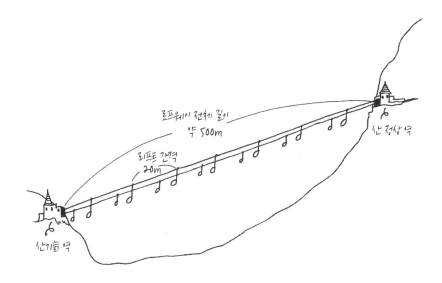

작화 POINT 대단하다. 밀실은 밀실인데 방이 아니라 리프트이다. 그것도 2인승 리프트의 작고 비좁은 운반차 안이 범행 현장이라는 설정이다.

　로프웨이도 그리기 힘든 소재이지만, 편집부에서 한 작품에 하나씩 그려달라고 부탁한 구조도 자체를 그릴 수 없었다. 독자 여러분, 아리스가와 씨, 편집부는 물론 작자인 오리하라 이치 씨에게도 송구스러울 따름이다. 내 능력 부족으로 기대에 못 미치는 일러스트가 된 점 깊이 사과드린다. 프로답지 못한 코멘트도 부디 넓은 아량으로 용서해주시기를…….

인형은 텐트에서 추리한다
(人形はテントで推理する, 1990)

아비코 다케마루(我孫子武丸)

'부드러운 밀실'

아비코 다케마루는 '기예의 폭'이 넓다. 엽기적이고 무참한 묘사가 가득한 사이코 서스펜스로 작품 전체에 대담한 트릭을 구사한 『살육에 이르는 병(殺戮にいたる病)』, 근미래 SF풍의 『부식의 거리(腐食の街)』, 1인 잡지라는 구상으로 엮은 단편집 『소설 다케마루 증간호(小説たけまる増刊号)』(문고판 출간 당시, 두 권으로 나뉘면서 『다케마루 문고』라는 제목으로 바뀌었다)과 같은 다채로운 소설을 발표했을 뿐 아니라 인기 게임 〈가마이다치의 밤(かまいたちの夜)〉의 작자로도 유명하다. 홈페이지 '아비코 반점'을 개설하는 등 엔터테이너로서의 면모를 보여주고 있다. 데뷔작 『8의 살인(8の殺人)』은 8자 형태의 저택에서 일어나는 딕슨 카 스타일의 밀실 살인이다. 불가사의한 범죄 소설에 담긴 좌충우돌 희극은 독자를 위한 서비스인 동시에 트릭 소설에 블랙 유머를 곁들이는 효과도 기대했을 것이다. 이런 수법도 딕슨 카와 통하는 부분이 있다. 『8의 살인』에서는 석궁에

맞아 밀실 문에 박제되듯 죽은 시체가 등장한다. 국내외에 전례가 없는 독특한 트릭이라 이 책에서 소개할지 고민했을 정도이다. 아직 읽지 않은 밀실 팬이 있다면 꼭 읽어보기를 바란다.

여기서 소개할 작품은 「인형은 텐트에서 추리한다」이다. 그의 네 번째 작품으로 첫 단편집인 『인형은 고타쓰에서 추리한다』에 수록된 작품이다. 이 인형 시리즈의 주인공은 젊은 복화술사 도모나가 요시오와 그의 여자 친구인 유치원 교사 세노오 무쓰키이다. 탐정 역을 맡은 것은 요시오가 조종하는 인형 마리코지 마리오이다. 인형이 탐정이라니 고개를 갸웃하는 독자도 있을 것이다. 인형 탐정 마리오는 소심한 복화술사의 분신이라고 해석하는 수밖에 없을 듯하다. 그렇다고 복화술사의 광기를 그린 영화 「매직(Magic)」과 같은 오싹한 이야기가 아니라 유머 소설이라는 점은 『8의 살인』과 마찬가지이다. 다만, 좌충우돌한 설정은 후퇴하고 밝고 로맨틱한 분위기로 훈훈한 웃음을 선사한다. 또한 밀실이나 알리바이 트릭과 아이디어로 가득한 본격 미스터리이다.

무대는 월드 쇼라는 서커스단의 천막. 도모나가 요시오는 복화술을 연기하기 위해 이곳을 찾아왔다 사건과 조우한다. 출연자 중 한 명이 분장실에서 시체로 발견된 것이다. 그는 둔기로 머리를 맞아 숨졌다.

현장은 완전한 밀실이었다. 분장실 입구가 훤히 보이는 위치에는 늘 진행요원들이 있고 분장실 내부에는 창문 하나 없다. 물론, 천막 안이기 때문에 금고처럼 견고한 밀실이 아닌 '부드러운 밀실'(작중에서 마리오가 사용한 표현)이지만 범인이 드나들 수 없는 불가능 상황에 대한 흥미는 변함이 없다. 이 책에서 소개한 야마무라 미사의 『꽃의 관』에 등장하는 다실도 일종의 '부드러운 밀실'이다. 두 작품을 읽고 '부드러움'을 어떻게 이용했는지 비교해보는 것도 좋다.

바로 그 서커스 천막. 구조는 무척 간단하지만 범인의 끔찍한 범행을 물리적으로 막기에는 충분하다. 천막은 찢기거나 기운 흔적이 없었다. 쇠못으로 지면에 고정되어 있기 때문에 걷어 올릴 수도 없고 쇠못을 뽑으려면 특수한 공구가 필요하기 때문에 그것도 무리였다. 땅을 파서 드나든 흔적도 없다. 과연 어디에 맹점이 있는 것일까?

책 끝 부분에 실린 자작 해설에서 작자는 이렇게 말한다.

'오랫동안 품고 있던 굉장한 트릭이라고 자부했는데 막상 써보니 어쩐지 심심하다. 전례가 있었던 듯도 싶지만 내 주위에는 아는 사람이 없었다. 정말 전례가 없다면 트릭만은 걸작으로 봐줄 수 있지 않을까.'

나도 전례를 찾지 못했다. 그리고 '이런 방법이 있었다니!' 하고 무릎을 탁 치게 만든 트릭이다. 작품 전체가 심심하진 않지만 매수의 제약 탓인지 다소 담박한 인상을 주는 것이 아쉽다. 하지만 트릭은 확실히 콜럼버스의 달걀과 같은 걸작이다. 덧붙이자면, 내가 아는 한 탐정이 인형이라는 설정의 전례도 찾을 수 없다.

미스터리 팬으로서 밀실 미스터리를 수십 권씩 읽다 보면 '트릭의 유형 같은 건 사실 지극히 한정적일 수밖에 없다'는 생각이 들 때가 있다. 이른바, 밀실 권태기이다. 그런 시기를 지나 '그래도 밀실이라는 말을 들으면 읽지 않을 수 없다', '밀실 트릭의 전형이라고 해도 현장 상황이 새롭고 기묘하면 인정한다', '신기한 상황 자체를 즐기면 된다'는 경지에 이르면 그 사람은 밀실 중독을 인정하는 수밖에 없다. '소소한 트릭이라도 이야기에 잘 녹아들면 OK', '해명 과정이 명쾌하면 그만'이라는 관점으로 받아들일 수 있다면 성숙한 밀실 팬이다. 그러다 보면 '상황 설정이나 트릭 자체가 신기하진 않아도 밀실 살인에 대한 새로운 해석이 제시되었다면 감상할 만한 가치가 있다'는 거의 개념 예술의 경지에 이르기도 한다.

「인형은 텐트에서 추리한다」는 서커스 천막이라는 새로운 밀실이 등장했을 뿐 아니라 그곳이 아니면 일어날 수 없는 사건을 다루었다는 점에서도 높이 평가한다. '오랫동안 품고 있던 굉장한 트릭'이라는 작자의 말도 있었지만 과연 아비코는 이 트릭을 언제 생각해낸 것일까? 미스터리 팬으로서 오랜 시간을 보낸 후가 아니었을까. 재미 삼아 '트릭 한두 개쯤 떠올려본' 팬들도 많을 것이다. 그런 추리 작가 놀이의 초기 단계에서 「인형은 텐트에서 추리한다」와 같은 아이디어가 쉽게 떠오를 리 없다. 보통은 어떻게 하면 문밖에서 물리적 힘을 이용해 안쪽의 빗장을 움직일 수 있을까, 범행 현장 어디에 몸을 숨기고 또 언제 그곳을 탈출하면 좋을지 같은 기존 트릭의 변주에만 몰두하기 때문이다.

이 밀실 트릭이 성립하려면 천막이 중요한 조건이지만 서커스라는 화려한 세계를 무대로 이야기를 전개함으로써 활기차고 신나는 그리고 어딘가 신비로운 분위기를 만들어낸다. 서커스가 아니면 성립되지 않는 불가능 범죄를 다룬 작품은 여기서 소개한 작품 외에도 이노우에 마사히코(井上雅彦)의 『죽마남의 범죄(竹馬男の犯罪)』, 니카이도 레이토(二階堂黎人)의 「서커스의 괴인(サーカスの怪人)」, 오코치 쓰네히라의 「서커스 살인 사건(サーカス 殺人事件)」 등이 있다. 하나같이 기발하고 교묘한 설정으로 독자를 놀라게 한다.

저자 소개 --

아비코 다케마루 我孫子武丸 (1962~)

　일본 효고현에서 태어나 교토 대학교 문학부를 중퇴했다. 교토대 추리 소설 연구회 소속으로 재학 중『8의 살인』으로 데뷔했다. 작품으로는『0의 살인(0の殺人)』,『뫼비우스의 살인(メビウスの殺人)』,『탐정 영화(探偵映画)』,『인형은 소풍에서 추리한다(人形は遠足で推理する)』,『인형은 잠들지 않는다(人形は眠れない)』,『시랍의 거리(屍蝋の街)』,『인형은 라이브 하우스에서 추리한다(人形はライブハウスで推理する)』등이 있다. 컴퓨터 게임의 원작자로도 활약했다.

● 서커스 천막

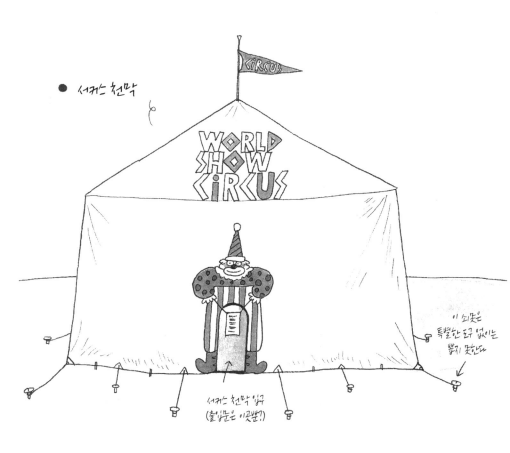

서커스 천막 입구
(출입문은 이곳뿐!)

이 쇠못은
특별한 도구 없이는
뽑지 못한다

● 천막의 평면 상상도

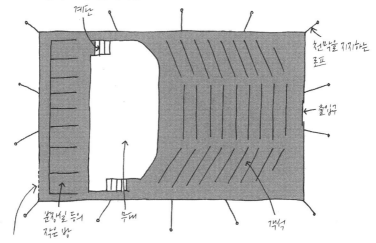

계단

천막을 지지하는
로프

출입구

분장실 등의
작은 방

무대

객석

출입구는 여기에도 있었을 것으로 보인다

● 천막 주변에 트레일러며 트럭 그리고 크고 작은 도구와 동물들을 운반하는
컨테이너 등이 다수 있었을 것으로 여겨지지만 위치가 정확하지 않다

작화 POINT　심심한 그림이 되고 말았다. 처음 책을 읽을 때는 서커스를 좋아하는 만큼 재미있는 그림이 될 것이라고 기대했는데 천막의 크기 즉, 서커스의 규모를 확인할 길이 없어 벽에 부딪혔다. 상황 묘사보다는 트릭에 중점을 두었기 때문에 구체화가 불가능했다. 규모가 큰 서커스라면 천막이 아니라 조립식 가건물일 테고 그렇다고 아주 작은 천막도 아닌 것 같아 결국 이번에도 본의 아니게 평범한 서커스 천막을 그리고 말았다. 구조도 너무 자세히 그리면 오히려 비현실적일 것 같아 최대한 간소하게 그렸다. 절대 대충 그린 것이 아니라는 것을 밝혀두고 싶다.

녹색 문은 위험
(緑の扉は危険, 1992)

노리즈키 린타로(法月綸太郎)

설득력과 괴이함이 어우러진 결말

노리즈키 린타로. 작자의 필명과 작중의 명탐정의 이름이 일치한다. 이것은 그가 경애해 마지않은 엘러리 퀸의 방식을 모방한 것이다. 신본격파 중에는 퀸 마니아를 자칭하는 작가가 많지만(그 말석에는 나도……) 탐닉하는 수준은 노리즈키가 최상위 후보가 아닐까. 노리즈키는 위대한 선배가 남긴 빛나는 이성과 지혜의 향연과도 같은 본격 미스터리를 계승하는 것뿐 아니라 퀸이 직면한 창작의 난제까지 고스란히 이어받았다. '후기 엘러리 퀸 시리즈의 문제'라고 불리는 것으로 명탐정이 타자의 사건에 개입하는 것에 대한 윤리적 근거의 재검토에서 비롯되어 급기야 추리 소설이라는 틀 안에 있는 명탐정이 제시한 해결이 과연 진정한 해결인지 증명할 수 있느냐는 회의에 이른다. 피하고 넘어가자면 얼마든지 회피할 수 있는 그런 문제에 맞서 창작은 물론 왕성한 평론 활동을 통해 본격 미스터리의 과거·현재·미래를 탐구하는 그의 자세는 실로 자극적이다.

그는 깊은 사유를 자극하는 작품도 다수 발표했지만 창작의 중심에 있는 것은 수수께끼를 밝히는 장치로서 '명탐정'에 집중한 기술적인 본격 미스터리이다. 현대 사상 입문서를 옆에 두고 읽어야 할 것 같은 평론을 쓰다가도 아무렇지 않게 천진한 면모를 드러낸다. 진정 미스터리를 정말 좋아하는 작가라고 생각한다.

그런 노리즈키의 데뷔작은 고등학교 교실에서 밀실 살인이 일어나는『밀폐 교실(密閉教室)』, 두 번째 작품은 눈 쌓인 산장에서 아무런 흔적도 없이 일어난 살인을 그린『눈의 밀실(雪密室)』. 세 번째 작품인『황혼(誰彼)』에서도 신흥종교 교주가 높은 탑 꼭대기에 있는 방에서 사라지는 트릭이 등장한다. 실제 그는 밀실 트릭을 좋아한다. 발상도 풍부하고 한 가지 유형에 얽매이지도 않는다. 앞으로도 계속 쓸 것이 틀림없다. 밀실이란 무엇인가, 그 근거에 대해 고찰하면서.

여기서는 개인적으로 좋아하는「녹색 문은 위험」을 소개한다. 이 작품은 명탐정 노리즈키 린타로가 도서관 사서 사와다 호나미와 콤비로 활약하는「도서관 시리즈」제1편이다. 도서관 내부에서 책에 관련된 사건이 일어나는 경우도 있는가 하면 두 사람이 여행을 떠난 곳에서 사건에 휘말리기도 한다.

발단은 스가타 구니아키라는 문학 애호가가 '자신의 장서를 도서관에 기증하겠다'는 유언을 남기고 목숨을 끊은 일이었다. 스가타는 환상 문학 마니아로 8천여 권에 달하는 희귀본을 소장하고 있었다. 도서관은 약속대로 책을 기증받으려고 했지만 뜻밖에 그의 미망인이 기증에 반대하고 나섰다. 고서점에 팔아 돈을 챙길 심산인지는 모르겠지만 이상하게 태도가 고압적이고 막무가내였다. 결국 직접 담판을 지을 수밖에 없게 된 호나미는 린타로에게 동행을 부탁하고 미망인을 만나 진의를 확인하기로 했다.

미망인은 '죽은 남편의 유령이 꿈에 나타나 기증을 못하게 막았다'고 설명했지만 아무래도 수상했다. 방문하기 전부터 막연히 스가타의 죽음이 타살이 아닐지 생각하던 린타로의 의심은 더욱 깊어진다. 하지만 스가타의 시체가 발견된 서재는 밀실이었다.

서재는 1층 동남쪽 끝, 방대한 장서가 소장된 도서실 바로 아래에 있었다. 안에는 튼튼한 책상, 온풍기, 사용한 흔적이 남아 있는 안락의자가 있었다. 남북쪽 벽은 서가로 막혀 있고 서쪽 벽에는 복도로 통하는 문, 남쪽 벽에는 정원으로 통하는 문이 있었다. 시체가 발견되었을 때 서쪽 문은 안에서 빗장이 걸려 있었으며 구급대원이 경첩을 부수고 들어갔다고 한다. 동쪽 문은 잠겨 있지 않았지만 무슨 이유에서인지 열리지 않았다.

스가타는 그 문을 H. G. 웰즈(H. G. Wells)의 「벽에 달린 문(The Door in the Wall)」이라는 단편에 등장하는 '이계와 연결된 신비한 녹색 문'을 따 '녹색 문'이라고 불렀다. 정원에 면한 바깥쪽이 녹색으로 칠해져 있었기 때문이다. 못을 박아 놓은 것도 아닌데 왜 열리지 않는지 이유를 알 길이 없었다. 스가타는 생전에 주변 사람들에게 이상야릇한 이야기를 했다. '내가 죽으면 '녹색 문'이 열릴 것이다.' 하지만 그가 죽은 후에도 그 문은 열리지 않았다. 경관 다섯 명이 달려들어 씨름을 했지만 무리였다.

이 밀실 미스터리에서 가장 기이한 것은 '녹색 문'이다. 왜 열리지 않는지 원인을 알 수 없는 문을 어떻게 열어야 할까? 흥미로운 수수께끼 설정이다. 작중에서 소개되는 고전 명작 「벽에 달린 문」의 환상적인 분위기도 효과적으로 작품에 이식했다.

예상 밖의 진상=트릭은 의외로 명쾌하다. 환상이 일종의 유머로 해체되는 재기 넘치는 묘미가 있다. 린타로는 사건을 해결한 후 '스가타 씨는 사실 재미있는 사람이었다. 한 번쯤 그와 이야기를 나누고 싶었다'고 술회하기도 한다. 생전에 그가 남긴 말이 재치의 발로였다는 것을 알고 나서.

충분한 설득력이 있지만 한편으로는 괴이한 느낌을 지울 수 없는 결말은 본격 미스터리 특유의 기지(혹은 재치)가 가득하다. 더 자세히 쓰면 트릭이 드러날 것 같아 두루뭉술한 표현밖에 할 수 없는 점 이해 바란다.

노리즈키는 한 인터뷰에서 작가이자 평론가로서 밀실에 대해 이렇게 말했다.

'트릭이 단순하고 목표가 분명한 유형을 좋아한다. 반대로 밀실을 만들 필연성이 빈약한 작품은 좋아하지 않는다.'

나도 안다. 우리는 '자, 이렇게 저렇게 조작하면 짠! 밀실 완성' 같은 일차원적인 트릭을 보고 싶은 것이 아니기 때문이다. 하지만 조금 단순하고 세련미는 없더라도 '이봐, 너무 나간 것 아니야' 싶은 기막히게 놀라운 트릭이 있는 것도 사실이다.

'지금의 작가들에게 밀실이란 서술과 연출 솜씨를 겨루는 장이다'라고도 말한다.

이것은 밀실뿐 아니라 본격 미스터리 전체에도 해당되는 이야기이다.

노리즈키의 『퍼즐 붕괴(パズル崩壊)』라는 단편집에는 세 편의 밀실 미스터리가 수록되어 있다. '점점 왜곡된 방식으로 흘러가는' 붕괴 방식도 즐겨보기를 바란다.

저자 소개 ---

노리즈키 린타로 法月綸太郎 (1964~)

  도쿄 시마네현에서 태어나 교토 대학교 법학부를 졸업했다. 대학 시절 추리 소설 연구회에서 활동했다. 23세에 시마다 소지의 추천으로『밀폐 교실』을 발표하며 데뷔했다. '신본격파'를 선도하는 작가 중 한 명이다. 작품으로는『요리코를 위해(頼子のために)』,『노리즈키 린타로의 모험(法月綸太郎の冒険)』,『퍼즐 붕괴』,『1의 비극(一の悲劇)』등이 있으며 평론가로서도 활약하고 있다. 2002년「도시전설 퍼즐(都市伝説パズル)」(『노리즈키 린타로의 공적法月綸太郎の功績』에 수록)로 제55회 일본 추리작가협회상 단편 부문을 수상했다. 2005년『잘린 머리에게 물어봐(生首に聞いてみろ)』로 제5회 본격 미스터리 대상을 수상했다.

● 스가타 구니아키의 서재

이 문 밖은 복도

벽장이
걸려져
있다

이쪽에 정원으로 통하는 녹색 문이 있다

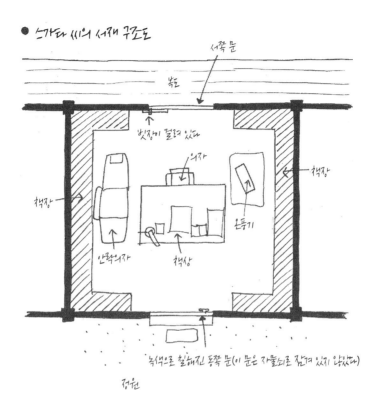

● 스가타 씨의 서재 구조도

서쪽 문

복도

빗장이 걸려 있다

의자

책장

책장

온풍기

안락의자

책상

녹색으로 칠해진 동쪽 문(이 문은 자물쇠로 잠겨 있지 않았다)

정원

작화 POINT 이것이 바로 밀실이다. 이것이야말로 삽화가로서 감격스러울 만큼 그림으로 그리기 쉬운 밀실이었다. 문장을 따라가며 장면을 떠올리고 (사실상 거의 그대로) 구체화하면 되었던 것이다. 그만큼 전혀 고생하지 않고 그린 이 작품은 '쉽게 그린 작품 베스트 5'에 넣고 싶다.

철학자의 밀실
(哲学者の密室, 1992)

가사이 기요시(笠井潔)

두 개의 삼중 밀실이 시간을 초월해 연결된다

가사이 기요시는 야부키 가케루를 탐정으로 기용한 본격 미스터리 외에 메타픽션 수법을 구사한 전위적인 미스터리와 SF · 전기(伝奇) 소설을 쓰기도 했다. 또 창작에 못지않은 활발한 평론 활동을 하고 있는데 그 영역은 미스터리 · SF 평론은 물론 문예 비평과 포스트모더니즘 비판에까지 이른다. 본격 미스터리의 근거를 '대량사가 초래하는 허무로부터 특권적인 고유의 죽음을 회복하는 일'이라고 논하며 그렇기 때문에 '처참한 세계대전 이후나 삶에 대한 실감이 희박해진 현대에 융성한다'는 독창적이고 자극적인 평론이 기억에 남는다.

개성 있고 출중한 실력을 지닌 명탐정 캐릭터 중에서도 야부키 가케루는 특히 이채롭다. 그는 경력을 알 수 없는(히말라야에서 수행을 했다고 한다) 파리 대학교의 유학생으로 모든 것을 초탈한 사람처럼 금욕적인 삶을 실천하고 있다. 그런 그를 동경하는 나디아와 함께 주변에서 일어난 이상한 사건의 수수께끼에 도전하다 급기야 세계를 테러리즘의 공포로 뒤덮으려는 비밀 결사 조직 '붉은 죽음'과 그들의 지도자 니콜라이 일리이치와 대결하게 된다.

야부키 가케루 시리즈의 특징은 탐정과 범인이 살인 사건을 두고 다투는 전개만이 아니라 그 범죄의 배경이 된 관념이나 사상(예컨대 『철학자의 밀실』에서는 하이데거의 죽음의 철학)을 놓고도 사투를 벌이는 중층성에 있다. 어쨌든 굉장히 수준 높은 본격 미스터리이다. 『바이바이, 엔젤(バイバイ、エンジェル)』에서는 머리 없는 시체, 『묵시록의 여름(サマー・アポカリプス)』에서는 묵시록을 본뜬 살인(밀실 살인을 포함한), 『장미의 여인(薔薇の女)』에서는 연속 엽기 살인, 『철학자의 밀실』에서는 밀실 살인과 같이 각 작품마다 미스터리의 중요한 주제를 차례로 다루고 있다. '철학이나 사상 같은 건 건너뛰고 미스터리 부분에만 집중해 읽어도 충분히 재미있다'는 식의 나태한 독서 방식은 허락되지 않는다.

3부로 구성된 『철학자의 밀실』은 매우 장대한 소설로 단행본은 베개로 삼아도 좋을 만큼 두껍다. 제1부는 숲속 저택이라고 불리는 타소의 저택에서 일어난 삼중 밀실 살인에 대해 가케루가 대강의 추리를 이끌어내기까지의 내용. 제2부에서는 이야기가 제2차 세계대전 당시로 거슬러 올라가 코프카 수용소 소장이 작은 오두막에 가두고 정부로 삼은 유대인 여죄수가 삼중의 밀실에서 살해당하는 수수께끼가 그려진다. 마지막 제3부에서 두 사건은 하나로 연결되며 마침내 가케루는 사건의 진상을 알게 된다. 여기서는 이 작품의 가장 중요한 부분인 유대인 절멸 수용소의 밀실을 다룬다. 사실 나는 제1부의 밀실이 가장 오싹했다.

　슈미트는 소장이 여죄수를 정부로 삼고 있다는 제보를 확인하기 위해 쌓인 눈을 밟으며 장교 거주구역 내 언덕에 있는 문제의 오두 막을 조사하러 간다. 언덕 위에 있는 무기고에서 오두막까지 걸어 간 발자국이 남아 있었다. 그는 무기고 뒤편에서 절반쯤 눈에 파 묻힌 병사 세 명의 시체를 발견하고 깜짝 놀라지만 일단 오두막으 로 향한다. 동쪽으로 20미터쯤 이어지는 발자국을 따라 오두막에 도착했을 때 문은 밖에서 자물쇠와 빗장 그리고 쇠사슬로 굳게 잠 겨 있었다. 슈미트는 문을 부수고 들어갔다. 안에는 초췌한 몰골 의 소장이 있었다. 오두막 안의 다른 문을 부수고 들어가자 안쪽 침실에서는 금발의 아름다운 여죄수 한나가 죽어 있었다. 소장은 '이야기를 하다 여자가 크게 화를 내며 침실로 들어가 문을 잠갔 다. 그 후, 방 안에서 비명과 총성이 들렸다. 자살한 것이다. 밖으 로 도망치려는데 누군가 나를 가두었다'며 호소했지만 소장이 군 율 위반을 숨기기 위해 한나를 살해한 것일 수도 있다. 하지만 그 렇다면 오두막이 밖에서 잠긴 것과 침실이 안에서 굳게 잠긴 밀실 이었다는 것을 설명하기 힘들다. 또 제삼자의 범행이라면 어떻게 침실에서 빠져나와 눈 위에 발자국 하나 남기지 않고 도망칠 수 있 었을까.

　작자가 현장 상황에 대해 정밀한 묘사를 늘어놓고 있기 때문 에 정작 중요한 포인트를 골라내는 것이 어렵다. '요컨대, 오두막의 문과 창은 전부 네 개뿐이다. 거실에 있는 동향의 정문, 남향으로 난 거실 창과 침실 창 그리고 오두막 뒤편으로 난 또 하나의 침실 창이다. 유리창은 양쪽으로 열리고 오두막 뒤쪽의 널문은 한쪽으로만 열린다. 창은 셋 다 안쪽으로 열리게 되어 있다. 창 바깥쪽에는 철로 된 격자가 끼워져 있기 때문에 밖으로는 열리지 않는다. 정면 출입구는 바깥에서 빗장과 쇠사슬로 잠겨 있다.' 창은 모두 안에서 잠겨 있었으며 거미줄이 드리워진 곳도 있었다. '오두막의 정체는 완벽한 감옥이었다'라는 한 문장에 집약되어 있다고 볼 수 있다. 이 얼마나 엄중하고 가혹한 밀실인가. 하지만 이것은 작자가 단순히 밀실의 견고함을 자랑하기 위해 만든 설정이 아니다. 작자는 인간이 인간으로서의 존엄을 모두 박탈당하고 그저 존재하는 사물이 되어버린 위상으로서 이 밀실을 그렸다. 또한 본격 미스터리라는 몽상으로 향하는 발사대이기도 하다.

  30년 후 수수께끼를 밝혀낸 가케루는 이 밀실을 '특권적인 죽음의 몽상을 가두어버린 관'이었다고 말한다. 수수께끼의 본질을 이해한 그는 현상학적 본질 직관으로 진상을 이끌어낸다. 현상학적 본질 직관이란 '올바른 직관을 통해 무수히 가능한 논리적 해석의 미로를 거슬러 올라가 진실에 도달할 수 있다'고 하는 그의 추리법이다. 작자는 이런 방식으로 가케루의 추리를 성립시키는 동시에 밀실이란 무엇인가, 본격 미스터리란 무엇인가와 같은 테제를 끝없이 파고든다. 이것이야말로 추리 작가이자 평론가로 살아가는 가사이 기요시만의 절묘한 추리법이 아니었을까. 가케루는 항상 진실에 다가감으로써 본질을 꿰뚫었다고 말하지만 사실 탐정은 작자(결말을 정해 놓고 펜을 드는 이)로부터 갑자기 진실을 전해 듣기 때문이다.

트릭을 분류한 밀실 강의가 등장하는 미스터리의 몇몇 작례가 떠오른다. 하지만 이 작품과 같은 심도 깊은 밀실 살인 더 나아가 본격 미스터리 자체를 분석한 작품은 없을 것이다. 밀실의 산맥은 마침내 우뚝 솟은 하나의 눈부신 정점을 얻었다.

괜히 딴지를 놓는 것처럼 들릴지 모르지만 이 책 앞부분에 실린 현장 삽화에 이해할 수 없는 부분이 있다. 이 점을 지적한 것은 쓰쓰이 야스타카(筒井康隆)이다. 어쩌면 이미 눈치 챈 사람도 있지 않을까? 그렇다, 이 오두막에는 화장실이 없다. 본래 소장의 운전수가 살았던 집이라는 설정이기 때문에 작자의 실수라고밖에 생각할 수 없다. 미스터리의 구조도에는 본론과 상관없는 사소한 실수가 포함되어 있는 경우가 종종 있다. 하지만 이번 작품의 이 정도 실수는 오히려 반가울 정도이다.

저자 소개 --

가사이 기요시 笠井潔 (1948~)

일본 도쿄에서 태어났다. 1974년 프랑스로 건너가 체류 중에 파리를 무대로『바이바이, 엔젤』을 쓴다. 그 밖의 작품으로『묵시록의 여름』,『장미의 여인』,『군중의 악마(群衆の悪魔)』,『뱀파이어 전쟁(ヴァンパイヤー戦争)』등이 있다. 평론집은『기계 태엽의 꿈—사적 SF작가론(機械じかけの夢—私的SF作家論)』,『테러의 현상학(テロルの現象学)』,『이야기의 우로보로스(物語のウロボロス)』,『탐정 소설론(探偵小説論) Ⅰ·Ⅱ』등이 있다. 1998년 감수한『본격 미스터리의 현재(本格ミステリの現在)』로 제51회 일본 추리작가협회상 평론 부문을 수상했다.

● 콘프카 수용소 풍경

(이 일러스트는 다하우 수용소를 참고로 그렸다)

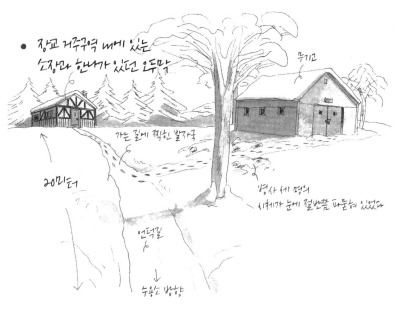

● 장교 거주구역 내에 있는
소장과 한나가 있었던 오두막

무기고

가는 길에 찍힌 발자국

20미터

병사 세 명의
시체가 눈에 절반쯤 파묻혀 있었다

언덕길

수용소 방향

● 한나가 목숨을 잃은
오두막 구조도

뒤쪽 창문(널문)

베개
침대
철창
창
(안으로 열린다)

천장
온장
천장

의자 전화기
문

소파
탁자
의자
철창
창(안으로 열린다)
탁자(식탁)
의자
서랍장

창고
난로
개수대
조리대
식기장

복도

계단
자물쇠와 빗장(밖에서 잠겨 있었다)
현관문(밖으로 열린다)

작화 POINT　이 작품의 일러스트는 나치의 유대인 수용소를 참고해 그렸
다. 수년 전 독일의 다하우 수용소를 방문한 적이 있었다. 그때의 사진을 참고
해 코프카 수용소의 전경을 그렸다.

　다만, 밀실의 구조도를 그리는 것이 쉽지 않았다. 아리스가와 씨도 언급했
지만, 작자가 실은 삽화에 화장실이 없다는 쓰쓰이 야스타카 씨의 지적은 사
실이었다. 화장실을 그려 넣어야 할지 고민했다. 하지만 작자가(단순한 실수라 해
도) 그리지 않은 것을 멋대로 그릴 수도 없어서 굳이 그리지 않았다. 그렇게 따
지면 욕실? 난로가 있는데 굴뚝은? 끝이 없을 것이다.

로웰성의 밀실
(ローウェル城の密室, 1995)

고모리 겐타로(小森健太郎)

실행 불가능성에 있어 타의 추종을 불허하는 전대미문의 트릭

제28회 에도가와 란포상(1982)의 후보작을 확인하고 깜짝 놀랐던 기억이 있다. 최종 후보작으로 오른 『로웰성의 밀실』의 저자 다카사와 노리코(高沢則子)의 나이가 16세였기 때문이다. 굉장한 소녀라는 생각에 감탄했다. 선평에는 '다른 후보작과의 격차가 너무 크다'는 혹평도 있었지만 '솔직히 제일 재미있었다'고 평한 위원도 있었다. 내용에 대해서는 '소녀 만화의 세계 속으로 들어간 소년·소녀의 모험', '이차원의 살인'이라고만 설명되어 있었다. 어쨌든 제목으로 보아 '밀실' 미스터리인 듯 했다. 무척 읽고 싶었지만 결국 출판되지 못했다. 그렇게 포기했던 작품이 뜻밖의 형태로 출간되었다. 12년 후 코믹 마켓(코미케라는 약칭으로도 불린다)에서 동인지 형태로 판매한 것이다. 미스터리 팬들 사이에서 전설이 된 이 작품이 마침내 베일을 벗었다며 화제를 모았다. 그 후, 작자는 이름을 고모리 겐타로(남자였어?!)로 바꾸고 『코미케 살인 사건(コミケ

殺人事件)』을 발표해 문단에 데뷔했다. 『로웰성의 밀실』이 단행본으로 출간되어 서점에 진열된 것은 란포상에 응모한 지 13년이 지난 후였다.

『코미케 살인 사건』은 동인 서클을 둘러싸고 일어나는 연속 살인 사건을 그린 작품으로, 동인지를 작중작(作中作)으로 이용해 독자를 혼란에 빠트리고 여러 해결 방식을 제시하는 등의 독특한 소설이다. 이런 메타 미스터리(추리 소설의 형식 자체를 제제로 삼거나 이를 이용한 추리 소설-역주) 수법을 구사한 작품은 현대 일본의 본격 미스터리에서 다수 볼 수 있다. 고모리 겐타로는 이를 적극적으로 도입해 작자 자신이 담당 편집자와 작중에서 직접 활약하는『네메시스의 홍소(ネメシスの哄笑)』나『바빌론 공중정원의 살인(バビロン空中庭園の殺人)』등을 썼다. 자칫하면 현실성이 증발하고 소설이 해체될 위험이 있는 이런 수법의 가능성을 계속 추구하는 것은 일찍부터 미스터리의 지평을 조감한 조숙한 작가로서 필연적인 일이었는지도 모른다.

메타 미스터리 외에 고모리 미스터리의 특징이라면『네눔벨라의 밀실(ネヌウェンラーの密室)』,『예수 그리스도의 밀실(神の子の密室)』,『마야 종말 예언 '꿈'의 밀실(マヤ終末予言 '夢見'の密室)』등 고대 문명사・종교학・신비학에 대한 깊은 조예를 바탕으로 쓴 작품이 많다는 점이다. 하나같이 제목에 '밀실'이 붙는다. 그는 밀실 트릭에도 의욕적이다. 이집트의 룩소르 유적에서 일어난 4천 년 전의 밀실 살인, 예수 그리스도의 밀실에서의 소실, 고대 마야 문명의

신을 모신 '피라미드의 집'에서의 밀실 살인과 같이 설정부터 기발한 작품이다. 수많은 창작의 서랍을 가진 박학다식한 작자가 다음에는 어떤 솜씨를 보여줄지 벌써부터 기대가 된다.

『로웰성의 밀실』로 돌아가자. 중학교 졸업식을 마친 봄 방학, 단자키 메구미와 사사오카 호리는 숲에서 길을 잃고 헤매다 이상한 서양식 저택을 발견한다. 둘은 저택에서 '삼차원 물체 이차원 변환기'를 연구하는 노인을 만났다. 그 기계를 사용하면 인간을 평면으로 변환해 책 속에 넣을 수 있다는 것이었다. 노인을 졸라 피험자가 된 두 사람은 『로웰성의 밀실』이라는 고딕 로맨스풍 소녀 만화 속으로 들어간다. 책 속에서는 구두 상인의 딸 매그와 국왕의 차남 홀리라는 등장인물이 되어 있었다. 매그가 왕세자 레이크의 왕세자비 후보로 로웰성에 초대되면서 흥미진진한 모험이 시작된다.

결국 왕세자비로 결정된 것은 엘로라. 왕실의 관습에 따라 다음 국왕 부부가 될 두 사람은 결혼식을 올리기 전에 각각 '북쪽 탑'과 '남쪽 탑' 꼭대기에서 일주일 동안 지내게 되어 있었다. 탑 꼭대기 방에는 왕가의 선조들의 유골을 모신 석관이 놓여 있고 창은 하나뿐이었다. 칸막이 너머에는 변기와 세면대가 있고 사방은 돌벽에 둘러싸인 으스스한 방이다. 본성과 1킬로미터 거리에 있는 두 탑은 험한 골짜기를 사이에 두고 마주보고 있으며 그 사이에는 '봉황의 다리'가 걸려 있었다. 엘로라가 탑에서 지낸 지 7일째 되던 밤 '북쪽 탑' 꼭대기에서 그녀의 비명이 메아리쳤다.

급히 달려간 매그 일행은 처참한 광경을 목격했다. 엘로라의 머리는 천장에 매달려 있고 절단된 사지는 석관에 그리고 복부가 뻥 뚫린 몸통은 바닥을 나뒹굴고 있었다. 방안에 범인의 모습은 보이지 않았다. 매그가 현장을 조사했을 때 창살이 내려진 창은 안쪽에서 빗장이 질러져 있었다. 다른 출입구가 없는지 살폈지만 '방은 사방이 견고한 돌벽으로 둘러 싸여 있었다. 설령 벽을 통과할 수 있다고 해도 밖은 깎아지른 듯한 절벽이었다.' 문은 잠겨 있고 밖에는 호위병 두 사람이 지키고 있었다. 좁은 나선 계단 아래 있는 초소에는 매그 일행이 대기하고 있었다. 범인은 어떻게 범행을 저지른 것일까?

고백하건대, 나는 이 작품을 읽기 전 우연히 이 트릭에 대해 들었다. 그렇기 때문에 시체가 발견되는 장면에서 크게 놀라지는 않았지만 트릭에 대해 들었을 때는 '앗!' 하고 탄성을 질렀던 기억이 있다. 오랜 미스터리 팬으로서 지금까지 비슷한 트릭조차 들어본 적이 없다. 그 독창적이고 기상천외한 트릭은 지금도 서가에 가득한 걸출한 작품 중에서도 유례를 찾아 볼 수 없다.

실행 가능성의 우열이 트릭의 우열과 관계가 없다는 것은 미스터리 팬이라면 누구나 인정할 것이다. 이 책에서 소개한 40가지 트릭 중에는 굉장히 이례적인 트릭이 다수 포함되어 있지만 단언할 수 있다. 실행 불가능성에 있어 『로웰성의 밀실』은 타의 추종을 불허한다. 이것은 순수하게 종이 위에서만 성립하는 트릭이다. 재미있는 것은 그 점이 이 작품의 흠이 아니라 승리의 증표라는 것이다.

작중에 탐정국 소속의 '호시노 기미'라는 탐정이 등장해 밀실 강의를 펼치는 장면도 놓칠 수 없다.

'호시노 기미'는 딕슨 카나 란포의 분류를 참고로(미스터리의 작중 인물이 미스터리를 언급하는 그야말로 메타 미스터리다운 장면이다) 밀실을 (A)완전한 밀실 (B)불완전한 밀실 (C)착각에 의해 밀실인 줄 알았지만 실은 밀실이 아닌 세 가지로 크게 나눈 후 각각의 밀실에 대해 자세히 검증한다. 이 과정이 실로 흥미진진하다. 이번 밀실 살인이 어떤 유형에 해당하는지 집요하게 검토한 탐정이 도달한 결론은 결국 틀렸지만 굉장히 깊이 있고 재기 넘치는 장면이다. 또 어떤 치밀한 분류조차 이 밀실 트릭을 간파하지 못할 것이라는 작자의 자신감도 엿볼 수 있다.

저자 소개 --

고모리 겐타로 小森建太郞 (1965~)

　일본 오사카에서 태어나 도쿄 대학교 문학부를 졸업했다. 1982
년 처녀작 『로웰성의 밀실』이 사상 최연소인 16세에 제28회 에도
가와 란포상 최종 후보작에 올랐다. 1986년부터 코믹 마켓에 참가
하며 환상·추리 문학 서클 '각각의 계절'을 주재했다. 작품으로는
『코미케 살인 사건』, 『네눔벨라의 밀실』, 『예수 그리스도의 밀실』,
『잠들지 않는 이브의 꿈(眠れぬイブの夢)』, 『고마바의 일곱 미궁(駒場
の七つの迷宮)』, 『무갈 궁의 밀실(ムガール宮の秘密)』이 있으며 콜린 윌
슨(Colin Wilson)의 『스파이더 월드(The Spider World)』를 번역하기도
했다.

●협곡을 끼고 서로 마주보는 위치에 세워진 남쪽 탑과 북쪽 탑

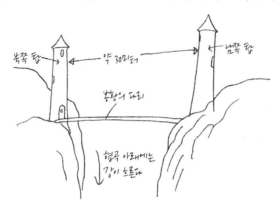

북쪽 탑 ← 약 30미터 → 남쪽 탑

봉랍의 다리

협곡 아래에는 강이 흐른다

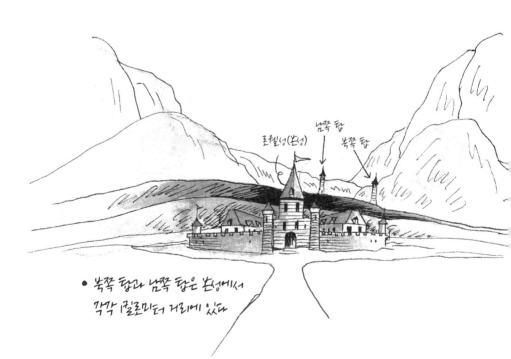

로월성(본성)
남쪽 탑
북쪽 탑

● 북쪽 탑과 남쪽 탑은 본성에서 각각 1킬로미터 거리에 있다

　　　황당무계. 무엇이든 가능한 설정. 하지만 정말 재미있는 작품이었다. 그럼에도 '힘들게 그린 작품 베스트 5' 중 하나로 무척 고심했다. 물론 내 역량이 부족한 탓이지 작품에는 아무 책임도 없다. 비현실의 사실감 즉, 이 작품에 필요한 초현실적인 감성을 표현하지 못하고 지극히 평범한 스케치가 되어버린 것은 스스로도 한심하다.
　　이번 작화는 아리스가와 씨는 물론 독자 여러분들도 실망이 컸으리라 생각한다.

모든 것이 F가 된다
(すべてがFになる, 1996)

모리 히로시(森博嗣)

트릭의 파괴력은 시리즈 최고

　모리 히로시의 데뷔작 『모든 것이 F가 된다』는 N대학 공학부 건축학과 조교수인 사이카와 소헤이와 제자 니시노소노 모에가 콤비로 활약하는 시리즈(10부작)의 첫 번째 작품이다. 단락을 짓기 좋은 10부작을 구상하는 작가는 적지 않지만 모 대학 공학부 조교수라는 본업을 가진 모리는 그것을 불과 2년 반 만에 완결했다.

　모리 미스터리의 큰 특징 중 하나는 '소위 이과계' 등장인물들을 중심으로 그들의 세계관이 이야기에 반영되어 있다는 점이다. 그런 이유로 '이과계 미스터리'라고 불린다(나로서는 설명하기 어렵지만).

　또 다른 특징은 시리즈 전편에 넓은 의미의 밀실 트릭(소실 트릭을 포함한)이 등장한다는 점이다. 그렇다고 작자가 딕슨 카 같은 밀실광은 아니다. 카처럼 화려한 밀실 트릭을 선보이는 데 집중하는 것이 아니라 독자가 더 쉽게 이야기의 바탕을 이루는 생각에 접근할 수 있도록 트릭을 이용하는 것이다.

이런 방식이 특이한 것은 아니다. 본격 미스터리의 시조인 에드 거 앨런 포의 「모르그가의 살인 사건」에 그려진 밀실 살인은 분석의 예증(例證)이었다. 모리 히로시가 본격 미스터리의 본질에 대해 깊이 고뇌한 것은 아니라도 외양에만 집중하는 것이 아니라 내실을 중요하게 생각한 것만은 분명해 보인다. 그래도 이렇게까지 밀실이라는 '공간의 문제'를 지향하는 것은 작자의 전공이 건축이라는 것과 어느 정도 관계가 있지 않을까?

『모든 것이 F가 된다』의 이야기로 돌아가자. 미카와 만에 있는 한 섬에 마가타 시키의 연구소가 있다. 천재성을 타고난 그녀는 14세 때 돌연 부모를 살해해 세상을 경악케 했다. 재판에서 무죄 석방된 후 그녀는 부모의 유산으로 세운 연구소에 틀어박혀 외부와의 접촉도 끊고 가상현실 연구에 몰두했다. 15년 동안 자신의 방에서 한 발자국도 나가지 않았다. 니시노소노 모에는 카메라 영상을 통해 시키와 만나게 된다. 하지만 그것으로 만족하지 못한 모에는 시키를 만나기 위해 대학 건축학 교실의 동료와 사이카와 조교수에게 마가타 시키의 연구소가 있는 섬에서의 캠프를 제안한다.

섬을 찾아온 모에는 구실을 만들어 사이카와와 함께 시키의 연구소를 방문한다. 연구소는 언덕 위에 있는 '요새와 같은 건물'로 '2층 건물 정도의 높이였지만 창이 없어 몇 층인지는 알 수 없었다.' 실제로는 지상 1층, 지하 2층의 건물로 옥상에는 헬리포트가 있었다. 두 사람은 소장인 야마네의 안내를 받아 연구소로 들어갔다. 운반용 로봇이 돌아다니는 연구소 내부에는 감시 시스템이 구축되어 있었다.

시키는 최근 일주일간 외부와의 교신을 끊었다고 한다. 건강에 문제가 생긴 것은 아닌지 걱정했지만 컴퓨터 시스템에 의해 잠긴 문은 무슨 이유에서인지 해제되지 않았다. 갑작스럽게 복구된 시스템에 의해 문이 열리고 사이카와와 모에는 소장과 함께 지하에 있는 시키의 방으로 향한다. 그때 조명이 깜빡이더니 15년간 닫혀 있던 노란 문이 전자음과 함께 위로 열리기 시작했다. 안에는 유리창이 달린 알루미늄 문이 하나 더 있었다. 그 문이 미끄러지듯 열리자 어둠 속에서 무언가 하얀 물체가 빙글빙글 돌고 있었다. 그 물체는 이내 문 쪽으로 돌아서더니 방을 나왔다. 그것은 운반용 로봇에 실린 새하얀 웨딩드레스 차림의 시체였다.

이렇게 충격적인 시체 등장 장면도 드물다. 책의 줄거리 소개에서 언급되지 않았다면 여기에 써야 할지를 고민했을 것이다. 시체를 확인한 일행은 당연히 시키가 스스로 목숨을 끊었을 것이라고 생각했다. 로봇을 프로그램한 후 운반용 수레에 몸을 고정한 채 스스로 목숨을 끊은 것이다. 하지만 그것은 불가능했다. 시체에는 양팔과 양다리가 없었다. 또 그녀의 방에 있는 감시 카메라를 재생해본 결과, 아무도 드나든 사람이 없다는 것도 확인했다.

일행은 시키의 방을 샅샅이 살폈다. 방 앞쪽은 책장이 벽면을 가득 채운 넓은 응접실(아무도 들어가지 않았다)이었다. 안쪽 문을 열자 '좁고 긴 로비와 같은 공간'이 나왔다. 거기에는 세 개의 문이 있었다. 각각 작업실, 창고, 침실의 문이다. 침실 문은 안에서 잠겨 있었다. 침실 안에는 문을 열고 닫을 수 있는 소형 로봇이 있었다. 물론, 로봇은 범인이 아니다. 그리고 작업실에 있는 컴퓨터 화면에는 '모든 것이 F가 된다'는 문구가 입력되어 있었다. 이 트릭의 파괴력은 시리즈 최고이다. 용케 이런 생각을 떠올렸구나 싶을 만큼 대담하고 기발한 시도였다. 시작부터 결말을 암시하는 힌트가 아무렇지 않게 제시되어 있는 점도 뛰어나다. 아니, 독자들은 첫 장을 넘기기 전부터 힌트가 제시되어 있었다는 것을 책장을 덮을 때 알게 된다.

트릭은 훌륭하지만 언젠가 나도 비슷한 아이디어를 떠올렸던 것 같다. 『모든 것이 F가 된다』보다 훨씬 오래 전에 '나도 생각했던 아이디어'라는 말을 하고 싶은 것이 아니다. '그런 것을 트릭으로 쓰다니. 나라면 그저 농담으로 넘겼을 것이다'라고 감탄하는 것이다. 이런 아이디어를 최초로 작품화한 것이 모리 히로시였다는 것은 그야말로 행운이다.

그런데 과연 '이과계 미스터리'가 무슨 의미일까? 두 자리 수 덧셈도 헷갈리는 내가 이해하지 못하는 것일 수도 있지만 모리 미스터리의 어떤 점이 '이과적'이라는 것인지 잘 모르겠다. 작중의 이과계 등장인물들은 과연 뛰어난 이과적 교양을 갖추었지만 정서는 문과계와 크게 다르지 않다. 내가 본 사이카와 조교수는 냉철하고 자기중심적이며 다소 냉소적인 면이 있는 현대의 지식인이다. 물론, 취향이 조금 다른 부분도 있지만 그런 것은 커피당, 홍차

당을 구별하는 정도의 수준으로 나로서는 포크송파, 로큰롤파를 구별하는 것이 훨씬 중대한 일처럼 느껴진다.

유용하든 아니든 연구라는 것은 재밌으면 그만이라는 사이카와의 주장도 이과계를 문과계로 이끄는 듯한 표현이고 고금의 문과계 명탐정들이 '범인을 밝혀내는 과정에 흥미가 있을 뿐 체포된 후의 일은 내 알 바 아니다'라는 식의 태도와도 통하는 면이 있다. 또 미스터리적 발상과 구성도 '문과계인 나와는 전혀 다르다'고는 생각되지 않는다. 그것은 이과계와 문과계의 파도가 서로 부딪치며 밀려드는 상상력의 해변이 본격 미스터리이기 때문이 아닐까? 인간을 이과계와 문과계로 이분해 이야기하는 것보다 미스터리를 사랑하는지 혹은 그렇지 않은지 여부로 분류하는 편이 나로서는 이해하기 쉽다.

이 작품과 분위기는 다르지만 감시 카메라를 속이는 트릭을 다룬 작품으로는 요시무라 다쓰야(吉村達也)의 『뉴턴의 밀실(ニュートンの密室)』, 야마다 마사키(山田正紀)의 『퍼즐(阿弥陀)』이 재미있다.

저자 소개 -

모리 히로시 森博嗣 (1957~)

　일본 아이치현에서 태어났다. 1996년『모든 것이 F가 된다』로 제1회 메피스토상을 수상하며 데뷔했다.『차가운 밀실과 박사들(冷たい密室と博士たち)』,『웃지 않는 수학자(笑わない数学者)』,『봉인재도(封印再度)』,『여름의 레플리카(夏のレプリカ)』,『유한과 미소의 빵(有限と微小のパン)』등의 사이카와 조교수 시리즈,『흑묘의 삼각(黒猫の三角)』,『적녹흑백(赤緑黒白)』등의 V 시리즈 외에『그리고 두 사람만 남았다(そして二人だけになった)』,『스카이 크롤러(スカイ・クロ ラ)』등이 있다.

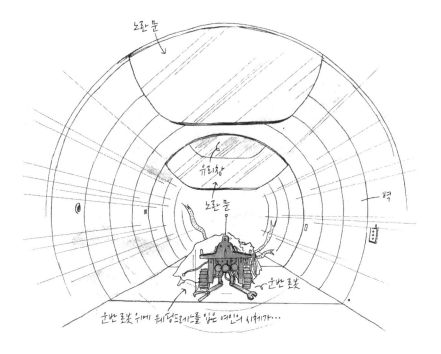

노란 문

유리창

노란 문

벽

운반 로봇

운반 로봇 위에 웨딩드레스를 입은 여인의 시체가…

작화 POINT 영화화를 고려한 작품이었는지 이미지를 떠올리기는 쉬웠
지만 『로웰성의 밀실』과 마찬가지로 내 화풍으로는 충분히 담아내지 못한 느
낌이다. 그래도 최대한 구체화해보았지만 인물은 둘째 치고 운반 로봇의 조잡
함은 스스로도 실망스러운 수준이다.

　그래도 매사 생각하기 나름이라고, 오늘의 고난이 내일의 영광으로 돌아온
다는 말처럼 고생한 만큼 조금은 실력이 늘은 것도 같아 감사히 생각한다.

모니터 화면에는
'모든 것이 F가 된다'라고
입력되어 있다

• 연구실 구조도(부분)

현관으로 이어지는 긴 복도에는
여러 개의 문이 있다.
순반 로봇은 이 문 너머에 있었다

현관 방향 ←

노르너쪽 문과 유리창으로 된
문으로 통한다

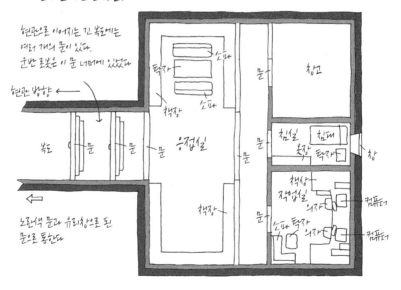

인랑성의 공포
(人狼城の恐怖, 1998)

니카이도 레이토(二階堂黎人)

4천 장이 넘는 세계 최장의 본격 미스터리 대작

이 책의 마지막을 장식하는 작품은 세계 최장의 본격 미스터리 대작 『인랑성의 공포』. 작자인 니카이도 레이토는 '일본의 존 딕슨 카'라고 불릴 자격을 가진 단 한 명의 현역 작가이다.

데뷔작인 『지옥의 마술사(地獄の奇術師)』는 에도가와 란포의 통속 장편 소설이 떠오르는 제목부터 반동적이지만 내용도 그에 못지 않다. 얼굴 전체에 붕대를 감은 '지옥의 마술사'(자칭!)라는 괴인이 십자가관이라는 저택에 사는 자산가 구레바야시 일족을 섬멸하기 위해 날뛰는 이야기이니 말이다. 이에 맞서는 것은 아케치 고고로가 아닌 니카이도 란코. 고등학교 3학년생인 소녀 탐정은 보기 드문 자신감의 소유자이다. 란코는 신출귀몰한 '지옥의 마술사'의 트릭을 간파하고 마지막에 범인의 정체를 백일하에 드러낸다.

그 후 작자는 『흡혈의 집(吸血の家)』, 『성 우르술라 수도원의 참극(聖アウスラ修道院の惨劇)』, 『악령의 관(悪霊の館)』으로 대담한 스케일

과 역량을 보여주었지만 니카이도 미스터리의 특징은 데뷔작에 선명히 드러나 있는 듯하다. 첫 번째는 '밀실'을 중심으로 한 불가능 범죄 탐닉. 두 번째는 자신에 대한 확신이 가득한 위풍당당한 명탐정의 영웅주의. 세 번째는 화려한 무대 장치와 파란만장한 이야기 전개이다. 작자는 황금기의 본격 미스터리(그중에서도 존 딕슨 카)와 에도가와 란포의 작품에 대한 한없는 애정과 경의에 입각한 작품 세계를 펼친다. 반동적, 정통파라는 수식어는 그의 자랑이다. 늘 막다른 길에 부딪힐 위기를 내포한 본격 미스터리에는 실험 정신이 필수 불가결하지만 그것만으로는 안 된다. 모두가 전위적인 작풍을 지향하고 정통을 소홀히 한다면 본격 미스터리는 황폐해질 것이다.

'트릭이 생명'이라고 외치는 니카이도는 당대의 미스터리 작가 중 최고의 트릭 메이커이다. 한 인터뷰에서 '트릭은 얼마든지 떠올릴 수 있다', '남아돌 정도'라고 한 기사를 읽은 나는 경외심을 느꼈다. 그것이 허풍이 아니라는 것을 작품으로 증명해 보였기 때문이다. '입이 떡 벌어질 정도로 놀라운 트릭을 보고 싶고 열망하는' 팬이라면 니카이도의 미스터리를 적극 추천한다.

『인랑성의 공포』는 그런 작자의 두말할 필요 없는(현 시점에서) 대표작이다. 앞서 세계 최장이라고 소개했듯이 원고지 4천 장이 넘는 분량이다. 이 작품은 「독일 편」, 「프랑스 편」, 「탐정 편」, 「완결 편」의 4부로 나뉘며 3년에 걸쳐 간행되었다. 이런 간행 방식은 「완결 편」이 나오기 전에 독자가 주어진 자료를 바탕으로 진상을 추리할 수 있도록(혹은 질투로 괴로워하거나) 의도한 획기적인 착상이다. 또 한 가지 경탄할 만한 점은 「완결 편」 즉 탐정의 수수께끼풀이에 주어진 분량이 1천 장에 이른다는 것이다. 란코가 산처럼 쌓인 수수께끼를 풀고 또 풀어도 끝나지 않는 해결 편을 독자는 책장을 넘기는 시간조차 아까워하며 단숨에 읽을 것이다.

자세한 줄거리를 소개하기에는 지면이 부족하기 때문에 아주 간단히 쓰겠다. 깊은 산속 독일과 프랑스 사이의 협곡을 사이에 두고 마주보는 쌍둥이 성(은빛 늑대의 성·푸른 늑대의 성)에 모인 사람들이 동시에, 제각각 살해되는 이야기이다. 그 내용이 담긴 「독일 편」과 「프랑스 편」은 어느 편을 먼저 읽든 상관없다. 두 그룹을 덮친 대량살육은 그야말로 폭풍과 같이 휩쓸고 지나간다. 팔다리가 떨어져 나가고 머리가 바닥을 뒹군다. 흡사 스플래터 영화 같은 장면이 속출한다. 인랑 전설·하멜른의 피리 부는 사나이·나치의 인체 실험 등의 초자연적인 소품도 가득하다. 그리고 줄을 잇는 밀실 살인. 여기에 등장하는 트릭만 해도 사상 초유의 숫자이다.

그런 노도와 같은 밀실 살인 중에서 무엇을 고를지 고민하지 않을 수 없었다. 이 작품을 읽고 얼마 지나지 않아 작자와 전화로 이야기할 기회가 있었다. 나는 작자에게 '본인은 어떤 밀실 트릭을 가장 좋아하는지' 물어보았다. 과연, 고개를 끄덕일 수밖에 없는 대답이 돌아왔다. 트릭이 이야기 전체와 유기적으로 연결되어 있기 때문에 작자가 그것을 꼽은 이유도 충분히 알 것 같았다. 하지만 내가 이 책에서 선택한 트릭은 그것이 아니라 바로 이것. 「프랑스 편」의 셔리스 부인 살인 사건. 굉장하다.

누군가에게 맞아 정신을 잃은 부인이 침실로 옮겨진다. 생명에는 지장이 없었기 때문에 의사들은 간단한 처치를 끝내고 그녀의 방을 나왔다. 그때 갑자기 실내에서 단말마의 비명이 들려왔다. 의사들은 깜짝 놀라 다시 방으로 들어갔다. 부인은 목이 잘려 죽어 있었다! 머리는 창문 앞에 나뒹굴고 있었다. '두꺼운 돌벽으로 둘러싸인 좁은 방' 안에는 범인은커녕 흉기도 보이지 않았다. 구석구석 살폈지만 범인은 어디에도 숨어 있지 않았고 난로에는 장작이 타고 있었다. '굴뚝으로 통하는 연도(煙道) 입구에는 철창이 끼워져 있었다.' 창문은 열려 있었지만 '철창이 끼워져 있어 아무도 드나들 수 없었다.'

나도 모르게 '가만 있어봐' 하고 중얼거렸던 기억이 있다. 순식간에 사람의 머리를 자르고 밀실에서 사라지다니 '이건 추리 소설에서도 불가능한 일이다'라고 생각했지만 「완결 편」을 읽어보니 가능한 일이었다. 심지어 그 트릭을 해명하기 위한 자료가 눈에 띄는 형태로 제시되어 있었다는 것을 알았을 때는 감동마저 느꼈다. 이 복선은 정말 대단하다, 왜냐하면⋯⋯밝힐 수 없는 것이 안타깝다.

이 얼마나 오싹한 밀실 살인인가. 만약 내가 이런 장면을 목격했다면 비명을 지르는 것이 아니라 미쳐 날뛰었을 것 같다. 작중 인물들이 악마의 소행이네 요괴네 산타네 하고 공황에 빠지는 것도 무리는 아니다. 그렇다, 밀실 살인이라는 것은 '재미있는' 것이 아니라 '오싹한' 것이었다. 파리의 아파트에서 들려온 모녀의 비명과 어느 나라 말인지 알 수 없는 소름끼치는 고함 소리―밀실 살인의 원점인 에드거 앨런 포의 「모르그가의 살인 사건」은 '오싹한 이야기'가 아니었던가. '밀실'은 여전히 그 빛을 잃지 않고 우리를 전율케 한다는 것을 『인랑성의 공포』가 새삼 증명해주었다.

　'밀실'은 불멸이다.

저자 소개 -

니카이도 레이토 二階堂黎人 (1959~)

   일본 도쿄에서 태어나 주오 대학교 이공학부를 졸업했다. 1992년『지옥의 마술사』로 데뷔해 추리 소설계의 주목을 받았다. 소녀 탐정 니카이도 란코가 활약하는『성 우르술라 수도원의 참극』,『악령의 관』, 미즈노 사토루 시리즈인『가루이자와 매직(輕井沢マジック)』,『우주신의 불가사의(宇宙神の不思議)』등 스케일이 큰 본격 장편 미스터리를 발표했다. 당대 최고의 트릭 메이커.

• 셰리스 부인의 방

이쪽에 옷장이 있다

작화 POINT 평소 니카이도 레이토를 좋아하지만 이 작품은 읽은 적이 없었다. 그래서 책을 읽는 것도 무척 즐거웠다. 게다가 이 작품은 비교적 그리기 쉽게 묘사되어 있었기 때문에 책을 읽은 후 금방 작화를 완성할 수 있었다.

 그렇다고 '쉽게 그린 작품 베스트 5'에 들어갈 정도는 아니다. 여러모로 고심한 작품이기도 하다.

● 셰리스 부인의 방 구조도

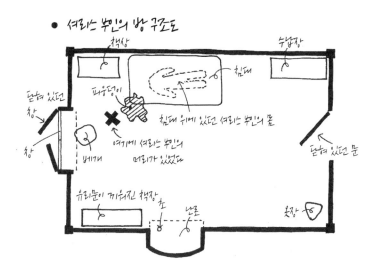

책상
수납장
침대
닫혀 있었던 창
창
베개
피웅덩이
여기에 셰리스 부인의 머리가 있었다
침대 위에 있었던 셰리스 부인의 몸
닫혀 있었던 문
유리문이 깨워진 책장
난로
옷장

• 창문

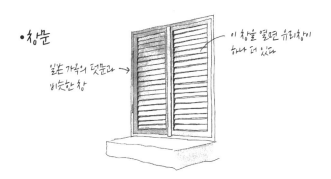

일반 가옥의 덧문과 비슷한 창

이 창을 열면 유리창이 하나 더 있다

이 창과 입구의 문은 셰리스 부인의 시체가 발견되었을 때에는 안에서 굳게 잠겨 있었다

스웨덴 관의 수수께끼
(スウェーデン舘の謎, 1995)

아리스가와 아리스(有栖川有栖)

설원의 하얀 밀실

이 책의 단행본이 나온 지 얼마 안 돼 잡지《다빈치》의 I 씨로부터 연락을 받았다. 밀실 미스터리 특집(2000년 11월호)에서『밀실 대도감』을 소개하겠다는 내용이었다.

'이소다 씨에게 새로운 일러스트를 한 장 부탁드리고 거기에 코멘트를 써주셨으면 한다. 일러스트로 그릴 밀실은, 이소다 씨가 아리스가와 씨의 작품 중에서 한 편을 골라주셨으면 좋겠다.'

'솔직히 저는 기쁜 일이죠'라고 대답했다.

엮은이의 겸양(?)으로 이 책에서 자신의 작품을 소개하는 것은 피했지만 사실 나도 밀실 미스터리를 꽤 썼다. 그중에서 이소다 씨의 선택을 받은 작품은 장편『스웨덴 관의 수수께끼』였다. 다른 40편의 작품과 나란히 소개되는 것은 조금 부끄럽지만 완성된 일러스트는 훌륭했다. 그래서 신초 문고판의 부록으로 소개하기로 했다(원화 그대로 컬러가 아닌 점이 아쉬울 따름이다). 또 재수록을 앞두고 이소다 씨가 한 번 더 수정해주셨다.

스웨덴 관은 우라반다이(裏磐梯) 지방에 있는 통나무집으로 특별한 내력이 있거나 외관이 독특한 것도 아니다. 그 이름의 유래는 단지 스웨덴제 수입 주택(외국의 디자인과 설계 방식에 따라 자재 등을 수입해 짓는 주택-역주)이라는 것과 동화 작가인 주인의 아내가 스웨덴인이라는 것뿐이다.

썩은 나무 철책에 둘러싸인 이 집은 '지붕의 경사를 볼 때 2층은 넓은 다락방으로 되어 있는 듯하다. 풍격 있는 소나무 목재의 적갈색과 하늘색 슬레이트 지붕 그리고 노란 창틀의 조화가 다소 부자연스럽게 보였다.' 하지만 화자는 '하늘색과 노란색이 스웨덴 국기의 색깔'이라는 것을 깨닫는다. '눈 쌓인 정원은 온통 하얗게 변하고 군데군데 키 작은 나무들이 심어져 있었다. 감나무나 밤나무 같은 과실나무인 듯했다. 여름에는 바비큐 파티가 열릴 법한 탁자와 벤치가 한쪽에 준비되어 있고', '그 건너편에는 별채로 보이는 건물이 있었다. 창고로 쓰이는 건물은 아닌 듯 지붕에는 스테인리스 굴뚝이 있었다.'

시체가 발견된 것은 눈 쌓인 정원 한 구석. 검시 결과, 경찰은 타살이라고 단정하지만 정원에 남아 있는 것은 피해자와 시체 발견자의 발자국뿐 범인이 드나든 흔적이 전혀 없는 전형적인 발자국 트릭을 이용한 미스터리이다. 외국의 거장이 쓴 어느 유명한 작품과 비슷하다는 것을 눈치 챈 독자도 있을지 모른다. 작자가 그 작품의 변주를 노린 것은 아니었는데 어느새 그렇게 되어버렸다. 아무도 밟지 않은 눈처럼 트릭이라는 것은 좀처럼 발견되지 않는 법이다(탄식).

　이 작품 속에도 미심쩍은 부분이 있다. 발자국 트릭을 이용한 미스터리에서는 '밤부터 쏟아지던 눈이 새벽녘에 그쳤다. 그 사이에 누군가 발자국을 남겼대도 사라졌을 것'이라는 추론이 자주 등장한다. 하지만 그건 대부분 거짓말이라고 볼 수 있다. 설령 눈이 몇 시간씩 내려도 발자국이라는 것은 그리 쉽게 사라지지 않는다. 설국의 너그러운 미스터리 팬들은 그것을 알고도 눈감아 준 것이리라.

　현시점에서 내가 쓴 밀실 미스터리는 장·단편을 합해도 양손 양발가락에 꼽을 수 있을 정도이다. 특징이라고 부를 만한 것은 없지만 굳이 말하자면 발자국 트릭이 두드러진다는 것이 특징이라면 특징일까(이 작품 외에 「식인의 폭포人喰いの滝」, 「나비의 날갯짓蝶々がはばたく」, 「덴마 박사의 승천天馬博士の昇天」, 「설화누 살인 사건雪華楼殺人事件」이 있다). 아무래도 작자는 이차원의 밀실을 좋아하는 듯하다. 본인은 '약간의 폐소 공포증이 있기 때문에 금고 같이 견고한 밀실보다는 개방된 밀실을 떠올리기 쉽다'고 말하지만 실은 자물쇠나 빗장 같은 건축물의 구조에 대한 지식이 부족하다 보니 무의식중에 '해안의 모래사장이나 눈 위에 범인의 발자국이 없는' 상황을 떠올리는 것이다. 프로라면 좀 더 공부가 필요하지 않을까.

● 스웨덴 관 외관

• 스웨덴 관의 본채와 별채의 위치 관계 및 별채의 구조도
　이 작품의 경우, 밀실은 실내가 아니라 '눈 내린 정원'이다.

• 별채 구조도

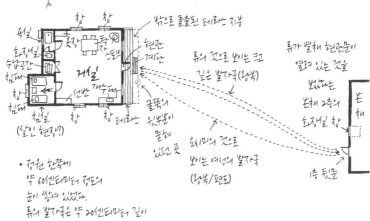

욕실
화장실
수납공간
침대
침대
침실
(살인 현장!)
창
창
옷장
식탁
거실
(선반 개수대)
창
테라스
밖으로 돌출된 테라스 지붕
현관
계단
굴뚝의 윗부분이 묻혀 있었던 곳
류의 것으로 보이는 크고 깊은 발자국 (왕복)
8시미의 것으로 보이는 여성의 발자국 (왕복/편도)
류가 별채 현관문이 열려 있는 것을 봤다는 본채 2층의 화장실 창
본채
1층 뒷문

• 정원 한쪽에
약 60센티미터 정도의
눈이 쌓여 있었다.
류의 발자국은 약 20센티미터 깊이

────────────────

작화 POINT

　　　이 그림은 본래 책에는 수록되지 않았던 것으로 현대서림 판 『아리스가와 아리스의 밀실 대도감』이 발표된 직후 잡지 《다빈치》에서 아리스가와 아리스 씨에게 제작 비화와 관련한 인터뷰 의뢰를 하면서 진행하게 된 작화이다. 작가 자신의 작품도 한 편쯤 기념으로 구체화해보면 어떻겠냐는 제안이었다. 다음은 잡지에 실린 작화 코멘트를 원문 그대로 옮긴 것이다.

　　『밀실 대도감』의 작화를 맡아 40편의 밀실을 그렸지만 생각해보니 아리스가와 아리스 씨의 작품은 포함되어 있지 않았다. 그래서 이번 기회에 『스웨덴 관의 수수께끼』의 일러스트를 그리게 되었다. 그의 수많은 작품 중에서 내가 좋아하는 작품을 선정할 수 있었는데 밀실이라고는 해도 이 작품의 밀실은 실내가 아닌 야외의 밀실이라는 설정이었기 때문에 방향치인 나로서는 위치 관계를 파악하는 데 상당히 고생했다. 방향치가 추리에 방해가 될 줄이야, 당연한 일이지만 이제껏 깨닫지 못했다.

────────────────

맺음말을 대신하며

　현대서림판 『아리스가와 아리스의 밀실 대도감』이 신초샤에서 문고판으로 출간된 것을 기념해 당시 사정에 대해 이야기하려고 한다.

　처음 현대서림 편집부에서 이 책의 일러스트를 의뢰받았을 때는 아무리 좋아하는 작가 아리스가와 아리스 씨의 저작이라고는 해도 내용이 내용인 만큼 40편의 작품을 전부 읽을 시간과 작화에 필요한 일수를 생각해 단호히 거절했었다.

　그런데 '아리스가와 씨가 직접 이소다 씨에게 부탁하고 싶다고 하셔서……, 만나서 이야기만이라도 들어보시면 어떨까요'라는 설명에 내심 당황해 '그럼 만나서 인사만이라도 하겠습니다' 하고 모 호텔에서 처음 아리스가와 씨와 만나게 되었다. 나를 지명해준 것에 대해 직접 만나서 감사 인사도 하고 사과도 하고 싶었기 때문이다.

　'아리스가와입니다. 이렇게 바쁜 시간을 내 주셔서…….'

　'이소다입니다. 저를 지명해주셔서 큰 영광으로 생각합니다만……, 실은 6개월쯤 시간을 주시면 어떻게 할 수 있을 것도 같은데…….'

대스타나 다름없는 작가를 앞에 두고 나는 거절하러 온 것도 잊은 채 의지박약을 넘어 의욕까지 내보이고 만 것이다. 그 결과 마감 지옥에 돌입한 지 반년, 이 정도 분량의 작업이 6개월에 가능할리 없다(웃음). 또 다시 악전고투의 반년을 보낸 후 간신히 출판할수 있었다. 그리고 지금 또 이 신초 문고판 개정을 앞두고 수정 및 가필에 힘쓰며 아리스가와 씨의 역작을 돕게 되어 화가로서 크나큰 기쁨을 실감하고 있는 것이다.

이 책의 독자라면 당연히 본격 미스터리의 팬이 많을 것이다. '구조도에 그려진 창의 위치가 좌우 반대잖아' 등등 많은 실수와 오해에 대한 지적과 질타 섞인 격려를 받게 되겠지만 부디 독자 여러분 무언가 발견하신다면 알려주시기 바랍니다.

다만, 최대한 너그러운 마음으로……(웃음).

이소다 가즈이치

참고 문헌

이 책을 집필하며 인용 및 참고한 자료를 소개하고 감사의 뜻을 표한다. 특히, 모리 히데토시와 로버트 에디의 훌륭한 저서는 큰 도움이 되었다.
깊이 감사한다.

『미스터리의 마술사 다카기 아키미쓰 · 인물과 작품(ミステリーの魔術師—高木彬光·人と作品)』 아리무라 지카시(有村智賀志), 기타노마치샤(北の街社)

『탐정 소설의 프로필(探偵小説のプロフィル)』 이노우에 요시오(井上良夫), 국서간행회(国書刊行会)

『환영성(幻影城)』 에도가와 란포(江戸川乱歩) 전집 15권, 고단샤(講談社)

『탐정 소설 40년(探偵小説 四十年)』 에도가와 란포(江戸川乱歩), 주세키샤(沖積舎)

『탐정 소설의 '수수께끼'(探偵小説の「謎」)』 에도가와 란포(江戸川乱歩), 현대 교양 문고(現代教養文庫)

『미스터리의 장치(ミステリの仕掛け)』 오오카 쇼헤이(大岡昇平) 엮음, 사회사상사(社会思想社)

『탐정 소설론(探偵小説論) Ⅰ·Ⅱ』 가사이 기요시(笠井潔), 도쿄소겐샤(東京創元社)

『탐정 소설 백과(探偵小説百科)』 구키 시로(九鬼紫郎), 긴엔샤(金園社)

『영국 철도 이야기(英国鉄道物語)』 고이케 시게루(小池滋), 쇼분샤(晶文社)

『교양으로서의 살인(教養としての殺人)』 곤다 만지(権田萬治), 가규샤(蝸牛社)

『취미로서의 살인(趣味としての殺人)』 곤다 만지(権田萬治), 가규샤(蝸牛社)

『에도가와 란포 일본 탐정 소설 사전(江戸川 乱歩 日本 探偵小説事典)』 신포 히로히사(新保博久) · 야마마에 유즈루(山前譲) 엮음, 가와데쇼보신샤(河出書房新社)

『추리 소설의 시학(推理小説の詩学)』 하워드 헤이크래프트(Howard Haycraft) 엮음/스즈키 유키오(鈴木幸夫) 편역, 겐큐샤(研究社)

『노란 방은 어떻게 개조되었을까?(黄色い部屋はいかに改装されたか?)』 쓰즈키 미치오(都筑道夫), 쇼분샤(晶文社)

『시체를 무사히 없애기까지(死体を無事に消すまで)』쓰즈키 미치오(都筑道夫), 쇼분샤(晶文社)

『세계의 추리 소설·총 해설(世界の推理小説·総解説)』나카지마 가와타로(中島河太郎)·곤다 만지 감수, 지유고쿠민샤(自由国民社)

『란포와 도쿄(乱歩と東京)』마쓰야마 이와오(松山巌), PARCO 출판→지쿠마 학예 문고(ちくま学芸文庫)

『세계 미스터리 작가 사전 '본격파 편'(世界ミステリ作家事典「本格派編」)』모리 히데토시(森英俊), 국서간행회(国書刊行会)

『뉴웨이브·미스터리 독본(ニューウェイブ·ミステリ読本)』야마구치 마사야(山口雅也) 감수/센가이 아키유키(千街晶之)·후쿠이 겐타(福井健太) 엮음, 하라쇼보(原書房)

『영화 비보 Vol. 4 남자를 울리는 TV랜드(映画秘宝 Vol. 4 男泣きTVランド)』요센샤(洋泉社)

『명탐정 포(Poe the Detective)』존 월시(John Walsh)/가이호 마사오(海保真夫) 역, 소시샤(草思社)

『퀸 담화실(In the Queen's Parlor)』엘러리 퀸/다니구치 도시후미(谷口年史) 역, 국서간행회(国書刊行会)

『존 딕슨 카 '기적을 풀어내는 남자'(John Dickson Carr: The Man Who Explained Miracles)』더글러스 G. 그린(Douglas G. Greene)/모리 히데토시(森英俊)·다카다 사쿠(高田朔)·니시무라 마유미(西村真裕美) 역

『엘러리 퀸의 세계(Royal Bloodline: Ellery Queen, Author and Detective)』프랜시스 M. 네빈스 주니어(Francis M. Nevins, Jr)/아키쓰 도모코(秋津知子) 외 역, 하야카와쇼보(早川書房)

『밀실 살인과 불가능 범죄(Locked Room Murders and Other Impossible Crimes)』로버트 에디(Robert Adey), Crossover Press

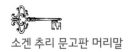

　수정한 부분이 약간 있지만 내용은 신초 문고판과 거의 같다. 외국 작품 중 신판이 나온 작품에 대해서는 인용문을 바꿔 넣었다.

　이왕이면 금세기에 쓰인 밀실 미스터리를 몇 편 골라 증보판으로 내는 것도 재미있었겠지만…….

　일러스트를 그려준 이소다 가즈이치 씨가 2014년 71세를 일기로 영면하셨기 때문에 이루지 못할 꿈이 되고 말았다. 이소다 씨와 함께 만든 책을 가능한 한 그대로 남기고 싶은 마음도 있어 소개한 작가들의 이후의 정보를 덧붙이는 것도 캐서린 에어드의 작품으로만 그쳤다.

　현대서림에서 오리지널판을 출간한 것이 1999년이니 딱 20년 전이다. 2000년 본격 미스터리 작가 클럽이 발족하고 외국에서 일본 작가의 추리 소설이 널리 소개되는 등 다양한 일들이 있었는데 그중에서도 신본격 미스터리의 걸작인 노리즈키 린타로의 「녹색 문은 위험」, 전전(戰前)에 쓰인 고가 사부로의 「거미」, 오사카 게이키치의 「등대귀」가 미국에서 번역 출간되었다. 이런 글로벌화는 무척 기쁜 일이다.

　'명탐정이나 밀실과 같은 본격 미스터리를 즐기는 것은 일본의 팬들뿐'이라는 것도 이제는 옛말이다. 외국에서도 일본의 HONKAKU(本格, 본격의 일본어 발음-역주)에 주목하는 움직임이 일고 있다. 영국의 추리 작가 클럽인 디텍션 클럽 회장인 마틴 에드워드의 저서 『탐정 소설의 황금시대(The Golden Age of Murder)』는 미국 탐정 작가 클럽의 MWA상(연구 · 평전 부문)을 수상하며 일본에서도 번역 · 출간되었다. 역시 '밀실'은 쇠퇴하지 않는다.

불가능 범죄물을 중심으로 세계의 본격 미스터리를 번역 · 출판해온 미국의 존 퍼그마이어 씨가 졸작 『외딴섬 퍼즐』의 출간을 맡아주었을 때 그와 여러 번 이메일을 주고받았다. 어느 날 '친구인 마틴 에드워드가 『아리스가와 아리스의 밀실 대도감』을 구하고 싶어 한다'고 이야기하기에 기꺼이 책을 보냈는데 후일 에드워드 씨로부터 '일본어를 읽을 수 없는 것이 안타깝지만 훌륭한 책이다'라는 정중한 감사의 메일이 도착해 굉장히 기뻤다. 이소다 씨의 일러스트를 즐겁게 감상했을 것이다.

이소다 씨도 도쿄소겐샤에서 출간된 『서재 만다라/책과 분투하는 사람들 1·2권(書斎曼荼羅/ 本と闘う人々1·2巻)』, 『도쿄 '23구' 탐정(東京[23区]でてくちぶ)』, 히라이 다카코 씨와 유럽을 여행하며 그린 『그림 있습니까?(グリムありますか)』, 『안데르센 부탁합니다(アンデルセン下さい)』와 같은 훌륭한 일러스트 기행집의 공동 저자였던 만큼 이 책이 소겐 추리 문고에서 출간된다는 소식에 기뻐하셨을 것이다.

신초 문고판 '머리말'에서는 이소다 씨를 비롯해 해설의 야마구치 마사야, 신초 문고 편집부의 아오키 다이스케, 이이지마 가오루, 교열의 가네사쿠 유미코 씨에게 감사 인사를 전했다. 여기에 다시 한 번 이름을 올리며 깊은 감사와 함께 소겐 추리 문고판에 깊이 있는 해설을 실어주신 마쓰우라 마사토, 교열에 힘써 주신 오스가 도시아키, 이 책의 완성을 처음부터 끝까지 지원해주신 도쿄 소겐샤 편집부의 간바라 요시후미 씨에게 깊이 감사한다. 아마 이 문고판이 종착점이 될 것이다.

2019년 2월 18일
아리스가와 아리스

해설

밀실 미스터리로의 초대장
마쓰우라 마사토

아무도 드나들 수 없는 방에서 일어난 살인 사건. 과연 무슨 일이 있었을까. 당혹스럽고 놀라운 상황에 이마를 맞대고 가설을 세워보기도 하고 번뜩이는 기지로 국면을 전환해……마침내 명명백백한 진상을 이끌어낸다. 이런 전말을 매력적으로 풀어낸 작품을 미스터리 세계에서는 밀실(Locked room) 미스터리라고 한다. 지금 손에 든 책 앞 장에 있는 '머리말'에도 쓰여 있는 것처럼 세계 최초의 미스터리로 알려진 에드거 앨런 포의 「모르그가의 살인 사건」에 불길한 그림자를 드리우고 있던 것이 바로 이 수수께끼였다. 그 후, 현대에 이르기까지 셀 수 없을 만큼 많은 밀실 미스터리가 쓰여졌지만 그 재미의 요소를 하나하나의 작례에 따라 초심자들도 알기 쉽고 숙련된 독자들에게도 신선한 흥미를 불러일으키는 굉장한 실력의 안내자가 바로 이 책『아리스가와 아리스의 밀실 대도감』이다.

이 책에는 본격 미스터리 작가이자 열성적인 팬이기도 한 아리스가와 아리스가 고른 국내외 작품 20편씩 총 40편의 밀실 미스터리의 걸작이 소개된다(이것은 1999년 현대서림에서 A5판 소프트커버로 출간된 초간의 단계이다. 2003년 신초 문고판으로 출간되었을 때는 『스웨덴 관의 수수께끼』가 추가되어 41편이라는 현재의 진용을 갖추었다). 고전 명작의 반열에 오른 작품부터 근래의 수확까지 장·단편을 가리지 않고 같은 무대에 올린 구성은 그야말로 장관이다. 이런 골격만으로도 만족도는 충분하다.

하지만 그것이 전부는 아니다. 각 작품에 곁들어진 아리스가와의 해설을 읽으면 가령 『시계종이 여덟 번 울릴 때』의 모리스 르블랑에게는 훌륭한 연작 단편집이 있다는 것, 그중에서도 「여왕의 목걸이」를 소개할 때는 10대 시절 읽고 큰 감동을 받았던 일화를 이야기하고 『명탐정이 너무 많다』편에서는 트래블 미스터리의 명수가 다채로운 재능의 소유자이며 유괴 미스터리 계열의 『미스터리 열차가 사라졌다』 등은 철도 미스터리의 대담한 트릭이 등장하며 토니 켄릭의 『스카이잭』과도 통하는 면이 있는 수작이라는 것을 알 수 있다(토니 켄릭에 대해 모르는 독자라면 탐색해보시길). 즉, 하나의 작품을 단서로 다양한 작품과 작가 등으로 독서의 폭을 넓혀갈 수 있도록 구성했기 때문에 안내서로서의 가치는 기대 이상으로 뛰어나다.

그리고 잊어선 안 될 것이 있다.

이 책이 '대도감'이 될 수 있었던 것은 화가이자 작가인 이소다 가즈이치가 매 작품마다 책장의 좌우 양면에 걸쳐 밀실의 작화를

그려 넣은 덕분이다. 트릭이 드러나지 않는 것을 기본으로(굳이 말
하자면 「13호 독방의 문제」에 그리지 않는 편이 나을 뻔한 것이 있기는 하지만……
마음은 충분히 이해한다) 사건 현장이나 주변의 상황을 다양한 기법으
로 그려냈다. 구조나 위치 관계를 알기 힘들 때 편리한 것은 물론
이고 「지미니 크리켓 사건」의 투시도는 작품에 걸맞게 심상치 않
은 분위기가 느껴진다. 『모자에서 튀어나온 죽음』의 검은 배경에
하얀 선으로 그린 일러스트도 작품 전체를 뒤덮은 수상쩍은 분위
기에 딱 들어맞는다. 그런가 하면 『벌거벗은 태양』의 베일리 형사
와 로봇 다닐의 일러스트에 손으로 쓴 코멘트 하나하나에는 자연
스러운 유머가 배어나 더욱 매력적이다. 덕분에 다시 읽은 작품도
많았다.

　소박하지만 놓칠 수 없는 것이 건물의 외관 혹은 실내의 정경을
그린 스케치와 같은 자연스러운 일러스트이다. 각각의 장소는 원
작자의 상상의 산물이다. 묘사가 부족한 부분도 있을 테고 그곳에
서 발생하는 기괴한 사건이나 범인의 강렬한 사념이 더해져 읽는
이들에 의해 변형된 인상이 남게 되는 경우도 적지 않다. 그것을
본래의 모습으로 되돌리는 듯한 이소다의 부드러운 터치는 때때
로 신선한 감동을 불러일으킨다. 『엔젤가의 살인』편을 살펴보자.
유산 상속을 둘러싸고 둘로 분열된 일족이라는 주장과 그것을 체
현한 저택의 구조 때문에 괴상하고 극단적인 형태의 건물이라고
만 생각하던 나는 차분하고 고즈넉한 건물의 정경을 본 순간 감탄
하지 않을 수 없었다. 이런 저택이라면 지금도 어딘가에 있을 법

하다(여담 하나. 번역 사정에 관한 아리스가와의 언급에 분발하듯 작자 로저 스칼렛의 장편 소설은 그 후, 완역판으로 소개되었다. 신주샤에서 『고양이의 손』이, 론소샤에서 『비콘가의 살인』, 『하얀 악마』, 『롤링 저택의 살인』이 단행본으로 간행되었다).

「투표 부스의 수수께끼」는 어떨까. 선거 투표소가 된 이발소가 있는 길모퉁이와 이발소 안의 정경이 자료를 참고로 훌륭하게 되살아났다. 작자인 에드워드 D. 호크는 세세하게 묘사하는 타입이 아니다. 독자들도 사건에만 집중하기 쉽고 장소에 대해서는 배경처럼 이해하는 경향이 있다. 아쉬움이 크다. 이 작품을 포함한 샘 호손 시리즈에는 미국의 시대와 사회상을 반영하는 역사 연대기의 측면이 있다. 그렇기 때문에 본국의 독자들은 시대나 장소의 이미지를 떠올리며 추억에 잠기는 사람도 있을 것이다. 그 지역 사람들에게는 분명하고 자연스럽게 떠오르는 이미지를 공유하기란 실로 어려운 일이다. 이소다의 두 그림은 본국의 독자들과 비슷한 관점에서 호손 선생의 활약을 즐길 수 있는 귀중한 계기가 될 수 있지 않을까?

이소다의 작화를 살펴보다 보니 상상력이 나래를 펴듯 뻗어나간다. 이번에는 아리스가와 아리스의 활약상에 대해 다시 한 번 생각해보자. 앞에서는 풍부한 정보라는 관점에서만 이야기했다. 도감이기 때문에 그 점은 중요한 포인트이다. 하지만 밀실 미스터리의 걸작 40편을 선정해 통찰력 있는 해설을 곁들이는 길고 긴 노정에 어떤 생각이 담겨 있다면 그 흔적을 찾아보고 싶다. 탐정이 되어보는 것이다.

먼저 이 책의 서두에 쓰인 인용구를 떠올려보자. 마르셀 에메의 『벽으로 드나드는 남자』는 하야카와쇼보에서 출간된 「이색작가 단편집」 1권으로 출전은 그 표제작이다. 그저 그런 미스터리가 아닌 기상천외하면서도 소시민적인 몽상을 그린 명단편이다. 벽을 통과할 수 있는 기묘한 능력을 지닌 근면 성실한 3급 관리가 그 능력을 짓궂은 장난에 사용하는 쾌감에 눈뜨고 어디로든 자유자재로 침입해 불가능한 절도를 거듭하는 모습에는 뭐라 표현할 수 없는 웃음과 비애가 담겨 있다. 수수께끼풀이나 트릭과 직접적인 관계는 없다. 그럼에도 『밀실 대도감』의 서두에 인용되었다면 어떤 메시지가 담겨 있을 것이다. 상상하건대, 그것은 밀실 트릭 중독에 대한 해독제를 제공하겠다는 의사이자 이 몽상을 사랑한다는 속삭임이 아니었을까.

1989년 발표된 아리스가와 아리스의 두 번째 장편 소설 『외딴섬 퍼즐』에서 그는 탐정 역의 에가미 지로를 통해 이렇게 한탄한다. '포의 「모르그가의 살인 사건」을 처음 읽었을 때의 전율을 아직 기억하고 있다. 하지만 그 후, 수백 가지 밀실 살인을 다룬 미스터리를 조우하면서 그야말로 기술의 차이가 있을 뿐 읽을수록 흥분이 사라지지 않던가? 수많은 추리 작가에 의해 열리고 또 열리는 회전문과 같은 밀실. 밀실은 인형 옷 갈아입히기나 다름없어졌다. (중략) 그들이 흥분한 것은 '밀실'이지 마술이 아니다.' 밀실 미스터리가 단순한 방법의 문제로 퇴화하는 것을 안타까워하는 마음이 고스란히 전해지는 대목이다.

또한 2008년 일급 건축사 야스이 도시오와 함께 한 대담집『밀실 입문!(密室入門!)』의 머리말에서 그는 '밀실이라는 몽상을 주제로 건축가와 미스터리 작가가 자유롭게 이야기를 나누었다'고 썼다. 밀실 트릭의 분류에 대해 이야기를 나누는 장에서는 야스이의 건축사로서의 몽상에 중점을 두고 이야기한다(실제, 매력적인 발상이 잇따라 등장해 놀라움을 준다).

주의해야 할 것은 이 몽상이 자유분방한 것만은 아니었다는 점이다. 야스이의 그것은 건축의 현실성에 입각한 것으로 벽으로 드나드는 남자의 운명 또한 읽어본 사람이라면 알고 있는 그대로이다. 1992년 아리스가와의 세 번째 장편『쌍두의 악마(双頭の悪魔)』의 해설을 쓴 다쓰미 마사아키는 우편배달부 슈발의 궁전을 언급한 대목에 대해 '작자가 이 일화를 통해 말하고 싶은 것은 지상의 꿈이다. 단순한 꿈이 아니라 이 세계, 중력이 지배하는 장소에서의 꿈. 아마 아리스가와 아리스라는 작가를 특징짓는 것은 이 중력과 꿈의 대항전이다'라고 썼다. 암시적인 해설이다.

과연 아리스가와가 선정한 40편의 밀실 미스터리에는 이런 지상의 몽상이 반영되어 있을까. 그런 몽상이 반영되어 있다면 어떤 식으로?

내 의견을 말하자면 일본 미스터리「D언덕의 살인 사건」부터 『혼진 살인 사건』에 이르는 처음 다섯 작품에서 그런 분위기가 특히 강하게 느껴진다. 그 이유를 자문했을 때, 무엇보다 굳게 잠긴 방이라는 정식화된 밀실의 이미지에서 멀다는 것이 첫 번째 포인트였다. 개방적인 일본 가옥에서 밀실을 만들기 어려운 사정도 있었을 것이다. 그런 이유로 다양한 장소에서 밀실적인 정황이 만들어졌다는 사정도 있다. 하지만 철저한 밀실을 만들려면 충분히 만들 수 있었을 영국풍 이인관을 무대로 한 「완전 범죄」에서조차 잠기지 않은 문을 통해 머지않아 살인 현장이 될 방을 엿보고 직전에는 그 자리에 있어선 안 될 남자의 웃음소리가 들려오기도 한다. 그렇다. 이들 작품에는 살인자가 드나들 수 없는 요건도 제한되지만 그 자리에서 정체를 알 수 없는 이상 사태가 벌어진다는 점이 눈에 띄는 특징이다. 영문을 알 수 없는 일이 벌어지는 정황 자체가 상상력을 자극해 독자를 기이한 몽상으로 이끈다. 밀실의 원조 「모르그가의 살인 사건」과 같은 역학이 작용하고 있는 것이다.

두 번째 포인트는 그렇게 겉보기에는 완전히 잠겨 있지 않은 가상의 밀실 하나하나가 감추어야 할 어떤 사념을 가두는 장소로서 활용된다는 점이다. 지극히 개인적인 성정도 있는가 하면 시대의 사조에 얽힌 관념도 있다. 사건의 해결 부분에서는 봉인되어 있던 어두운 사념이 백일하에 드러나며 강렬한 인상을 남긴다. 이것은 외국의 작품에서는 흔히 찾아볼 수 없는 특색으로 체스터턴이 예외적인 경우라고 할까. 자물쇠로 잠그고 빗장을 질러 타인의 출입을 막지 못하고 맹장지나 장지 그늘에 몸을 숨기는 수밖에 없었던 일본에서는 밀실이라는 것이 어딘가 추상성을 띠며 차마 보여줄 수 없는 관념이나 몽상의 은신처로 뿌리내린 것인지도 모른다. 특히 패전 이전의 일본에서는 그런 경향이 짙게 나타나는데 「D언덕의 살인 사건」 이하 다섯 개의 밀실은 그런 경향을 어렴풋이 반영하고 있는 듯하다.

 탐정놀이는 이 정도로 해두자. 여기까지 함께해준 독자들에게 감사한다.

 아리스가와 아리스와 이소다 가즈이치 콤비의 이 놀라운 성과에 진심으로 경의를 표하는 동시에 마지막에 보너스 정보를 소개하며 글을 마치고자 한다. 무슨 말인가 하면, 아리스가와가 이 책을 간행한 후 걸작 40편을 보완한다기보다 증보하는 마음가짐으로 발표한 밀실 미스터리의 목록이 두 편 있다. 두 편 모두 작품별로 소개 글이 함께 쓰여 있기 때문에 관심이 있는 독자들이 그 실체를 탐구할 수 있도록 작품의 자료만 소개하기로 한다.

 첫 번째는 위에서 다룬『밀실 입문!』의 마지막에 실려 있는 다음의 세 작품, 카터 딕슨의『파충류관의 살인』, 아유카와 데쓰야의 「도화사의 우리」, 아와사카 쓰마오의 「구형의 낙원」이다.

 두 번째는 2010년 아리스가와의 감수로 출간된『도설 밀실 미스터리의 미궁(図説　密室ミステリの迷宮)』이 2014년『완전판 밀실 미스터리의 미궁』으로 제목을 바꿔 증보되었을 때 작성된 목록으로 국내외 작품을 세 편씩 소개하고 있다. 마제리 앨링엄(Margery Allingham)의 「보더라인 사건(The Border-line Case)」, 피에르 부알로(Pierre

Boileau)의 『세 개의 소실(Le Repos de Bacchus)』, 에드워드 D. 호크의 「떡갈나무 고목의 수수께끼」, 니키 에쓰코(仁木悦子)의 「총알은 발사되었다(弾丸は飛び出した)」 외에 고다마 겐지(兒健二)의 『미명의 악몽(未明の悪夢)』이다.

이상의 아홉 작품이다. 이 책의 40+1편과 함께 마침 50편이 된다. 부디 즐거운 시간이 되길 바란다.

2019년 2월 15일

창작을 꿈꾸는 이들을 위한 안내서
AK 트리비아 시리즈

-AK TRIVIA BOOK

No. 01 도해 근접무기
오나미 아츠타 지음 | 이창협 옮김 | 228쪽 | 13,000원
근접무기, 서브 컬처적 지식을 고찰하다!
검, 도끼, 창, 곤봉, 활 등 현대적인 무기가 등
장하기 전에 사용되던 냉병기에 대한 개설
서. 각 무기의 형상과 기능, 유형부터 사용 방법은 물론 서
브컬처의 세계에서 어떤 모습으로 그려지는가에 대해서
도 상세히 해설하고 있다.

No. 02 도해 크툴루 신화
모리세 료 지음 | AK커뮤니케이션즈 편집부 옮김 | 240쪽 | 13,000
원
우주적 공포, 현대의 신화를 파헤치다!
현대 환상 문학의 거장 H.P 러브크래프트의
손에 의해 창조된 암흑 신화인 크툴루 신화. 111가지의
키워드를 선정, 각종 도해와 일러스트를 통해 크툴루 신화
의 과거와 현재를 해설한다.

No. 03 도해 메이드
이케가미 료타 지음 | 코트랜스 인터내셔널 옮김 |
238쪽 | 13,000원
메이드의 모든 것을 이 한 권에!
메이드에 대한 궁금증을 확실하게 해결해주
는 책. 영국, 특히 빅토리아 시대의 사회를 중심으로, 실존
했던 메이드의 삶을 보여주는 가이드북.

No. 04 도해 연금술
쿠사노 타쿠미 지음 | 코트랜스 인터내셔널 옮김 | 220쪽
| 13,000원
기적의 학문, 연금술을 짚어보다!
연금술사들의 발자취를 따라 연금술에 대해
자세하게 알아보는 책. 연금술에 대한 풍부한 지식을 쉽고
간결하게 정리하여, 체계적으로 해설하며, '진리'를 위해
모든 것을 바친 이들의 기록이 담겨있다.

No. 05 도해 핸드웨폰
오나미 아츠시 지음 | 이창협 옮김 | 228쪽 | 13,000원
모든 개인화기를 총망라!
권총, 기관총, 어설트 라이플, 머신건 등, 개
인 화기를 지칭하는 다양한 명칭들은 대체
무엇을 기준으로 하며 어떻게 붙여진 것일까? 개인 화기
의 모든 것을 기초부터 해설한다.

No. 06 도해 전국무장
이케가미 료타 지음 | 이재경 옮김 | 256쪽 | 13,000원
전국시대를 더욱 재미있게 즐겨보자!
소설이나 만화, 게임 등을 통해 많이 접할 수
있는 일본 전국시대에 대한 입문서. 무장들
의 활약상, 전국시대의 일상과 생활까지 상세히 서술. 전
국시대에 쉽게 접근할 수 있도록 구성했다.

No. 07 도해 전투기
가와노 요시유키 지음 | 문우성 옮김 | 264쪽 | 13,000원
빠르고 강력한 병기, 전투기의 모든 것!
현대전의 정점인 전투기. 역사와 로망 속의
전투기에서 최신예 스텔스 전투기에 이르기
까지, 인류의 전쟁사를 바꾸어놓은 전투기에 대하여 상세
히 소개한다.

No. 08 도해 특수경찰
모리 모토사다 지음 | 이재경 옮김 | 220쪽 | 13,000원
**실제 SWAT 교관 출신의 저자가 특수경찰의
모든 것을 소개!**
특수경찰의 훈련부터 범죄 대처법, 최첨단
수사 시스템, 기밀 작전의 아슬아슬한 부분까지 특수경찰
을 저자의 풍부한 지식으로 폭넓게 소개한다.

No. 09 도해 전차
오나미 아츠시 지음 | 문우성 옮김 | 232쪽 | 13,000원
지상전의 왕자, 전차의 모든 것!
지상전의 지배자이자 절대 강자 전차를 소개
한다. 전차의 힘과 이를 이용한 다양한 전술,
그리고 그 독특한 모습까지. 알기 쉬운 해설과 상세한 일
러스트로 전차의 매력을 전달한다.

No. 10 도해 헤비암즈
오나미 아츠시 지음 | 이재경 옮김 | 232쪽 | 13,000원
전장을 압도하는 강력한 화기, 총집합!
전장의 주역, 보병들의 든든한 버팀목인 강
력한 화기를 소개하는 책. 대구경 기관총부터
유탄 발사기, 무반동총, 대전차 로켓 등, 압도적인 화력으
로 전장을 지배하는 화기에 대하여 알아보자!

No. 11 도해 밀리터리 아이템

오나미 아츠시 지음 | 이재경 옮김 | 236쪽 | 13,000원

군대에서 쓰이는 군장 용품을 완벽 해설!
이제 밀리터리 세계에 발을 들이는 입문자들을 위해 '군장 용품'에 대해 최대한 알기 쉽게 다루는 책. 세부적인 사항에 얽매이지 않고, 상식적으로 갖추어야 할 기초지식을 중심으로 구성되어 있다.

No. 12 도해 악마학

쿠사노 타쿠미 지음 | 김문광 옮김 | 240쪽 | 13,000원

악마에 대한 모든 것을 담은 총집서!
악마학의 시작부터 현재까지의 그 연구 및 발전 과정을 한눈에 알아볼 수 있도록 구성한 책. 단순한 흥미를 뛰어넘어 영적이고 종교적인 지식의 깊이까지 더할 수 있는 내용으로 구성.

No. 13 도해 북유럽 신화

이케가미 료타 지음 | 김문광 옮김 | 228쪽 | 13,000원

세계의 탄생부터 라그나로크까지!
북유럽 신화의 세계관. 등장인물, 여러 신과 영웅들이 사용한 도구 및 마법에 대한 설명까지 당시 북유럽 국가들의 생활상을 통해 북유럽 신화에 대한 이해도를 높일 수 있도록 심층적으로 해설한다.

No. 14 도해 군함

다카하라 나루미 외 1인 지음 | 문우성 옮김 | 224쪽 | 13,000원

20세기의 전함부터 항모, 전략 원잠까지!
군함에 대한 입문서. 종류와 개발사, 구조, 제원 등의 기본부터, 승무원의 일상, 정비 비용까지 어렵게 여겨질 만한 요소를 도표와 일러스트로 쉽게 해설한다.

No. 15 도해 제3제국

모리세 료오 외 1인 지음 | 문우성 옮김 | 252쪽 | 13,000원

나치스 독일 제3제국의 역사를 파헤친다!
아돌프 히틀러 통치하의 독일 제3제국에 대한 개론서. 나치스가 권력을 장악한 과정부터 조직 구조, 조직을 이끈 핵심 인물과 상호 관계와 갈등, 대립 등. 제3제국의 역사에 대해 해설한다.

No. 16 도해 근대마술

하니 레이 지음 | AK커뮤니케이션즈 편집부 옮김 | 244쪽 | 13,000원

현대 마술의 개념과 원리를 철저 해부!
마술의 종류와 개념, 이름을 남긴 마술사와 마술 단체, 마술에 쓰이는 도구 등을 설명한다. 겉핥기식의 설명이 아닌, 역사와 각종 매체 속에서 마술이 어떤 영향을 주었는지 심층적으로 해설하고 있나.

No. 17 도해 우주선

모리세 료오 외 1인 지음 | 이재경 옮김 | 240쪽 | 13,000원

우주를 꿈꾸는 사람들을 위한 추천서!
우주공간의 과학적인 설명은 물론, 우주선의 태동에서 발전의 역사, 재질, 발사와 비행의 원리 등, 어떤 원리로 날아다니고 착륙할 수 있는지, 자세한 도표와 일러스트를 통해 해설한다.

No. 18 도해 고대병기

미즈노 히로키 지음 | 이재경 옮김 | 224쪽 | 13,000원

역사 속의 고대병기, 집중 조명!
지혜와 과학의 결정체, 병기. 그중에서도 고대의 병기를 집중적으로 조명. 단순한 병기의 나열이 아닌, 각 병기의 탄생 배경과 활약상, 계보, 작동 원리 등을 상세하게 다루고 있다.

No. 19 도해 UFO

사쿠라이 신타로 지음 | 서형주 옮김 | 224쪽 | 13,000원

UFO에 관한 모든 지식과, 그 허와 실.
첫 번째 공식 UFO 목격 사건부터 현재까지, 세계를 떠들썩하게 만든 모든 UFO 사건을 다룬다. 수많은 미스터리는 물론, 종류, 비행 패턴 등 UFO에 관한 모든 지식들을 알기 쉽게 정리했다.

No. 20 도해 식문화의 역사

다카하라 나루미 지음 | 채다인 옮김 | 244쪽 | 13,000원

유럽 식문화의 변천사를 조명한다!
중세 유럽을 중심으로, 음식문화의 변화를 설명한다. 최초의 조리 역사부터 식재료, 예절, 지역별 선호메뉴까지, 시대상황과 분위기, 사람들의 인식이 어떠한 영향을 끼쳤는지 흥미로운 사실을 다룬다.

No. 21 도해 문장

신노 케이 지음 | 기미정 옮김 | 224쪽 | 13,000원

역사와 문화의 시대적 상징물, 문장!
기나긴 역사 속에서 문장이 어떻게 만들어졌고, 어떤 도안들이 이용되었는지, 발전 과정과 유럽 역사 속 위인들의 문장이나 특징적인 문장의 인물에 대해 설명한다.

No. 22 도해 게임이론

와타나베 타카히로 지음 | 기미정 옮김 | 232쪽 | 13,000원

이론과 실용 지식을 동시에!
죄수의 딜레마, 도덕적 해이, 제로섬 게임 등 다양한 사례 분석과 알기 쉬운 해설을 통해, 누구나가 쉽고 직관적으로 게임이론을 이해하고 현실에 직용할 수 있도록 도와주는 최고의 입문서.

No. 23 도해 단위의 사전

호시다 타다히코 지음 | 문우성 옮김 | 208쪽 | 13,000원

세계를 바라보고, 규정하는 기준이 되는 단위를 풀어보자!

전 세계에서 사용되는 108개 단위의 역사와 사용 방법 등을 해설하는 본격 단위 사전. 정의와 기준, 유래, 측정 대상 등을 명쾌하게 해설한다.

No. 24 도해 켈트 신화

이케가미 료타 지음 | 곽형준 옮김 | 264쪽 | 13,000원

쿠 훌린과 핀 막 쿨의 세계!

켈트 신화의 세계관, 각 설화와 전설의 주요 등장인물들! 이야기에 따라 내용뿐만 아니라 등장인물까지 뒤바뀌는 경우도 있는데, 그런 특별한 사항까지 다루어, 신화의 읽는 재미를 더한다.

No. 25 도해 항공모함

노가미 아키토 외 1인 지음 | 오광웅 옮김 | 240쪽 | 13,000원

군사기술의 결정체, 항공모함 철저 해부!

군사력의 상징이던 거대 전함을 과거의 유물로 전락시킨 항공모함. 각 국가별 발달의 역사와 임무, 영향력에 대한 광범위한 자료를 한눈에 파악할 수 있다.

No. 26 도해 위스키

츠치야 마모루 지음 | 기미정 옮김 | 192쪽 | 13,000원

위스키, 이제는 제대로 알고 마시자!

다양한 음용법과 글라스의 차이, 바 또는 집에서 분위기 있게 마실 수 있는 방법까지, 위스키의 맛을 한층 돋아주는 필수 지식이 가득! 세계적인 위스키 평론가가 전하는 입문서의 결정판.

No. 27 도해 특수부대

오나미 아츠시 지음 | 오광웅 옮김 | 232쪽 | 13,000원

불가능이란 없다! 전장의 스페셜리스트!

특수부대의 탄생 배경, 종류, 규모, 각종 임무, 그들만의 특수한 장비, 어떠한 상황에서도 살아남기 위한 생존 기술까지 모든 것을 보여주는 책. 왜 그들이 스페셜리스트인지 알게 될 것이다.

No. 28 도해 서양화

다나카 쿠미코 지음 | 김상호 옮김 | 160쪽 | 13,000원

서양화의 변천사와 포인트를 한눈에!

르네상스부터 근대까지, 시대를 넘어 사랑받는 명작 84점을 수록. 각 작품들의 배경과 특징, 그림에 담겨진 비유적 의미와 기법 등. 감상 포인트를 명쾌하게 해설하였으며, 더욱 깊은 이해를 위한 역사와 종교 관련 지식까지 담겨있다.

No. 29 도해 갑자기 그림을 잘 그리게 되는 법

나카야마 시게노부지음 | 이연희 옮김 | 204쪽 | 13,000원

멋진 일러스트의 초간단 스킬 공개!

투시도와 원근법만으로, 멋지고 입체적인 일러스트를 그릴 수 있는 방법! 그림에 대한 재능이 없다 생각 말고 읽어보자. 그림이 극적으로 바뀔 것이다.

No. 30 도해 사케

키미지마 사토시 지음 | 기미정 옮김 | 208쪽 | 13,000원

사케를 더욱 즐겁게 마셔 보자!

선택 법, 온도, 명칭, 안주와의 궁합, 분위기 있게 마시는 법 등. 사케의 맛을 한층 더 즐길 수 있는 모든 지식이 담겨 있다. 일본 요리의 거장이 전해주는 사케 입문서의 결정판.

No. 31 도해 흑마술

쿠사노 타쿠미 지음 | 곽형준 옮김 | 224쪽 | 13,000원

역사 속에 실존했던 흑마술을 총망라!

악령의 힘을 빌려 행하는 사악한 흑마술을 총망라한 책. 흑마술의 정의와 발전, 기본 법칙을 상세히 설명한다. 또한 여러 국가에서 행해졌던 흑마술 사건들과 관련 인물들을 소개한다.

No. 32 도해 현대 지상전

모리 모토사 지음 | 정은택 옮김 | 220쪽 | 13,000원

아프간 이라크! 현대 지상전의 모든 것!!

저자가 직접, 실제 전장에서 활동하는 군인은 물론 민간 군사기업 관계자들과도 폭넓게 교류하면서 얻은 정보들을 아낌없이 공개한 책. 현대전에 투입되는 지상전의 모든 것을 해설한다.

No. 33 도해 건파이트

오나미 아츠시 지음 | 송명규 옮김 | 232쪽 | 13,000원

총격전에서 일어나는 상황을 파헤친다!

영화, 소설, 애니메이션 등에서 볼 수 있는 총격전. 그 장면들은 진짜일까? 실전에서는 총기를 어떻게 다루고, 어디에 몸을 숨겨야 할까. 자동차 추격전에서의 대처법 등 건 액션의 핵심 지식.

No. 34 도해 마술의 역사

쿠사노 타쿠미 지음 | 김진아 옮김 | 224쪽 | 13,000원

마술의 탄생과 발전 과정을 알아보자!

고대에서 현대에 이르기까지 마술은 문화의 발전과 함께 널리 퍼져나갔으며, 다른 마술과 접촉하면서 그 깊이를 더해왔다. 마술의 발생시기와 장소, 변모 등 역사와 개요를 상세히 소개한다.

No. 35 도해 군용 차량
노가미 아키토 지음 | 오광웅 옮김 | 228쪽 | 13,000원

지상의 왕자, 전차부터 현대의 바퀴달린 사역 마까지!!

전투의 핵심인 전투 차량부터 눈에 띄지 않는 무대에서 묵묵히 임무를 다하는 각종 지원 차량까지. 각자 맡은 임무에 충실하도록 설계되고 고안된 군용 차량만의 다채로운 세계를 소개한다.

No. 36 도해 첩보·정찰 장비
사카모토 아키라 지음 | 문성호 옮김 | 228쪽 | 13,000원

승리의 열쇠 정보! 정보전의 모든 것!

소음총. 소형 폭탄. 소형 카메라 및 통신기 등 영화에서나 등장할 법한 첩보원들의 특수 장비부터 정찰 위성에 이르기까지 첩보 및 정찰 장비들을 400점의 사진과 일러스트로 설명한다.

No. 37 도해 세계의 잠수함
사카모토 아키라 지음 | 류재학 옮김 | 242쪽 | 13,000원

바다를 지배하는 침묵의 자객, 잠수함.

잠수함은 두 번의 세계대전과 냉전기를 거쳐. 최첨단 기술로 최신 무장시스템을 갖추어왔다. 원리와 구조. 승조원의 훈련과 임무. 생활과 전투 방법 등을 사진과 일러스트로 철저히 해부한다.

No. 38 도해 무녀
토키타 유스케 지음 | 송명규 옮김 | 236쪽 | 13,000원

무녀와 샤머니즘에 관한 모든 것!

무녀의 기원부터 시작하여 일본의 신사에서 치르고 있는 각종 의식. 그리고 델포이의 무녀. 한국의 무당을 비롯한 세계의 샤머니즘과 각종 종교를 106가지의 소주제로 분류하여 해설한다!

No. 39 도해 세계의 미사일 로켓 병기
사카모토 아키라 | 유병준·김성훈 옮김 | 240쪽 | 13,000원

ICBM부터 THAAD까지!

현대전의 진정한 주역이라 할 수 있는 미사일. 보병이 휴대하는 대전차 로켓부터 공대공 미사일. 대륙간 탄도탄. 그리고 근래 들어 언론의 주목을 받고 있는 ICBM과 THAAD까지 미사일의 모든 것을 해설한다!

No. 40 독과 약의 세계사
후나야마 신지 지음 | 진정숙 옮김 | 292쪽 | 13,000원

독과 약의 차이란 무엇인가?

화학물질을 어떻게 하면 유용하게 활용할 수 있는가 하는 것은 인류에 있어 중요한 과제 가운데 하나라 할 수 있다. 독과 약의 역사. 그리고 우리 생활과의 관계에 대하여 살펴보도록 하자.

No. 41 영국 메이드의 일상
무라카미 리코 지음 | 조아라 옮김 | 460쪽 | 13,000원

빅토리아 시대의 아이콘 메이드!

가사 노동자이며 직장 여성의 최대 다수를 차지했던 메이드의 일과 생활을 통해 영국의 다른 면을 살펴본다. 『엠마 빅토리안 가이드』의 저자 무라카미 리코의 빅토리안 시대 안내서.

No. 42 영국 집사의 일상
무라카미 리코 지음 | 기미정 옮김 | 292쪽 | 13,000원

집사, 남성 가사 사용인의 모든 것!

Butler, 즉 집사로 대표되는 남성 상급 사용인. 그들은 어떠한 일을 했으며 어떤 식으로 하루를 보냈을까? 『엠마 빅토리안 가이드』의 저자 무라카미 리코의 빅토리안 시대 안내서 제2탄.

No. 43 중세 유럽의 생활
가와하라 아쓰시 외 1인 지음 | 남지연 옮김 | 260쪽 | 13,000원

새롭게 조명하는 중세 유럽 생활사

철저히 분류되는 중세의 신분. 그 중 「일하는 자」의 일상생활은 어떤 것이었을까? 각종 도판과 사료를 통해. 중세 유럽에 대해 알아보자.

No. 44 세계의 군복
사카모토 아키라 지음 | 진정숙 옮김 | 130쪽 | 13,000원

세계 각국 군복의 어제와 오늘!!

형태와 기능미가 절묘하게 융합된 의복인 군복. 제2차 세계대전에서 현대에 이르기까지. 각국의 전투복과 정복 그리고 각종 장구류와 계급장. 훈장 등. 군복만의 독특한 매력을 느껴보자!

No. 45 세계의 보병장비
사카모토 아키라 지음 | 이상언 옮김 | 234쪽 | 13,000원

현대 보병장비의 모든 것!

군에 있어 가장 기본이 되는 보병! 개인화기. 전투복. 군장. 전투식량. 그리고 미래의 장비까지. 제2차 세계대전 이후 눈부시게 발전한 보병 장비와 현대전에 있어 보병이 지닌 의미에 대하여 살펴보자.

No. 46 해적의 세계사
모모이 지로 지음 | 김효진 옮김 | 280쪽 | 13,000원

「영웅」인가, 「공적」인가?

지중해. 대서양. 카리브해. 인도양에서 활동했던 해적을 중심으로. 영웅이자 약탈자. 정복자. 야심가 등 여러 시대에 걸쳐 등장했던 다양한 해적들이 세계사에 남긴 발자취를 더듬어본다.

No. 47 닌자의 세계
야마키타 아츠시 지음 | 송명규 옮김 | 232쪽 | 13,000원
실제 닌자의 활약을 살펴본다!
어떠한 임무라도 완수할 수 있도록 닌자는 온
갖 지혜를 짜내며 궁극의 도구와 인술을 만들
어냈다. 과연 닌자는 역사 속에서 어떤 활약을 펼쳤을까.

No. 48 스나이퍼
오나미 아츠시 지음 | 이상언 옮김 | 240쪽 | 13,000원
스나이퍼의 다양한 장비와 고도의 테크닉!
아군의 절체절명 위기에서 한 끗 차이의 절묘
한 타이밍으로 전세를 역전시키기도 하는 스
나이퍼의 세계를 알아본다.

No. 49 중세 유럽의 문화
이케가미 쇼타 지음 | 이은수 옮김 | 256쪽 | 13,000원
심오하고 매력적인 중세의 세계!
기사, 사제와 수도사, 음유시인에 숙녀, 그리
고 농민과 상인과 기술자들. 중세 배경의 판
타지 세계에서 자주 보았던 그들의 리얼한 생활을 풍부한
일러스트와 표로 이해한다!

No. 50 기사의 세계
이케가미 슌이치 지음 | 남지연 옮김 | 232 쪽 | 15,000 원
| 15,000원
중세 유럽 사회의 주역이었던 기사!
기사들은 과연 무엇을 위해 검을 들었는가.
지향하는 목표는 무엇이었는가. 기사의 탄생
에서 몰락까지, 역사의 드라마를 따라가며 그 진짜 모습을
파헤친다.

No. 51 영국 사교계 가이드
무라카미 리코 지음 | 문성호 옮김 | 216쪽 | 15,000원
19세기 영국 사교계의 생생한 모습!
당시에 많이 출간되었던 「에티켓 북」의 기술
을 바탕으로, 빅토리아 시대 중류 여성들의
사교 생활을 알아보며 그 속마음까지 들여다본다.

No. 52 중세 유럽의 성채 도시
가이하쓰샤 지음 | 김진연 옮김 | 232 쪽 | 15,000 원
견고한 성벽으로 도시를 둘러싼 성채 도시!
성채 도시는 시대의 흐름에 따라 문화, 상업,
군사 면에서 진화를 거듭한다. 궁극적인 기
능미의 집약체였던 성채 도시의 주민 생활상부터 공성전
무기, 전술까지 상세하게 알아본다.

No. 53 마도서의 세계
쿠사노 타쿠미 지음 | 남지연 옮김 | 236쪽 | 15,000원
마도서의 기원과 비밀!
천사와 악마 같은 영혼을 소환하여 자신의
소망을 이루는 마도서의 원리를 설명한다.

No. 54 영국의 주택
야마다 카요코 외 지음 | 문성호 옮김 | 252쪽 | 17,000원
영국인에게 집은 「물건」이 아니라 「문화」다!
영국 지역에 따른 집들의 외관 특징, 건축 양
식, 재료 특성, 각종 주택 스타일을 상세하게
설명한다.

No. 55 발효
고이즈미 다케오 지음 | 장현주 옮김 | 224쪽 | 15,000원
미세한 거인들의 경이로운 세계!
세계 각지 발효 문화의 놀라운 신비와 의의
를 살펴본다. 발효를 발전시켜온 인간의 깊
은 지혜와 훌륭한 발상이 보일 것이다.

No. 56 중세 유럽의 레시피
코스트마리 사무국 슈 호카 지음 | 김효진 옮김 | 164쪽
| 15,000원
간단하게 중세 요리를 재현!
당시 주로 쓰였던 향신료, 허브 등 중세 요리
에 대한 풍부한 지식은 물론 더욱 맛있게 즐길 수 있는 요
리법도 함께 소개한다.

No. 57 알기 쉬운 인도 신화
천축 기담 지음 | 김진희 옮김 | 228 쪽 | 15,000 원
전쟁과 사랑 속의 인도 신들!
강렬한 개성이 충돌하는 무아와 혼돈의 이야
기를 담았다. 2대 서사시 「라마야나」와 「마하
바라타」의 세계관부터 신들의 특징과 일화에
이르는 모든 것을 파악한다.

No. 58 방어구의 역사
다카히라 나루미 지음 | 남지연 옮김 | 244 쪽 | 15,000원
역사에 남은 다양한 방어구!
기원전 문명의 아이템부터 현대의 방어구인
헬멧과 방탄복까지 그 역사적 변천과 특색 ·
재질 · 기능을 망라하였다.

-TRIVIA SPECIAL

환상 네이밍 사전

신키겐샤 편집부 지음 | 유진원 옮김 | 288쪽 | 14,800원

의미 없는 네이밍은 이제 그만!
운명은 프랑스어로 무엇이라고 할까? 독일어, 일본어로는? 중국어로는? 더 나아가 이탈리아어, 러시아어, 그리스어, 라틴어, 아랍어에 이르기까지. 1,200개 이상의 표제어와 11개국어, 13,000개 이상의 단어를 수록!!

중2병 대사전

노무라 마사타카 지음 | 이재경 옮김 | 200쪽 | 14,800원

이 책을 보는 순간, 당신은 이미 궁금해하고 있다!
사춘기 청소년이 행동할 법한 손발이 오그라드는 행동이나 사고를 뜻하는 중2병. 서브컬처 작품에 자주 등장하는 중2병의 의미와 기원 등, 102개의 항목에 대해 해설과 칼럼을 곁들여 알기 쉽게 설명 한다.

크툴루 신화 대사전

고토 카츠 외 1인 지음 | 곽형준 옮김 | 192쪽 | 13,000원

신화의 또 다른 매력, 무한한 가능성!
H.P. 러브크래프트를 중심으로 여러 작가들의 설정이 거대한 세계관으로 자리잡은 크툴루 신화. 현대 서브 컬처에 지대한 영향을 끼치고 있다. 대중 문화 속에 알게 모르게 자리 잡은 크툴루 신화의 요소를 설명하는 본격 해설서.

문양박물관

H. 돌메치 지음 | 이지은 옮김 | 160쪽 | 8,000원

세계 문양과 장식의 정수를 담다!
19세기 독일에서 출간된 H. 돌메치의 『장식의 보고』를 바탕으로 제작된 책이다. 세계 각지의 문양 장식을 소개한 이 책은 이론보다 실용에 초점을 맞춘 입문서. 화려하고 아름다운 전 세계의 문양을 수록한 실용적인 자료집으로 손꼽힌다.

고대 로마군 무기·방어구·전술 대전

노무라 마사타카 외 3인 지음 | 기미정 옮김 | 224쪽 | 13,000원

위대한 정복자, 고대 로마군의 모든 것!
부대의 편성부터 전술, 장비 등, 고대 최강의 군대라 할 수 있는 로마군이 어떤 집단이었는지 상세하게 분석하는 해설서. 압도적인 군사력으로 세계를 석권한 로마 제국. 그 힘의 전모를 철저하게 검증한다.

도감 무기 갑옷 투구

이치카와 사다하루 외 3인 지음 | 남지연 옮김 | 448쪽 | 29,000원

역사를 망라한 궁극의 군장도감!
고대로부터 무기는 당시 최신 기술의 정수와 함께 철학과 문화, 신념이 어우러져 완성되었다. 이 책은 그러한 무기들의 기능, 원리, 목적 등과 더불어 그 기원과 발전 양상 등을 그림과 표를 통해 알기 쉽게 설명하고 있다. 역사상 실재한 무기와 갑옷, 투구들을 통사적으로 살펴보자!

중세 유럽의 무술, 속 중세 유럽의 무술

오사다 류타 지음 | 남유리 옮김 | 각 권 672쪽~624쪽 | 각 권 29,000원

본격 중세 유럽 무술 소개서!
막연하게만 떠오르는 중세 유럽~르네상스 시대에 활약했던 검술과 격투술의 모든 것을 담은 책. 영화 등에서만 접할 수 있었던 유럽 중세시대 무술의 기본이념과 자세, 방어, 보법부터, 시대를 풍미한 각종 무술까지, 일러스트를 통해 알기 쉽게 설명한다.

최신 군용 총기 사전

토코이 마사미 지음 | 오광웅 옮김 | 564쪽 | 45,000원

세계 각국의 현용 군용 총기를 총망라!
주로 군용으로 개발되었거나 군대 또는 경찰의 대테러부대처럼 중무장한 조직에 배치되어 사용되고 있는 소화기가 중점적으로 수록되어 있으며, 이외에도 각 제작사에서 국제 군수시장에 수출할 목적으로 개발, 시제품만이 소수 제작되었던 총기류도 함께 실려 있다.

초패미컴, 초초패미컴

타네 키오시 외 2인 지음 | 문성호 외 1인 옮김 | 각 권 360, 296쪽 | 각 권 14,800원

게임은 아직도 패미컴을 넘지 못했다!
패미컴 탄생 30주년을 기념하여, 1983년 『동키콩』부터 시작하여, 1994년 『타카하시 명인의 모험도 IV』까지 총 100여 개의 작품에 대한 리뷰를 담은 영구 소장판. 패미컴과 함께했던 아련한 추억을 간직하고 있는 모든 이들을 위한 책이다.

초쿠소게 1,2

타네 키요시 외 2인 지음 | 문성호 옮김 | 각 권 224, 300쪽 | 각 권 14,800원

망작 게임들의 숨겨진 매력을 재조명!
『쿠소게クソゲー』란 '똥-クソ'와 '게임-Game'의 합성어로, 어감 그대로 정말 못 만들고 재미없는 게임을 지칭할 때 사용되는 조어이다. 우리말로 바꾸면 망작 게임 정도가 될 것이다. 레트로 게임에서부터 플레이스테이션3까지 게이머들의 기대를 보란듯이 저버렸던 수많은 쿠소게들을 총망라하였다.

초에로게, 초에로게 하드코어

타네 키요시 외 2인 지음 | 이은수 옮김 | 각 권 276쪽, 280쪽 | 각 권 14,800원

명작 18금 게임 총출동!
에로게란 '에로-エロ'와 '게임-Game'의 합성어로, 말 그대로 성적인 표현이 담긴 게임을 지칭한다. '에로게 헌터'라 자칭하는 베테랑 저자들의 엄격한 심사(?)를 통해 선정된 '명작 에로게'들에 대한 본격 리뷰집!!

세계의 전투식량을 먹어보다
키쿠즈키 토시유키 지음 | 오광웅 옮김 | 144쪽 | 13,000원
전투식량에 관련된 궁금증을 한권으로 해결!
전투식량이 전장에서 자리를 잡아가는 과정과,
미국의 독립전쟁부터 시작하여 역사 속 여러 전
쟁의 전투식량 배급 양상을 살펴보는 책. 식품부터 식기까지,
수많은 전쟁 속에서 전투식량이 어떠한 모습으로 등장하였고
병사들은 이를 어떻게 취식하였는지, 흥미진진한 역사를 소
개하고 있다.

세계장식도 I, II
오귀스트 라시네 지음 | 이지은 옮김 | 각 권 160쪽 |
각 권 8,000원
공예 미술계 불후의 명작을 농축한 한 권!
19세기 프랑스에서 가장 유명한 디자이너였던
오귀스트 라시네의 대표 저서 『세계장식 도집
성』에서 인상적인 부분을 뽑아내 콤팩트하게 정
리한 다이제스트판. 공예 미술의 각 분야를 포
괄하는 내용을 담은 책으로, 방대한 예시를 더
욱 정교하게 소개한다.

서양 건축의 역사
사토 다쓰키 지음 | 조민경 옮김 | 264쪽 | 14,000원
서양 건축사의 결정판 가이드 북!
건축의 역사를 살펴보는 것은 당시 사람들의
의식을 들여다보는 것과도 같다. 이 책은 고대
에서 중세, 르네상스기로 넘어오며 탄생한 다양한 양식들을
당시의 사회, 문화, 기후, 토질 등을 바탕으로 해설하고 있다.

세계의 건축
코우다 미노루 외 1인 지음 | 조민경 옮김 | 256쪽 |
14,000원
고품격 건축 일러스트 자료집!
시대를 망라하여, 건축물의 외관 및 내부의 장
식을 정밀한 일러스트로 소개한다. 흔히 보이는 풍경이나 딱
딱한 도시의 건축물이 아닌, 고풍스러운 건물들을 섬세하고
세밀한 선화로 표현하여 만화, 일러스트 자료에 최적화된 형
태로 수록하고 있다.

지중해가 낳은 천재 건축가
-안토니오 가우디
이리에 마사유키 지음 | 김진아 옮김 | 232쪽 | 14,000원
천재 건축가 가우디의 인생, 그리고 작품
19세기 말~20세기 초의 카탈루냐 지역 및 그
의 작품들이 지어진 바르셀로나의 지역사, 그리고 카사 바트
요, 구엘 공원, 사그라다 파밀리아 성당 등의 작품들을 통해
안토니오 가우디의 생애를 본격적으로 살펴본다.

민족의상 1,2
오귀스트 라시네 지음 | 이지은 옮김 |
각 권 160쪽 | 각 권 8,000원
화려하고 기품 있는 색감!!
디자이너 오귀스트 라시네의 『복식사』 전 6권
중에서 민족의상을 다룬 부분을 바탕으로 제작
되었다. 당대에 정점에 올랐던 석판 인쇄 기술
로 완성되어, 시대가 흘렀음에도 그 세세하고
풍부하고 아름다운 색감이 주는 감동은 여전히
빛을 발한다.

중세 유럽의 복장
오귀스트 라시네 지음 | 이지은 옮김 | 160쪽 | 8,000원
고품격 유럽 민족의상 자료집!!
19세기 프랑스의 유명한 디자이너 오귀스트
라시네가 직접 당시의 민족의상을 그린 자료집.
유럽 각지에서 사람들이 실제로 입었던 민족의상의 모습을
그대로 풍부하게 수록하였다. 각 나라의 특색과 문화가 담겨
있는 민족의상을 감상할 수 있다.

그림과 사진으로 풀어보는 이상한 나라의 앨리스
구와바라 시게오 지음 | 조민경 옮김 | 248쪽 | 14,000원
매혹적인 원더랜드의 논리를 완전 해설!
산업 혁명을 통한 눈부신 문명의 발전과 그 그
늘. 도덕주의와 엄숙주의, 위선과 허영이 병존
하던 빅토리아 시대는 『원더랜드』의 탄생과 그 배경으로 어떻
게 작용했을까? 순진 무구한 소녀 앨리스가 우연히 발을 들인
기묘한 세상의 완전 가이드북!!

그림과 사진으로 풀어보는 알프스 소녀 하이디
지바 가오리 외 지음 | 남지연 옮김 | 224쪽 | 14,000원
하이디를 통해 살펴보는 19세기 유럽사!
『하이디』라는 작품을 통해 19세기 말의 스위스
를 알아본다. 또한 원작자 슈피리의 생애를 교
차시켜 『하이디』의 세계를 깊이 파고든다. 『하이디』를 읽은 사
람은 물론, 작품을 보다 깊이 감상하고 싶은 사람에게 있어 좋
은 안내서가 되어줄 것이다.

영국 귀족의 생활
다나카 료코 지음 | 김상호 옮김 | 192쪽 | 14,000원
영국 귀족의 우아한 삶을 조명한다
현대에도 귀족제도가 남아있는 영국, 귀족이 영
국 사회에서 어떠한 의미를 가지고 또 기능하는
지, 상세한 설명과 사진자료를 통해 귀족 특유의 화려함과 고상
함의 이면에 자리 잡은 책임과 무게, 귀족의 삶 깊숙한 곳까지
스며든 '노블레스 오블리주'의 진정한 의미를 알아보자.

요리 도감

오치 도요코 지음 | 김세원 옮김 | 384쪽 | 18,000원

요리는 힘! 삶의 저력을 키워보자!!

이 책은 부모가 자식에게 조곤조곤 알려주는 요
리 조언집이다. 처음에는 요리가 서툴고 다소
귀찮게 느껴질지 모르지만, 약간의 요령과 습관
만 익히면 스스로 요리를 완성한다는 보람과 매력, 그리고 요
리라는 삶의 지혜에 눈을 뜨게 될 것이다.

초콜릿어 사전

Dolcerica 가가와 리카코 지음 | 이지은 옮김 | 260쪽 | 13,000
원

사랑스러운 일러스트로 보는 초콜릿의 매력!

나른해지는 오후, 기력 보충 또는 기분 전환 삼
아 한 조각 먹게 되는 초콜릿. 『초콜릿어 사전』
은 초콜릿의 역사와 종류, 제조법 등 기본 정보와 관련 용어
그리고 그 해설을 유머러스하면서도 사랑스러운 일러스트와
함께 싣고 있는 그림 사전이다.

사육 재배 도감

아라사와 시게오 지음 | 김민영 옮김 | 384쪽 | 18,000원

동물과 식물을 스스로 키워보자!

생명을 돌보는 것은 결코 쉬운 일이 아니다. 꾸
준히 손이 가고, 인내심과 동시에 책임감을 요
구하기 때문이다. 그럴 때 이 책과 함께 한다면
어떨까? 살아있는 생명과 함께하며 성숙해진 마음은 그 무엇
과도 바꿀 수 없는 보물로 남을 것이다.

판타지세계 용어사전

고타니 마리 감수 | 전홍식 옮김 | 248쪽 | 18,000원

판타지의 세계를 즐기는 가이드북!

온갖 신비로 가득한 판타지의 세계 『판타지세
계 용어사전』은 판타지의 세계에 대한 이해를
돕고 보다 깊이 즐길 수 있도록, 세계 각국의 신
화, 전설, 역사적 사건 속의 용어들을 뽑아 해설하고 있으며,
한국어판 특전으로 역자가 엄선한 한국 판타지 용어 해설집
을 수록하고 있다.

식물은 대단하다

다나카 오사무 지음 | 남지연 옮김 | 228쪽 | 9,800원

우리 주변의 식물들이 지닌 놀라운 힘!

오랜 세월에 걸쳐 거목을 말려 죽이는 교살자
무화과나무, 딱지를 만들어 몸을 지키는 바나나
등 식물이 자신을 보호하는 아이디어, 환경에
적응하여 살아가기 위한 구조의 대단함을 해설한다. 동물은
흉내 낼 수 없는 식물의 경이로운 능력을 알아보자.

세계사 만물사전

헤이본샤 편집부 지음 | 남지연 옮김 | 444쪽 | 25,000원

우리 주변의 교통 수단을 시작으로, 의복, 각종
악기와 음악, 문자, 농업, 신화, 건축물과 유적
등. 고대부터 제2차 세계대전 종전 이후까지의
각종 사물 약 3000점의 유래와 그 역사를 상세
한 그림으로 해설한다.

그림과 사진으로 풀어보는 **마녀의 약초상자**

니시무라 유코 지음 | 김상호 옮김 | 220쪽 | 13,000원

「약초」라는 키워드로 마녀를 추적하다!

정체를 알 수 없는 약물을 제조하거나 저주와
마술을 사용했다고 알려진 「마녀」란 과연 어떤
존재였을까? 그들이 제조해온 마법약의 재료와
제조법, 마녀들이 특히 많이 사용했던 여러 종의 약초와 그에
얽힌 이야기들을 통해 마녀의 비밀을 알아보자.

고대 격투기

오사다 류타 지음 | 남지연 옮김 | 264쪽 | 21,800원

고대 지중해 세계의 격투기를 총망라!

레슬링, 복싱. 판크라티온 등의 맨몸 격투술에
서 무기를 활용한 전투술까지 풍부하게 수록한
격투 교본. 고대 이집트·로마의 격투술을 일러
스트로 상세하게 해설한다.

초콜릿 세계사
-근대 유럽에서 완성된 갈색의 보석

다케다 나오코 지음 | 이지은 옮김 | 240쪽 | 13,000원

**신비의 약이 연인 사이의 선물로 자리 잡기까지
의 역사!**

원산지에서 「신의 음료」라고 불렸던 카카오. 유럽 탐험가들에
의해 서구 세계에 알려진 이래, 19세기에 이르러 오늘날의 형
태와 같은 초콜릿이 탄생했다. 전 세계로 널리 퍼질 수 있었던
초콜릿의 흥미진진한 역사를 살펴보자.

에로 만화 표현사

키미 리토 지음 | 문성호 옮김 | 456쪽 | 29,000원

에로 만화에 학문적으로 접근하다!

에로 만화 주요 표현들의 깊은 역사, 복잡하게
얽힌 성립 배경과 관련 사건 등에 대해 자세히
분석해본다.

크툴루 신화 대사전

히가시 마사오 지음 | 전홍식 옮김 | 552쪽 | 25,000원

크툴루 신화 세계의 최고의 입문서!

크툴루 신화 세계관은 물론 그 모태인 러브크
래프트의 문학 세계와 문화사적 배경까지 총망
라하여 수록한 대사전이다.

아리스가와 아리스의 밀실 대도감

초판 1쇄 인쇄 2020년 2월 10일
초판 1쇄 발행 2020년 2월 15일

저자 : 아리스가와 아리스
그림 : 이소다 가즈이치
번역 : 김효진

펴낸이 : 이동섭
편집 : 이민규, 서찬웅, 탁승규
디자인 : 조세연, 김현승
영업 · 마케팅 : 송정환
e-BOOK : 홍인표, 김영빈, 유재학, 최정수
관리 : 이윤미

㈜에이케이커뮤니케이션즈
등록 1996년 7월 9일(제302-1996-00026호)
주소 : 04002 서울 마포구 동교로 17안길 28, 2층
TEL : 02-702-7963~5 FAX : 02-702-7988
http://www.amusementkorea.co.kr

ISBN 979-11-274-3082-5 03800

ARISUGAWA ALICE NO MISSHITSU DAIZUKAN
Copyright © ALICE ARISUGAWA, KAZUICHI ISODA 1999
This translation based on the edition published from Tokyo Sogensha in 2019.
Korean translation rights arranged with TOKYO SOGENSHA CO., LTD.
through Japan UNI Agency, Inc., Tokyo.

이 도서의 국립중앙도서관 출판예정도서목록(CIP)은 서지정보유통지원시스템 홈페이지(http://seoji.nl.go.kr)와 국가자료공동목록시스템(http://www.nl.go.kr/kolisnet)에서 이용하실 수 있습니다.(CIP제어번호 : CIP2020002705)

*잘못된 책은 구입한 곳에서 무료로 바꿔드립니다.